**미래**에게 **묻고**
**삶으로 답하다**

미래준비 에세이 시리즈 ❶

# MY LIFE
# MY FUTURE

# 미래에게 묻고
# 삶으로 답하다

안남섭 외 27인 지음

educo 동화세상 에듀코
www.educo.co.kr

# 목차

## 미래를 여는 Key 하나

# 바르고 겸손하고 절제하고 살며

# 아름다운 미래를 만들고 누리기 위해
# 나와 우리는 어떤 삶을 살고 무엇을 준비해야 할 것인가

안남섭

(사)미래준비 이사장

미래를 준비하는 이유는 삶을 마감할 때 후회 없는 삶을 살기 위해서가 아닐까요?

지나온 세월을 돌이켜보면 아쉽고 후회스러운 일이 한두 가지가 아닙니다. 그러나 누군가 시작한 작은 생각이 시대적 공감을 일으키고 함께하면서 힘과 기회를 얻어 전혀 불가능해 보이던 상황에서 믿어지지 않는 새로운 변화와 도약을 이루기도 해 왔습니다.

우리는 그동안 긴 역사를 통해 확인된 우리 속의 강인한 생존과 적응 DNA로 산업화·민주화·정보화를 기적적으로 짧은 기간에 이루어 내 세계를 놀라게 했습니다. 격변기 변화와 성장 과정을 거치며 시행착오도 많았습니다. 하지만 그와 동시에 획득한 경험과 내재된 지혜, 인적자원이 풍부한 나라가 되었습니다. 그러나 앞만 보고 빠르게 달려오며 나와 우리에 대한 성찰의 시간을 갖지 못해 지금 그 대가를 크게 치르고 있습니다.

지금은 자국의 이익을 위해 충돌하는 주변 강대국의 위협과 신문명적인 디지털트랜스포메이션이 일어나고 있는 불확실한 시대입니다. 거대한 삶의 환경변화 속에서 우리와 우리 후손이 안전과 평화를 유지하며 지속적인 번영을 위해 자존을 지키고 거대한 변화의 파고에 대응하는 구체적인 노력이 어느 때보다도 절실합니다.

20년 전 새로운 천년이 시작되는 시기에 (사)미래준비는 시작되었습니다. 다양한 분야에서 활동하고 있던 우리는 우리가 진정으로 원하는 바람직한 미래가 무엇인가에 생각을 모으고 이를 위해 필요한 마음가짐이 무엇인지 생각해 보았습니다. 그리고 각자 자신의 삶의 터전에서 다양한 방법을 시도하고 배우고 나누는 방식으로 따로 또 같이 활동을 해 왔습니다.

그동안의 삶을 통해 내가 변하지 않으면 세상이 바뀌지 않는다는 것을 알기에 나의 변화와 성장을 위해 서로 배우고 나누며 함께하고 있습니다. 우리가 원하는 아름다운 미래를 만들고 누리기 위해 지금 나와 우리가 어떤 삶을 살아야 하며 무엇을 해야 할 것인가를 생각해 보는 것은 큰 의미가 있습니다. 우리가 미래를 '아닐 미(未)', '올 래(來)'가 아닌 '아름다울 미(美)', '올 래(來)'를 사용한 이유입니다.

우리는 새로운 시대를 준비하는 주도적 삶의 주체인 리더로서 시대통찰력, 영적분별력 그리고 강건한 체력과 정신력의 중요성을 공감합니다. 그 실천 방안으로 현재 430회를 넘게 진행해 온 독서토론 모임을 필두로 세대를 뛰어넘는 멘토링 활동인 삶의 스승제자 운동 그리고 건강포럼, 문화포럼, 미녀포럼 등 다양한 소모임을 만들어 활동해 오고 있습니다. 아름다운 미래를 꿈꾸는 회원들이 더 많이 참여하여 같이 활동하고 공감하며 다양한 모습으로 자신만의 삶의 목적을 향한 변화를 체험하고 나눔을 지속하는 것은 중요합니다.

이번에 다양한 전문분야에서 활동하고 있는 스물여덟 분의 (사)미래준비 회원들이 자신의 과거, 현재, 미래를 성찰하고 나와 너, 우리의 관점에서 자신의 삶의 스토리를 정리하고 자신과 우리의 미래를 준비하는 과정으로서의 진솔한 글을 써서 나누는 것은 대단히 의미 있는 작업이 될 것입니다.

이번 출간에 참여해 주신 회원들에게 감사드리며 이번에 동참하지 못한 회원들의 스토리도 다음 기회에 꼭 함께 나눌 수 있기를 기대합니다.

# 내일을 변화시키려면
# 오늘을 변화시켜야 한다

**김영철**
바인그룹 회장

(사)미래준비 28명의 회원이 공동저자가 되어, 자신의 삶과 미래를 준비하는 이야기를 담은 귀한 책의 발간을 축하드립니다. 스스로를 성찰하며, 이야기를 전하는 것이 쉽지 않은 일이기에 함께하신 분들의 용기에 감사를 표합니다.

2001년 시작된 (사)미래준비는 그동안 정보화 사회, 4차산업혁명 등 새로운 미래 물결을 헤엄칠 청소년과 삶의 제자, 다양한 분야에서 새로운 미래를 준비하는 리더들이 함께 삶의 지혜를 나누며, 오늘을 맞이했습니다. 저 또한 초창기 멤버로 활동하며, 삶의 제자와 스승으로 만나 멘토링을 하며 인연을 맺은 제자가 어느덧 어엿한 청년이 되어 있는 모습을 마주하게 될 때 감사함을 느낍니다.

내일을 변화시키려면 오늘을 변화시켜야 한다는 말이 있습니다. 현재의 삶은 미래를 준비하는 과정입니다. 성공한 사람은 성공할 수밖에 없는 습관이 있습니다. 건강관리, 독서, 신뢰를 바탕으로 한 대인관계, 적극적인 성격

등이 성공을 가능케 하는 습관입니다.

저 역시 성공을 위한 습관이 있는데, 바로 매일 조금씩 변화하는 습관, 결심하는 습관입니다. 날마다 목표를 정하고, 그 목표를 이루겠노라고 결심하고 변화해 온 습관이 지금의 저를 만들었습니다. 우리 안에는 성공의 잠재력이 깃들어 있습니다. 고민 대신 생각을 하고, 망설임 대신 결심을 하게 되면 새로운 방식을 만들어 냅니다.

상상할 수 없는 것을 상상해야 합니다. 내 자신이 '플랫폼'이 되어야 하는 시대입니다. 현재의 나와 미래의 나를 연결하고, 다양한 구성원들을 연결하고, 선한 가치 및 영향력과 연결하고, 특히 보이지 않는 우리의 가능성을 연결해야 합니다. 여러분들은 어떤 플랫폼을 갖고 계신지요.

성공의 제1법칙은 자신감입니다. 이 책에서는 자신의 분야에서 열심히 살아오신 선배들의 삶의 지혜와 다가올 미래에 대한 자신감을 확인할 수 있습니다. 타인의 삶을 흉내 내지 않고, 자신의 유일함, 잠재력을 믿으며 변화해 온 삶이기 때문입니다.

독자들은 이 책을 통해 다가올 미래의 삶에 대해 준비하고 자신감을 얻을 수 있을 것입니다. 비전과 희망은 누군가 주는 것이 아니라 내가 나에게 주는 것입니다.

다시 한번 발간을 축하드리며, (사)미래준비의 앞으로 행보에 큰 기대와 관심으로 함께하겠습니다.

# 미래준비를 위한 인생설계도

유충열

안양대학교 경영행정대학원·개신대학원 대학교 코칭학 교수

유충열라이프코칭연구소 대표

## 들어가며

이 세상에는 세 가지 부류의 사람들이 있다. 첫 번째 부류에 속한 사람들은 과거 지향적인 사람들이다. 이 사람들은 과거에 얽매여 과거를 후회하며 살든지 아니면 과거를 자랑하며 산다. 두 번째 부류의 사람들은 현재 지향적인 사람들이다. 이 사람들은 현재 먹고 사는 일에 집중하며 바쁘게 사는 사람들이다. 세 번째 부류의 사람들은 미래지향적인 사람들이다. 이 사람들은 1년, 5년, 10년, 20년, 50년 후의 미래를 내다보며 사는 사람들이다. 아놀드 토인비는 미래지향적인 사람들이 역사를 이끌어 왔다고 말하면서 이들을 창조적 소수라고 불렀다. 이 사람들은 미래를 내다보고 미래를 준비하는 사람들이다.

## 생각을 여는 질문

나는 이 세 부류의 사람들 가운데 어느 부류에 속하는가?

만일 내가 미래지향적인 사람이라면 나는 미래를 준비하고 있는가?
자신에게 질문을 해 보자.

1~10의 척도에서 나는 미래를 많이 준비하고 있다면 10점, 나는 미래를 전혀 준비하고 있지 못하고 있다면 1점이다. 나에게 미래준비에 대한 점수를 준다면 몇 점을 주겠는가? 그리고 그 점수의 의미를 적어 보자. 그리고 나의 점수가 1점이 아니라면 1점이 아닌 이유가 무엇인지 생각해 보고 노트에 적어 보자. 그리고 무엇이 현재 점수에 이르게 하였는지 이미 내가 가지고 있는 자원을 생각해 보고 적어 보자.

## 나의 인생설계도 이야기

1~10의 척도에서 미래준비에 대한 점수를 나에게 준다면 나는 나에게 10점을 줄 수 있다. 그 이유는 나는 나에게 영감을 주고 가슴을 뛰게 하는 인생설계도를 가지고 있고, 인생설계도를 따라 삶을 살아가고 있기 때문이다. 나는 매일의 삶이 기대와 흥분이 넘치며 가슴 벅찬 삶을 살고 있다. 이렇게 삶을 살게 된 전환점은 인생설계도이다. 나는 미국 리젠트 대학교에서 박사과정을 하는 중에 "Life Focus Coaching"이라는 과목을 들은 적이 있다. 그 과목이 내 인생의 전환점이 되었다. 그 과목을 듣고 코칭을 받으면서 내가 이 땅에 태어난 이유를 알게 되었고, 인생의 목적이 명확해짐에 따라 그 목적을 이루기 위한 구체적인 계획을 세우게 되었다. 그 이후에 이전과는 다르고 더욱 멋진 삶을 살고 있다.

이것이 내가 라이프코치가 되는 직접적인 계기가 되었다. 라이프코치는 사람들로 하여금 꿈꾸는 삶을 현실로 이루어 낼 수 있도록 코칭을 통해 인생의 목적을 발견하고, 인생을 설계하고, 인생의 기술을 향상시키고 인생의 변화를 이루어 내어 이전과는 다르고 더욱 멋진 경이로운 삶을 살 수 있도록 돕는 전문가이다. 내가 라이프코치로서 많은 사람들을 코칭하면서 발견하게 된 것은 분명한 인생의 목적을 발견하고 인생설계도를 가지고 사는 사람들이 거의 없다는 사실이었다. 이러한 라이프코치로서의 경험을 통해 대한민국 국민의 1%가 인생설계도를 갖게 하는 비전을 갖게 되었고 이를 위해 라이프코칭 전문가를 양성해야 할 필요성을 느끼게 되어 한국 최초로 코칭학석, 박사과정을 개신대학원 대학교에 개설하여 운영하고 있다. 그리고 작년부터 안양대학교 경영행정대학원에 코칭학 전공을 개설하여 운영하고 있다.

나는 이 세상에 존재하는 직업들 가운데 21세기에 가장 가치 있는 최고의 직업이 '라이프코치'라고 생각한다. 사람들이 라이프코치를 만나면 삶이 변화되고, 꿈꾸는 삶을 현실로 이루어내게 된다. 김연아 선수 뒤에는 '오서'라는 코치가 있었던 것 같이 성공적인 인생을 꿈꾸는 사람들에게 필요한 것이 라이프코치이다.

라이프코칭의 4가지 영역 가운데 하나가 인생설계 영역이다. 사람들이 인생설계 전문 라이프코치를 만나면 자신에게 영감을 주고 가슴 뛰게 하는 인생설계도를 만들게 된다. 라이프코치가 인생설계도를 만들어 주는 것이 아니라 라이프코치의 인생설계코칭을 받으면서 나에게 딱 맞는 인생설계도를 만들게 되는 것이다.

## 인생설계도란 무엇인가?

인생설계도는 자신의 인생을 위하여 만든 8~15쪽 정도 되는 문서이고, 나자신의 인생의 나침반으로 인생의 기준이 되고 방향이 되는 문서이다. 또한 인생설계도는 수정하고 조정할 수 있는 살아 있는 문서이다. 인생설계도는 매일 쉽게 꺼내어 읽어 볼 수 있는 짧은 길이로 작성된 문서이다. 인생설계도는 내 인생을 구체적으로 계획해 놓은 인생계획서와는 다르다. 인생계획을 하기 위해 필요한 것이 인생설계도이다. 인생을 계획하는 것을 힘들어하는 이유는 인생설계도가 없기 때문이다. 인생설계도가 나에게 영감을 주고 나의 가슴을 뛰게 한다면 좋아서, 기뻐서 인생을 계획하게 된다.

### 인생설계도가 왜 필요한가?

우리가 설계도 없이 집을 짓는다면, 많은 시행착오를 거치게 될 것이고 일의 진척이 더딜 것이다. 그리고 많은 비용을 치르게 되고 결국 집을 완성하지 못하게 될 것이다. 마찬가지로 인생설계도 없이 인생을 산다면 어떤 일이 일어나게 될지 생각해 보자. 인생설계도 없이 인생을 산다면 인생의 큰 그림이 없기 때문에 방향을 잃게 된 의미 없는 삶을 살게 될 것이고 돈과 시간을 낭비하게 될 것이다. 또한 인생의 방향이 분명하지 않기 때문에 이것이 기회인지 아닌지 구별하기가 어렵게 된다. 모든 기회는 유통기한이 있기 때문에 한 번 기회를 놓치면 그 기회는 영영 다시 찾아오지 않는다. 인생설계도가 없으면 건강을 잃어버리는 아픔, 성취감을 느끼지 못하는 아픔, 관계가 깨어지는 아픔, 돈을 잃어버리는 아픔을 겪게 될 것이다.

### 인생설계도가 주는 혜택

인생설계도를 갖게 된다면 여러 가지 혜택을 누리게 된다. 첫 번째 누리게 되는 혜택은 우선순위가 명확해지는 혜택이다. 인생은 크고 작은 결정으로 이루어진다. 인생설계도를 갖게 되면 무엇을 먼저 하고 무엇을 나중에 해야 하는지 알기 때문에 현명한 선택과 결단을 하게 된다. 두 번째 누리게 되는 혜택은 삶의 균형을 유지하게 해 주는 혜택이다. 인생은 하나의 영역으로 되어 있지 않고 여러 가지 영역으로 이루어져 있기 때문에 인생에 균형을 유지하는 것이 중요하다. 인생의 균형은 인생의 여러 영역에 적절한 관심을 보이는 것이다. 인생설계도를 가지고 있으면 하나의 영역에 치우치지 않고 균형을 유지하게 된다. 세 번째 누리게 되는 혜택은 기회가 아닌 것을 걸러 내주는 혜택이다. 나이가 좀 더 들거나 일처리에 능숙해지면 기회가 기하급수적으로 증가한다. 인생설계도는 기회가 아닌 것을 걸러 낼 수 있게 도와주며 가장 중요한 것에 집중할 수 있게 해 준다. 인생설계도는 더 이상 기회에 끌려다니지 않고 기회를 관리할 수 있게 해준다. 네 번째 누리게 되는 혜택은 후회하지 않는 삶을 선물해 주는 혜택이다. 인생설계도를 가지게 되면 내가 생각하는 것보다 더 많은 것을 통제할 수 있게 된다. 그리고 내가 정한 목적지에 도달할 수 있는 가능성을 극적으로 높여 준다. 그래서 후회 없이 인생을 마무리할 수 있게 된다.

### 인생설계시스템

시스템이라는 단어는 부분 부분이 모여 하나를 이루어 뭔가를 만들어 내는 것이다. 인생설계시스템이란 인생설계의 구성요소가 연결되어 인생설계도를 만들어 내는 것을 말한다. 인생설계의 구성요소는 다섯 가지이다. 인생설계의 다섯 가지 구성요소를 이해하면 누구나 인생설계도를 만들 수 있다.

첫 번째 구성요소는 유산이다.
인생설계도를 만드는 것의 시작점은 인생의 마지막 날이어야 한다. 내가 정말로 원하는 최고의 삶이 나의 가슴을 뛰게 하고 내 삶을 움직이는 원동력이 된다. 내 인생의 마지막 날에 나는 무엇을 유산으로 남길 것인가? 그리고 나는 내 인생의 마지막 날, 즉 나의 장례식에 누가 참석하기를 원하는가? 그리고 그들은 나를 어떤 사람으로 기억되기를 원하는가? 그것을 기록하고 종합하여 나의 장례식에 낭독될 추도문을 기록한다.

두 번째 구성요소는 존재가치이다.

인생을 살아가는 데 있어서 중요한 사람은 나 자신이다. 내가 무너지면 다 무너지는 것이다. 그래서 중요한 것이 나 자신의 존재가치이다. 내가 얼마나 가치 있는 존재인지 스스로 인식하는 것이 인생을 설계하는 데 있어서 가장 중요한 요소이다. 나의 가치를 글로 기술해 놓은 것이 나의 존재선언문이다.

세 번째 구성요소는 인생목적이다.

나의 존재 가치를 알게 되면 가치 있는 삶을 살고 싶은 열망이 생겨나게 된다. 이러한 열망으로 인하여 더 아름답고, 더 나은 세상을 만들기 위해 꿈을 꾸게 되고, 내 인생의 진정한 목적이 만들어지게 되는 것이다. 인생목적은 내가 꿈꾸는 세상은 어떤 세상인지 기술해 놓은 것과 그러한 세상을 만들기 위해 내가 잘할 수 있는 것으로 내가 하고 싶은 일을 기술해 놓은 것으로 이루어진다. 나의 인생의 목적을 기술해 놓은 것이 인생목적 선언문이다.

네 번째 구성요소는 인생영역별 평가이다.

인생의 목적을 이루기 위해서는 무엇보다도 인생은 단면적이 아니라 다면적이라는 사실을 이해하는 것이 필요하다. 인생의 영역은 하나의 영역만 있는 것이 아니라 여러 가지 영역이 서로 연결되어 있다. 내가 가치 있게 생각하는 영역을 정하고 내가 정한 영역의 현재 상태를 평가하는 것이다. 인생의 영역이 다 좋아야 한다. 인생수레바퀴를 가지고 영역별로 평가하고 소감을 기록한다. 또한 인생 영역의 우선순위를 정하고 그 이유를 기록한다. 인생수레바퀴는 3개월에 한 번씩 평가하여 업데이트를 하여 삶의 균형을 유지하는 것이 중요하다.

다섯 번째 구성요소는 인생영역별 비전이다.

인생의 영역별로 내가 원하는 최고의 모습을 현재형으로 기록하는 것이다. '나는 이것을 하고 싶다'가 아니라 '나는 이것을 하고 있으며 누리고 있다'라는 현재형으로 기록하는 것이 중요하다. 인생의 영역별 비전을 기술해 놓은 것이 영역별 비전 선언문이다.

인생설계도에는 내 인생의 마지막 날 장례식에서 낭독될 미리 써 보는 나의 추도문, 자기 존재 선언문, 인생목적 선언문, 인생수레바퀴 평가서와 내 인생의 영역별 비전선언문이 들어 있다.

## 나오며

지금까지 인생설계도의 정의, 필요성, 혜택, 그리고 시스템에 대하여 알아보았다.

나는 15페이지 되는 인생설계도를 가지고 매일매일 가슴 뛰는 삶을 살아가고 있다.

대한민국 국민 모두가 나와 같이 인생설계도를 가지고 가슴 뛰는 삶을 살게 된다면 대한민국의 미래는 어떻게 될까? 모든 직원이 인생설계도를 가진 기업, 모든 학생이 인생설계도를 가진 학교, 모든 가족 식구들이 인생설계도를 가진 가정, 모든 교인들이 인생설계도를 가진 교회, 모든 공무원이 인생설계도를 가진 관공서…… 이것을 생각할 때 기대와 흥분으로 가슴이 벅차오른다. 대한민국 국민의 1%만이라도 인생설계도를 가지고 살아간다면 대한민국은 놀랍게 변화될 것이다.

나는 '대한민국 국민의 1%인 50만 명에게 인생설계도를 갖게 하자'는 모토를 가지고 2019년 10월 26일, 인생설계도를 가지고 있는 제자 35명과 함께 1% VIP클럽을 시작하였다.

인생설계도를 가지고 있는 사람은 누구나 1% VIP클럽 멤버십을 가질 수 있다.

이 글을 읽는 사람들마다 인생설계시스템을 활용하여 자신만의 인생설계도를 만들고, 1% VIP클럽에 가입하는 일이 일어나기를 바란다.

# 미래창조정신의 태동

이 글은 새로운 천년이 시작되는 2001년, 사회 각 분야에서 활동하고 있던 창립 회원 30여 명이 (사)미래준비를 발족하면서 펴낸 발간사에 실린 글이다. (사)미래준비 회원들은 새로운 시대를 준비하는 주도적 삶의 주체인 리더로서 시대통찰력, 영적분별력, 강건한 체력과 정신력의 중요성을 공감하며 삶의 터전에서 다양한 방법을 시도하고 배우고 나누는 방식으로 활동하고 있다. (사)미래준비의 창립 의의와 비전을 되새기기 위해 원문 그대로 싣는다.


새 천년의 날이 밝았으니
나의 미래와 나라의 미래를 준비할 때입니다.
창의와 민첩성이 뛰어난 한민족이 새로운 정신으로
참 문화를 창조하여 역사의 전면에 나서야 할 때입니다.

이 새로운 정신은 미래창조정신이며
바르고 겸손하고 절제하고 살며
합리적 창의적 진취적으로 나가며

정성과 혼신의 힘을 다하여 제대로 일하며
섬기고 포용하고 더불어 화합하는 정신을 말합니다.

지금은 이 미래창조정신으로
내 자신이 변화되고
그 변화된 인격으로
참젊은이를 기르고
주변 사회를 변화시켜
민족과 나라의 미래를 개척해 나가야 할 때입니다.

미래창조정신은 일 천년 시대를 보내고 2000년 시대를 맞이하면서 탄생하였습니다. 이 정신은 우리의 삶의 자세와 사고방식과 일에 대한 자세와 대인관계에 대한 새로운 방향제시이며 새로운 시대에 우리가 함양해야 할 정신입니다. 이 정신을 토대로 나와 우리나라가 변화되자는 운동이 참사랑 운동입니다. 미래창조정신의 실천은 이 운동의 핵심입니다. 이 새로운 정신을 바탕으로 우리와 우리나라가 변화되자는 운동입니다.

◆ 참사랑 운동은
- 참사람의 미래창조 준비운동입니다.
- 참사람이란 건전한 정신으로 참되게 살면서 끊임없이 미래준비를 탐구하고 자신이 처한 위치에서 주변을 변화시켜 나가 아름다운 한국을 창조하는 사람입니다.

◆ 이 운동의 비전은
- '아름다운 한국의 창조'이며

♦ 이 운동의 미션은

- 참되게 살고

- 미래창조정신을 실천하고

- 미래준비를 탐구하고

- 주변 변화를 주도하는 것입니다.


♦ 아름다운 한국이란

정치, 경제, 사회, 문화 등 제반 분야가 고르게 발전되어 주변 환경은 잘 가꿔지고, 사회는 안정되고 평화로우며, 삶의 질은 향상되고, 사람들은 친절하고 멋있고 깨인 가운데 건전한 정신으로 열심히 살아가며, 상호 전체적으로 균형과 조화를 이루면서 이웃과 더불어 살아가 우리뿐만 아니라 외국인들에게도 보기 좋고 살기 좋은 나라로 느껴지는 한국이라고 할 수 있을 것입니다.


♦ 참되게 살기는

- 건전한 정신으로 참되게 사는 것으로

- 내가 먼저 참사람이 되고

- 주변에서 참사람을 찾아 공동체를 이루며

- 참된 젊은이(참사람)들을 기르는 것입니다


♦ 미래창조정신의 실천은

- 바르고 겸손하고 절제하고 살며

- 합리적 창의적 진취적으로 나아가며

- 정성과 혼신의 힘을 다하여 제대로 일하며

- 섬기고 포용하고 더불어 화합하는 정신을 실천하는 것입니다.

♦ 미래준비의 탐구는

나의 미래, 내 직장의 미래, 우리 사회의 미래, 우리나라의 미래에 대한 제반 준비를 끊임없이 모색해 나가는 것입니다.

♦ 주변 변화의 주도는

자기 주변에 30명의 사람에게 모범을 보이고 리드함으로써 주변 사회를 변화시켜 나가는 것입니다. 한 달에 한 번씩 전화하여 안부를 묻습니다.

♦ 일상 수행 항목은

- 사색 연구, 창조 경영, 주변 관리, 독서 토론, 기록 출판, 건강관리, 테마기행, 예술 감상, 나무 심기, 1% 기부, 솔선수범입니다.

# 미래를 여는 Key

## 하나

새 천년의 날이 밝았으니

나의 미래와 나라의 미래를 준비할 때입니다.

창의와 민첩성이 뛰어난 한민족이 새로운 정신으로

참문화를 창조하여 역사의 전면에 나서야 할 때입니다.

이 새로운 정신은 미래창조정신이며

# 바르고 겸손하고
# 절제하고 살며

합리적 창의적 진취적으로 나가며

정성과 혼신의 힘을 다하여 제대로 일하며

섬기고 포용하고 더불어 화합하는 정신을 말합니다.

# 신의 프로젝트

김정옥

## 일장춘몽

요즘 나는 자기 전에 하루에 한 가지씩 감사한 일을 떠올리며 하루를 정리하고 있다. 좋은 코치가 되기 위해 늘 고민했다고 생각했지만, 정작 내 삶을 돌아보고 들여다보는 일에는 인색했다는 것을 몇 년 전까지만 해도 인식하지 못했다. 늘 감사한 마음을 품고 산다면, 나 역시 누군가에게 감사한 사람이 될 것이다. 지난 3년 전에 나에게 일어났던 일들, 그때 느꼈던 그 절박함의 무게들이 나를 예전과는 다른 사람으로 만들었다.

3년 전쯤 남편이 은퇴한 뒤, 우리 부부는 30년간 살던 곳을 떠나 수도권으로 이사를 했다. 새로운 환경에 대한 기대감에 하루하루가 설렘으로 가득했고, 마침 좋은 기회가 닿아 대학에서 코칭을 강의할 수 있게 되었다. 전공이었던 컴퓨터 관련 강의를 20년간 해오긴 했지만, 나의 두 번째 인생을 열어 준 것이나 다름없는 코칭으로 학생들을 만날 수 있다는 것은 나에게는 꿈만 같았다.

학생들이 스스로 리더로 성장할 수 있도록 최선을 다해 돕고 싶었다. 그런 나의 선한 의도가 전해진 것일까. 학생들도 열정적인 태도로 임해 주었다. 한 달 정도밖에 되지 않는 시간이었지만 학생들의 변화가 보였고, 학기를 마친

뒤의 모습이 더욱 기대되었다. 하지만 나는 끝내 그 모습을 볼 수는 없었다.

## 절망의 늪

늘 받던 정기 건강검진에서 이상소견이 있다고 보호자와 함께 방문해 달라는 연락을 받았다. 그리고 다음날 나는 일생일대의 지각변동이 일어날 엄청난 선고를 받았다. 암 판정을 받은 것이다. 그것은 청천벽력 그 자체였다. 하루아침에 어제의 나와 오늘의 나로 분리되었고 빛과 그림자처럼 선명하게 경계 지워졌다. 살기 위해선 그간 하던 일을 모두 정리하고 치료에 전념할 처지가 되었다. 직장에도 사직서를 내야만 했다. 아무 것도 생각나지 않았고 정신 나간 사람처럼 멍하니 허공만 바라보며 그렇게 며칠을 보냈다.

수술을 하고 한 달 후에 첫 항암치료를 받았다. 며칠이 지나자 정말 의사의 예고대로 머리카락이 빠지기 시작했다. 며칠이 더 지나자 한 움큼씩 뭉텅이로 빠져 나왔다. 모근이 통째로 뽑힐 것 같은 두려움이 앞서 서둘러 가까운 미용실로 갔다. 쭈뼛거리며 머리를 밀러 왔다고 하니까 미용실 원장이 "어디 뇌수술 하세요?" 하고 물었다. 딱히 설명할 길이 없어 그냥 고개만 끄덕였다. 원장은 결이 고운 면도기로 삭발을 해 주었다. 길지도 않은 머리였지만 인생이 잘려나가는 듯 절망감과 서러움의 눈물이 흘렀다. 이를 악물고 참아 보려 애썼지만 쏟아지는 눈물을 어찌할 수가 없었다. 미용실 원장도 안쓰러운 듯 위로의 말을 건넸지만 귀에 들어오지는 않았다.

항암주사의 차수가 늘어갈수록 체력이 급격히 저하되었다. 계단 한 칸을 제대로 오르지 못할 정도였다. 항암제의 부작용을 막기 위해 먹는 약의 종류가 무려 10가지가 넘었다. 시간 맞춰 복용하기 위해서 알람의 숫자도 약의 종류만큼이나 설정해야 했다. 지속적으로 오는 통증과 정신적인 고통은 창문 밖으로 뛰어내리라는 악마의 속삭임으로 이어지곤 했다. 그럴 때마다 못된 마음을 나무라며 그 마음을 거둬들이곤 했다. 그러다 비라도 내리는 날이면 창밖에서 떨어지는 빗물을 보며 힘든 마음을 달래기도 했다. 일을 잃었다는 상실감은 생존을 위협하는 현실 앞에서는 차라리 사치였다. 다시 살 수 있을까 하는 불안감이 엄습해 올 때면 나락 속에서 허우적거리는 나를 보게 됐다. 하루에도 열두 번은 더 천당과 지옥을 오가는 것 같았다.

그러다 설상가상으로 항암제의 부작용으로 면역력의 수치가 급격하게 떨어지면서 응급 격리병실에 입원하는 사태가 벌어졌다. 일반인에 비해 0.03%의 수준까지 떨어지면서 가족의 면회조차 제한되었다. 암 환자가 항암치료 도중 감염에 의한 패혈증으로 사망했다는 뉴스를 본 적이 있어 죽음에 대한 공포는 극도로 커졌다.

그러던 중 평소 존경하는 어떤 코치님으로부터 문자 한 통을 받았다. '지금 왜 이런 시련을 겪고 있는지 아느냐'고 스스로에게 질문해 보라는 내용이었다. 위로를 받아도 시원찮은 상황에, 그 문자는 화를 솟구치게 만들었다. 그런데 웬일인가. 시간이 지날수록 나는 그 질문에 깊이 빠져들고 있었다. 해답을 찾기 위해 밤을 꼬박 새우고 새벽안개가 걷힐 즈음에 내면에서 뜨거운 무언가가 꿈틀거림을 알아차렸다. 참으로 이상한 경험이었다. 밤을 꼬박 새우고 한숨도 자지 못했음에도 검사 결과 면역력이 회복되고 있다는 의사의 소견을 들었다. 그때까지만 해도 면역 강화제를 계속 투여받고 있었으나 면역수치가 오르지 않는 응급 상황이었다. 그런데 우연의 일치였을까. 내 몸과 마음이 서로 통합되는 느낌을 받았다. 그리고 그때 알았다. 나는 중요한 과제를 부여받고 있는 중이란 걸.

그때부터 나는 나의 모든 좌절과 부정적인 생각에서 서서히 헤어 나올 수 있었다. 나라는 사람은 나만의 것이 아닌 세상을 위해 귀하게 쓰일 존재라는 것을 인식하고 긍정적인 마인드로 투병에 임하기 시작했다. 음식과 생활습관을 비롯해 과거에 잘못됐던 모든 것들을 180도 바꾸어 생활하기 시작했다. 마음이 바뀌니 몸도 함께 바뀌어 갔다. 거짓말처럼 회복속도가 빨랐고 의사도 깜짝 놀랄 만큼 건강이 좋아지기 시작했다.

## 희망의 날개

항암치료가 끝나고 방사선 치료도 마치고 나니 내가 언제 그렇게 죽을 고비를 넘겼나 싶을 정도로 살 것만 같았다. 물론 표적치료라는 과정이 또 1년을 기다리고 있었지만 항암치료와는 비교도 안 될 만큼 수월하다고 했다. 해당 암의 특정 부분만 선택해서 치료해 주기 때문에 신체에 그렇게 무리를 주지 않는다는 의사의 말이 나를 크게 안심시켰다.

체력이 점차적으로 좋아지고 삶에 대한 의지가 높아갈 즈음 나는 남은 투병기간을 좀 더 의미 있게 보내야겠다는 생각을 했다. 그간 바빠서 또 아파서 읽지 못했던 영적성장을 위한 책들을 읽었다. 그리고 죽음의 문턱에서 암을 극복하고 그 과정에서 생긴 내적 자원들을 이타적인 삶으로 승화시킨 사람들의 이야기를 읽으면서 나도 그렇게 되고 싶다는 소망을 담기 시작했다. 또한 암 관련 서적을 읽으면서 메모를 하고 자료를 정리하다 보니 환자들을 위한 코칭과 강의를 하고 싶다는 생각이 들었다. 미래모습을 상상하면서……

그러나 부끄럽게도 평소 감사라는 것을 잘 모르고 살았던 나, 이를 반성하기 위해 병상일지와 더불어 감사 일기를 써 보기로 했다. 그런데 뭔지 모를 저항감이 올라와 자신과 타협하지 않으면 감사 일기를 쓰기가 힘들 것 같았다. 그래서 '감사한다'가 아닌 '감사하자'로 바꾸어 쓰기로 하고, 내키지는 않았지만 첫날은 그냥 한 줄만 써 보기로 했다. 일주일쯤 지났을 때 나는 일기장에서 '감사한다'는 문구를 발견했다. 한편으론 놀라웠고 한편으론 반가웠다. 감사한 마음을 가지는 것도 노력이라는 것을 깨닫고, 매일매일 세 줄씩 감사 일기를 써 내려갔다. 왜 그동안 모르고 살았을까. 이렇게 감사한 일이 많았는데.

몸이 좋아지기 시작하니 정신도 맑아졌다. 그래서 한 걸음 더 나아가 보기로 결심했다. 도전적인 자세와 열정적인 삶의 태도가 정신적 신체적 건강에 도움이 된다는 것을 확신했기 때문이다. 첫 번째 과제로 PCC 자격반에 입과를 했다. 첫 오리엔테이션이 있는 날 리더 코치들로부터 운영 프로세스에 대한 안내를 받고 목표와 기대감을 적어 보라는 말에 6개월 후에는 반드시 PCC를 취득하겠다고 목표를 세웠고, 정말 열심히 노력했다. 그것을 구체화하는 과정에서 몸 안의 정체되어 있던 에너지가 힘차게 순환되는 것을 느꼈다. 7개월 후에는 목표를 달성할 수 있었고, 간절하게 원하고 노력하면 틀림없이 이루어진다는 확신도 얻었다. 투병과정에서 얻은 자격이라 더할 나위없이 소중하고 값지게 여겨졌다.

이 과정에서 큰 위안이 되어 준 코치들도 있었다. 아파서 힘들어 할 때 격려와 위로를 전하며 우리는 항상 연결되어 있다는 것을 증명해 주던 영성코칭 교수님과 도반들, 그들의 선한 영향력이 없었더라면 나는 이렇게 빠른 회복을 기대하기 힘들었을지도 모른다. 1만겁의 시간이 지나야 인연으로 맺어진다는 도반들, 그 귀한 인연에 그저 감사할 뿐이다.

## 신의 프로젝트

암 투병을 했던 지난 시절은 결코 편한 시간이 아니었다. 죽음의 공포에 맞서며 극한의 감정을 느껴야 했고, 오랫동안 일했던 직장을 그만두면서 치료비로 인한 경제적인 부담도 느꼈다. 또 경력 단절에서 오는 불안감은 나를 더욱더 힘들게 하였다.

하지만 그간의 삶을 돌아보면서 완전히 새로운 관점도 갖게 해주었다. 헌신적으로 간호해 준 남편에게 평생을 갚아도 모자랄 만큼의 감사함을 갖게 되었고, 가족의 소중함을 다시 한번 느끼게 되었다. 그리고 소중한 사람들을 위해서도 건강관리에 힘써야겠다는 의지를 높이게 되었다. 다른 사람의 마음을 대하는 일을 하면서도 정작 나 자신과 내 주변의 소중한 사람들에 대해 감사한 마음을 갖지 못한 것에 대해 크게 반성하고 고민했던 시간이기도 했다. 또한 의미 있는 삶이 무엇인지 성찰할 수 있도록 마음의 공간을 얻는 것 또한 큰 축복이라 여겨진다. 힘든 시간 동안 고통을 통해 얻은 통찰이 결코 작지 않기에 모든 사람에게 감사하며 보답하는 마음으로 살고 싶다.

신은 나에게 두 가지 과제를 주셨다. 첫 번째는 병을 이겨 내면서 그간 내가 잊고 있었던 삶의 가치를 다시 한번 되새기게 하였고, 두 번째는 그동안 얻은 내적 자원들을 다른 사람들과 함께 공유하며 기여하는 삶을 살게 하는 것이었다.

병으로 힘들어하는 사람들이 너무도 많다. 그들을 위해 나는 무엇을 할 수 있을까. 그들이 좌절하지 않고 삶의 의미를 찾고 용기를 낼 수 있도록 조금이나마 돕는 것으로 나의 사명을 다하고 싶다. 생존을 넘어서는 기적은 분명 존재한다고 믿는다. 고통 속에서도 우리는 그 사람의 인생을 좀 더 찬란하게 빛내 줄 삶의 가치를 찾을 수 있다. 또한, 병을 이겨 낸 사람들이 단절되었던 자신과 타인과의 관계를 회복하고 건강하게 사회에 복귀할 수 있도록 돕고 싶다. 나는 그것을 해낼 수 있는 코치이고 또한 그렇게 할 것이다. 이런 믿음이 평생 동안 흔들리지 않았으면 좋겠다.

**김정옥**

국민대학교 KCLC 리더코치이자 Active Coaching 연구소 비즈니스 전문코치. 대학에서 컴퓨터 과목을 강의하는 교수로서 20여 년 간 후학양성에 전념했으며, 재직 중에 코칭을 알게 되어 관심을 갖고 그 역량을 키워 왔다. 대학생의 진로설계와 라이프코칭의 확산에 노력했으며 현재 한국코치협회 인증심사위원, PCC, KPC 및 갤럽의 강점코치로 비즈니스 현장 및 대학, 기관에서 코칭활동을 하고 있다. 이메일: kjo4248@daum.net

# 나, 노마드

박인희

## 혼자만의 시간이 주는 한없이 자유로운 그 시공간

어린 시절 낙타를 타고 다녔던 카라반의 딸랑거리는 모래바람 속 실크로드를 따라 흘러 왔을 아라비안나이트 이야기를 참 좋아했었다. 새로운 삶을 안내할 철길을 따라 소박한 마차를 타고 도착한 다락방에서 마음껏 상상하던 빨강머리 앤은 탈출구이자 해방구였고 오솔길이었다.

오늘도 살짝 뉘여 있는 반달을 보며 지구 저 건너편 세상을 슬쩍 눈을 감고 그려 보았다. 그러다 다시 내게로 시선이 돌아왔다. 삶을 돌아보는 얘기만큼 설레고 아프고 바로 보기 어려운 과제가 있을까?

생선 한 마리를 속속들이 알 수 있을까? 한 마리를 뼈째 통으로 씹어 먹으면 그 맛을 알까? 내게 생선 한 마리란 과거이자 현재이고 미래일 것이다.

과거와 현재를 알면 미래를 알 수 있다는 말들을 부정하고 싶었던 날들이 참 많았는데 돌이켜 보면 딱! 맞는 말이다. 아니라고 부정할수록 '거 봐' 하면서 더 찰지게 다가온다.

바로 본다는 것이 호락호락하진 않았지만 고고학자가 유적지를 살피듯 찬찬히 발자취를 살펴보니 나를 가장 잘 표현할 수 있는 말은 노마디즘

(Nomadism), 아나키즘(Anarchism), 틈(Space), 연결(Network)이란 단어들이 구슬처럼 여기저기 흩어져 있었다. 어떻게 꿰어야 보배가 될지, 혹은 그대로 두고 그 시절 인연이 주는 출렁임을 살펴야 하는지 아직 잘 모르겠다. 과거와 현재와 미래를 연결하며 자원을 탐색하는 나. 할 일을 미뤄 두는 것 같아 종종거리게 되는 어느 날 더 이상 미루고 회피할 수 없는 그 어느 즈음 물길이 아래로 아래로 흐르듯 몰입의 빅뱅이 일어난다.

노마드를 꿈꾸고 일탈을 시도하지만, 아직 서울에서 나고 자란 터전을 못 벗어나고 있는 나.

후~ 하고 바람 불면 자리를 가리지 않고 틈을 찾고 안착하는 민들레 홀씨 하나.

어릴 적 친구들은 나에게 한비야보다 더 노마드적인 삶을 살 거라고 했었다. 아직 그만큼은 아니지만 틈틈이, 짬짬이 기회를 만들며 소소하나 일상의 에너지가 될 경험주머니가 차곡차곡 쌓여가곤 있다.

고등학교 야간 자율학습시간 삼삼오오 몰래 담을 넘어 만화방을 접수했었다. 슬쩍 눈감아 주는 선생님과 일탈이 주는 쾌감, 그리고 비밀이 맺어 준 관계의 즐거움 속 낭만은 깊어 갔다. 그러다 혼자라도 영화관, 프랑스 문화원, 이탈리아 문화원을 다니며 일탈을 탐닉하던 나르시시즘 때문이었을까? 우르르 몰려다니다가도 어느 틈엔 슬쩍 무리에서 나와 혼자만의 시간이 주는 묘한 골방 같고 한없이 자유로운 그 시공간이 참 소중했다.

여행에 대한 로망. 로망은 이뤄지지 못해서 로망이라 하는지 여행 한번 제대로 다니지 못한 팍팍한 삶이 안타까워 30살이 넘어서 처음으로 긴 배낭여행을 떠났다. 긴 병으로 인한 아빠 병원비와 공과금과 빚 등 감당할 일이 참 많았는데 계속 짊어지고 있다간 여행 한번 못 떠나고 주저앉을 것 같아서 뭉

칫돈을 툭 던지고 '대책'이라는 건 사전에만 존재하는 말로 남겨 두고 그 시간을 일시정지시키듯 나만 살짝 빠져나와 비행기에 올랐다.

활주로에서 바퀴가 뜬 이륙의 순간, 서서히 상승하며 기울어지는 나. 그리고 점점 멀어지는 작은 성냥갑 도시들. 제자리를 지켜야 할 심장이 갑자기 15센티 정도 툭 튀어 나온 듯 눈앞에서 쿵쾅거렸다. 눈물이 왈칵 쏟아졌었다. 눈물은 깊고 깊은 내 안의 정화. 잘했다고 말 걸어 주는 맑은 샘물.

카라반처럼 낙타를 타고 실크로드의 어디쯤일 인도 북부 제살메르 사막에서 2일 밤 3일 낮을 보냈다. 배낭여행은 감당할 수 있는 만큼의 무게를 등에 지고 가는 인내의 길, 비움의 길, 선택의 길. 내 삶의 무게까지 얹어서 낙타와 함께하는 사막에서 낙타는 이동수단을 넘어서 생사고락을 함께하는 벗이자 길동무이다. 그렇게 설핏 유목민이 된 나는 갓 짠 염소젖을 마시고 최소한의 물로 살기 위해 모래알갱이로 그릇을 닦고 조리를 하고 스스럼없이 현지인들과 놀면서 뒹굴었다. 지구는 둥글었다. 땅도 둥글었고 하늘도 둥글었다. 고개가 모래 언덕 뒤편으로 꺾여 바라본 끝없이 펼쳐진 모래 물결, 둥글게 떨어진 까만 밤하늘, 그리고 빼곡하고 촘촘한 별들. 굽이굽이 모래언덕을 베개 삼고 자리 삼아 바라본 별빛과 별똥별은 멀고 먼 사인 같기도 했지만 '왜 이제 왔느냐'고 반갑게 찾아온 친구처럼 가까웠다.

인도여행 초반엔 물티슈로 바닥과 발바닥을 닦고 앉았다. 관찰자로 현지인들에게 곁과 틈을 주지 않았는데 이제는 맨발로 서걱거리는 모래와 자잘한 부서진 돌길을 걸으며 내가 부른 그리움인지 그리움에 내가 답한 것인지 알 수 없는 무수한 인연 바람을 만났다. 곁과 틈은 손을 내밀고 호기심만큼 온기로 채워졌다. 인생의 경험 주름 하나가 깊게 자리 잡았다.

여행을 하면서 이렇게 일탈과 자유를 꿈꾸며 바람 같은 홀가분함을 꿈꾸던 나는 가장 황홀한 순간에 문득문득 두려웠다. 곰곰이 생각해 보니 내가 두려워하는 것들은 나를 옭아매는 환경, 다른 사람 시선, 구속이라 생각했는데 실은 한 번도 제대로 경험해보지 못해서 가장 부러워했던 편안함, 안정감이었음을 알게 됐다. 자유의 반대는 안정이었구나. 뿌리내리고 정착해야 만날 수 있는 안정감. 깊게 뿌리내릴수록 더 단단하게 연결되는 게 세상인데, 세상에 어울리거나 주류로 살아가긴 힘들겠구나 싶은 마음에 서럽게 운 기억 하나.

바람, 그러다 느끼게 된 바람의 숨결, 살랑이기도 하고 거세게 스치는 바람에 나뭇잎은 공명하고 뿌리까지 전달되어 뿌리가 더 견고해진다. 그리고 뿌리는 깊이 물과 양분을 빨아들이고 나뭇잎 저 끝까지 힘차게 전달해 준다. 묘한 위안을 얻었다. 표류하듯 방랑하는 것이 세상이 더 잘 뿌리내릴 수 있도록 하는 바람을 일으키는 나의 몸짓일 수도 있구나. 불쑥 찾아오고 가늠하기 어려운 불안감은 세심히 살피고 다독이며 쓰다듬고 가야 할 영원한 친구이겠구나.

요가매트에 누워 1분가량 팔을 들어올리는 시간을 가져 보던 적이 있었다. 평소라면 1초면 들어 올릴 수 있는데 16배속으로 테이프를 늘리듯 그렇게 느리게 온 감각을 팔에 집중하며 들어올렸다. 한 번도 느껴 본 적 없는 손가락 뼈들 관절 사이의 공간, 미세한 근육의 움직임을 잊을 수 없다. 신기하게도 팔에만 집중했는데 모든 감각기관이 열리며 하나로 연결되는 경험을 했다. 감각이 깨어나면서 의식이 깨어나는 반짝이는 순간들. 인지적이고 대화로 주고받는 코칭세션에서 어떻게든 몸을 쓰게 한다.

뒤돌아서면 배고프고, 돌도 씹어 먹을 소화력을 가진 고등학교 남학생들을 주로 만나는데, 그렇게 들뜬 아이들도 몸에게 집중하며 몸이 하는 말을 들으면 집중력도 높아지고 마음도 가벼워진다. 나 역시 해야 할 것이 헝클어지고 머릿속이 복잡한 순간에 호흡을 하며 그 시간만큼은 내 몸에 귀를 기울인다. 바빠서 흘러가는 대로 몸을 움직이고 어디에 붙어 있는지도 모르고 무작정 움직인 몸에게 미안해진다.

니체는 이렇게 말했다. "내가 신을 믿는다면 춤출 줄 아는 신만을 믿으리라. 나의 악마를 보았을 때, 그것은 중력의 요정이었다. 요정으로 말미암아 모든 사물이 낙하한다." "춤꾼은 발바닥에 귀를 달고 다닌다." 나는 나의 춤을 추고, 너는 너의 춤을 추고 몸과 마음이 하나로 통하며 본능과 욕구를 잘 다독이다 보면 직관이 살아나고 본성, 생명성을 회복하게 되고 우주가 보내는 주파수 잘 맞추며 신성이 빛을 내겠지.

**Life is a journey, not a destination.**

태풍은 공기를 순환시키며 섞이게 해서 온도를 유지해 주고 저 아래 심연에 공기도 전해 주고 적조현상도 막아 주는 고맙기도 한 존재다. 스스로 결심 못해서 주저할 때 태풍이 내게도 불어온다. 바람이 쓸고 다니며 어딘가로 이동했을 많은 쓰레기들은 말없이 바다가 품어 주지만 내게 불어온 태풍은 여기저기 감당 못한 후유증으로 주변 사람들에게 흘러간 적이 많았다. 코칭을 통해 나아지고 있는 것은 적어도 태풍의 횟수와 크기와 방향을 감지하고 있다. 그래서 누구에게나 코칭을 만나게 하고 싶은 순간들이 많다. 바다가 품었던 쓰레기가 온난화, 기상이변, 오염 테러로 다시 내게 돌아온다. 그렇게 우리는 서로를 주고받는 관계. 미래는 현재이다. 과거도 현재이다.

예전엔 어떤 사람이 되어야만 하고 직업으로 이름을 남기는 것이 목표이자 숙명이어야 한다고 생각했다. 그런데 어느 날, 이곳저곳 유람하며 부유하며 점이 되고 면이 되고 연결시켜도 좋다고, 노마드에 충실해도 괜찮다고 속삭이는 소리를 들었다.

비우고 덜 소비하고 꼭 필요하거나 의미 있고 가치 있는 소비를 한다. 작은 상점을 들르고, 소소한 이야기에 귀 기울이고 발굴하는 즐거움이 커진다. 종자를 지키고 토양을 살리며 바른 먹거리의 소중함을 알게 되었다. 풀뿌리가 건강해지기를 바라며 점점 더 많은 시민단체에 후원을 하고 있다. 긴 머리칼을 잘라서 소아암 백혈병 친구들에게 기부하며 나눔의 뿌듯함이 커진다. 글쓰기를 함께하는 소아암 백혈병 친구들 재발소식은 늘 마음을 졸이게 하지만 그들이 조금이라도 경험의 문턱을 넘어설 수 있도록 노력하고 있다. 시스템에 길들여지길 원하고 편식을 권하는 제도를 파도 타며 다양성을 접할 수 있는 미디어 플랫폼 운동을 하고 있다. 전쟁 없는 평화의 소통이 더 많아지길 바라며 귀여운 소품도 만들며 실천하고 있다. 원하는 일, 꿈, 직업보다는 안정성만을 좇는 아이들에게 사회가 안정적이여야 꿈이 더 커진다고 말하며 함께 꿈꾸고 싶어서 교육과 사회변화 위해 뚜벅뚜벅 실천하고 있다.

지나온 길을 추억하고 즐거워하며 현재 가는 길을 충만히 즐기자. 다가오는 새로운 여정을 기대하고 상상하자. 목적지가 다른 사람보다 폼 나 보이지 않는다고 뒤돌아보지 말고 스쳐 지나는 사람을 부러워하여 억지로 쫓아가지 말자. 누구나 자신만의 여행지도가 있는 것이니까. 나의 지도를 조금 더 관심을 가지고 살피고 닦고 다독여 보자.

한 발자국, 한 발자국. 자신의 길을 가는 것. 정성스레 준비하고 귀하게 내딛자! 여정 중에 만나는 장애물을 두려워 말며 어렵다고 포기하지 말자. 오르막길도 있고 내리막길도 있고, 평평한 길도 있고 때때로 뜻밖의 풍경에 감탄하고 나아가니까.

누구도 카피하기 힘든 한정판(limited edition)이기에 나를 사랑하고 또 사랑하고, 그런 만큼 상대도 나만큼 그도 소중한 존재이니 활짝 반기자.

그렇다고 여행길에 불어오는 바람에 수시로 마음 설레고 방향을 마구 바꾸지는 말자. 무작정 아무 곳으로나 떠나며 그것이 소명이라고 말하지는 말자. 어디로 가야 할지 방향을 정하고, 여정에 필요한 행장을 잘 꾸리는 것은 여정을 풍성하게 하고 보람되게 하고 뜻깊게 하며 즐겁게 하는 중요한 것이니까. 앞으로 나가는 것에만 목적을 둔 나머지 주변을 돌아보지 못하고 서둘러 다니진 말자. 천천히 느리게 다닐 때 더 온전한 내가 되고 연결될 수 있음을 경험했으니까. 어떤 사람으로 기억되고 싶은지, 어떤 일을 꼭 해야 할지 방향을 음미하며 걸어가자.

아인슈타인, 융, 로저스, 들뢰즈, 스피노자, 루만, 니체, 던컨, 노자와 장자. 신영복, 이회영, 노회찬, 노무현, 그리고 아빠. 만날 수도 없고 우주로 흩어진 사람들. 질량의 법칙에 따라 그들의 숨은 들고 날고 우주에 머물겠지. 바람결에 내게도 오겠지.

노마드, 유목민이 그러했을 것처럼. 이곳저곳을 다니며 내 안의 경험이 실존으로 차곡차곡 쌓여서 누군가에 전해지겠지.

노래하고 춤추며 마주한 인연에 정성을 다하고 온기를 전하고 살다 보면, 어쩌면 우주여행을 하며 오늘 이 글을 웃으며 기억할지도 모르겠다.

나, 노마드.

### 박인희

우연히 전철에서 옆자리에 앉은 사람이 읽는 책을 통해 코칭을 만나고 10년간 코칭에 푹 빠져서 열심히 살고 있다. 현재 KPC로 고등학교에서 진로진학 코칭교사로 일하며, 청소년과 청년들 삶을 만나는 코칭을 하고 있다. NGO, NPO, 사회적경제활동 단체에서 활동하며 영화인과 춤추는 민주주의를 꿈꾸며 활동하고 있다. 이메일: ineecoach@gmail.com

# 세상에 허투루 있는 것은 없다

이용찬

## 나의 인생극은 아마 제4막쯤 와 있는데

수구초심(首丘初心)이라는 말이 있다. 여우가 죽을 때는 태어난 굴이 있는 언덕 쪽으로 머리를 둔다는 뜻이다. 이 말이 사실인지 확인하기기는 어렵지만 사람이 나이 들어가면 본능적으로 자신의 어린 시절 잔뼈를 키웠던 고향을 그리워하는 마음을 동물에 빗대어 비유적으로 일컫는 말일 것이다.

우리 또래의 사람들은 직장이 곧 밥줄, 생명줄이었다. 직장에서 살아남는 것이 절대적인 가난에서 벗어나는 길이었다. 요즘은 당연하게 생각하는 토요일 휴무도 그리 오래 전의 일은 아니다. 밤늦게 야근하는 것은 다반사였으나 제대로 불평 한 번 해 보지 못하고 앞만 보고 달려왔다. 21세기 글로벌 경제시대의 무한경쟁사회에서 혁신만이 살 길이며 당신이 변하지 않으면 세상이 당신을 변화시킬 것이라는 직장상사들의 협박(?)은 우리를 늘 긴장하게 만들었다.

정말 나는 경쟁이라는 세상정글에서 적응하지 못하고 자연도태되고 말 것인가 하는 강박관념은 자주 우리를 번아웃(burn-out) 상태로 몰아가기도 했다. 그래서 대부분의 우리 또래의 직장인들 중 여우가 처음 태어난 곳을 그리워하듯 퇴직 후에는 인간의 영원한 정신적인 고향인 자연으로 돌아가서 강이 바라보이는 언덕에 조그마한 집을 짓고 강아지 한두 마리와 놀면서 느긋하게 살아보리라는 꿈을 꾸지 않았던 사람은 별로 없을 것이다.

나도 물론 예외는 아니었다. 퇴직한 후에는 자연 속에 묻혀 나와 가족의 먹거리를 손수 키우고 싶다는 소망을 가꾼 적이 있다. 그러나 막상 직장에서 퇴직한 지 수년이 되었지만 이를 실현하지는 못하고 있다. 반세기 넘게 도시 생활 속에 길들여진 몸인지라 갑작스러운 생활패턴의 변화가 두렵기도 하지만 무엇보다도 아내가 시골로 가는 것을 반대하는 것이 큰 이유이기도 하다.

어찌 살다 보니 어느덧 나의 인생도 황혼을 향해 달려가고 있다. 세상을 극장이라 하고 인생을 5막의 연극으로 치자면 지금 나의 인생극은 아마 제4막쯤 와 있는 것으로 보이며 남은 인생극을 잘 마칠 수 있을지 여부도 내 뜻으로 할 수 있는 일은 아니다. 비록 자연으로 돌아가지는 못했지만 자연과 친해지고 싶은 사람의 초심으로 돌아가 남은 인생극에서 어떤 배역을 맡아 잘 할 수 있을지를 곰곰이 생각해 본다.

## 무엇을 더하고 무엇을 뺄 것인가

언젠가 모 대학 평생교육원에서 취미로 사진 찍는 기술을 배운 적이 있었는데 그때 어느 교수가 "사진은 뺄셈입니다."라고 하던 말이 생각난다. 당시 나는 카메라 앵글 속에 어떤 피사체를 담을 것인가에 대해 애쓰고 있었는데 그 교수는 오히려 담고자 하는 대상에서 무엇을 뺄 것인가에 더 힘쓰라고 가르치는 것이었다.

실제로 이렇게 노력함으로써 나는 이전보다는 더 나은 사진을 찍을 수 있게 되었다. (물론 내가 보기에 더 낫다는 의미이니 오해는 마시라) 좋은 사진은 많은 의미를 함축할 수 있는 대상과 함께 상당 부분은 여백으로 두고 이를 감상하는 사람의 상상으로 채우게 하는 것도 좋은 사진을 찍는 방법 중의 하나라고 본다.

일반적으로 앵글을 꽉 매운 사진보다도 여백이 있는 사진이 보는 사람의 마음을 편안하게 한다. 비록 사진에 관한 오랜 경력은 없지만 기록사진이 아니라면 무조건 많은 것을 앵글에 담으려다가는 그저 단순한 풍경밖에 담지 못하는 사진이 되고 만다는 것이 나의 경험이다.

최근 가끔 혼자서 출사(出寫)를 다니다가 문득 인생도 사진을 찍을 때처럼 덧셈보다는 뺄셈이 더 중요할 수 있겠다는 생각을 해본 적이 있다. 그동안 짧지 않은 인생을 내 자신에게 무엇을 더할 것인가에 열중하는 삶을 살아온 것 같다. 그래서 이제는 내 자신을 돌아보면서 남은 인생을 아름답게 만들기 위해 무엇을 빼고 살 것인가에 대해 좀 더 힘써 보자는 생각이 드는 것이다.

생각해 보면 내 인생의 대차대조표는 언제 결산해 보아도 항상 흑자로 나타날 것이 틀림없다. 태어날 때 붉은 몸 빈손으로 태어났으니 지금 가지고 있는 것 모두가 나의 인생의 잉여물인 셈이다. 그동안 잘 먹고 살아왔으면서도 이렇게 많이 남았으니 꾸준히 덧셈만 하고 살아왔다는 뜻이기도 하다. 퇴직 후 인생 이모작을 살아가면서도 아직도 내 인생에 무엇인가를 더하며 살고자 애쓰고 있는 자신을 돌아보면서 내가 가지고 있는 것 중 진정 나에게 중요한 것은 무엇이며 오히려 빼 버리면 더 아름다울 것이 무엇인지 생각해 본다.

생텍쥐페리는 그의 저서 『어린왕자』에서 '중요한 것은 눈으로는 잘 보이지 않는다.'고 얘기하고 있다. 어쩌면 그동안 나는 중요한 것은 보지 못하고 눈에 보이는 것만 꾸준히 더 얻으려고 발버둥치고 살아왔는지도 모른다. 좀 더 좋은 집을 장만하고 아이들에게 더 좋은 교육을 시키고 통장의 잔고를 더 늘리려는 물질적인 덧셈을 인생의 가장 우선순위에 놓고 살아온 것으로 보인다. 물론 인생에 있어서 물질이 중요하지 않다는 것이 아니라 내가 살아가는

데 필요한 것보다도 훨씬 많이 가졌는데도 여전히 덧셈에 몰두하고 살다가 인생이라는 연극에서 과연 자신의 존엄을 지키는 아름다운 배역을 소화할 수 있겠는가 하는 의문이 드는 것이다.

인류의 위대한 유산인 피에타 상을 만든 미켈란젤로는 대리석 안에 그 조각상은 원래 있었으며 자신은 단지 필요 없는 부분만 떼어내어 그 조각상을 꺼냈을 뿐이라고 말했다고 전해진다. 어쩌면 우리는 내 안에 이미 중요한 무언가가 있는데도 오로지 덧셈으로 살아오면서 덕지덕지 덧붙이다 보니 정말 중요한 무엇인가는 보이지 않게 되었으며 그렇게 오래 살다 보니 인생의 중요한 것이 무엇인지도 모르게 되어 버렸는지도 모른다.

이제부터라도 그 중요한 것이 무엇인지 다시금 생각해 보고 중요한 것을 감추어 버린 불필요한 부분을 하나씩 하나씩 떼어 내는 뺄셈에 더 많은 시간을 보내고자 한다. 현재를 살아가는 우리는 인류 역사상 어느 시대보다도 물질적인 풍요의 시대에 살고 있는데도 미래에 대한 불확실성과 두려움은 어느 시대보다도 높다고 한다. 그동안 적지 않은 세월을 살아오면서 미래에 대한 불안과 두려움에서 벗어나 자유로운 영혼으로 살아본 날이 많지 않은 것 같다.

반면에 실제로 그렇게 걱정했던 일들이 실제로 일어난 경우도 별로 없었던 것 같다. 이제 남은 인생극의 배역을 소화하면서 미래에 대한 두려움과 불안을 가장 먼저 인생대차대조표에서 빼 보고 싶다. 어쩌면 나이 들어간다는 것은 점점 외로워지는 것에 익숙해져 가는 과정이라고 할 수 있다. 인생 후막에서는 항상 곁에 있을 것만 같았던 젊음도 건강도 친구도 가족도 그리고 꿈도 하나씩 내 곁을 떠나가는 것을 붙잡을 수 없다. 내 인생의 후막에서 인생앵글 속에 빼 버려야 할 것은 그동안의 경험과 지식으로 무장된 자만심이며 담아야 할 것은 자연스레 다가오는 외로움일 것이다.

## 헛꽃은 허튼 꽃이 아니다

산딸나무는 꽃 모양이 새하얀 색이어서 멀리서도 눈에 잘 띈다. 그래서 봄에 산에 가면 누구에게나 흔하게 눈에 띄는 나무다. 꽃이 떨어진 빈자리에는 푸른색 열매가 달려 가을에는 작은 딸기모양으로 붉게 익어 간다. 그리하여 가을날에는 동물 친구들을 초청하여 한 해 동안 열심히 일한 대가를 나누는 풍요로운 잔치를 열기도 한다. 물론 초대받은 친구들은 나무가 베풀어 주는 붉은 열매를 먹고 여기저기 배설을 함으로써 이 나무의 영토를 넓혀 주는 역할을 하니 그냥 공짜로 잔치에 간 것은 아니라고 할 수 있다.

그런데 이 나무의 꽃을 잘 보면 신기한 점이 있다. 원래 꽃이란 수술과 암술이 있고 씨방이 있어 수분 후 씨방에서 씨앗을 키우는 것이 원칙이다. 당연히 산딸나무도 열매를 맺으니 이러한 형태의 꽃모양을 갖추고 있는 것은 틀림이 없다. 그런데 자세히 보면 흰색의 넓은 꽃은 실제로는 꽃이 아니다. 원래 꽃은 흰색 가운데 있는 초록색의 조금은 볼품없는(?) 단추만한 크기로 육안으로는 잘 보이지 않는다. 이 작은 초록색 꽃 속에 암술과 수술 그리고 씨방이 다 모여 있는 것이다.

산딸나무는 작고 눈에 잘 띄지도 않는 이 꽃만으로는 씨앗을 맺는 데 필요한 벌과 나비를 초청하기가 어렵다는 것을 알고 있다. 그래서 벌과 나비를 초청할 수 있는 특별한 재능을 찾아냈는데 이는 바로 잎을 하얀 꽃잎처럼 만들어 진짜 꽃을 둘러싸고 있는 모양새를 취한 것이다. 잎이 진짜 꽃들을 위해 꽃인 양 위장을 하고 있는 셈이다.

벌과 나비들은 가운데에 있는 진짜 꽃이 아니라 이를 둘러싸고 있는 하얀 잎들의 손짓에 유혹되어 다가가서는 진짜 꽃의 암술과 수술의 꽃가루받이를 하게 된다. 만일 위장 꽃잎들의 도움이 없다면 산딸나무의 진짜 꽃들은 정상적인 수분을 할 수 없게 되어 열매를 맺기 어려울지도 모른다.

사람들은 이 하얀색의 꽃잎은 꽃모양이되 꽃이 아니니 헛꽃이라고 부른다. 그러나 헛꽃이라고 생각하는 것은 사람들의 생각이다. 비록 인간이 학술적으로 체계화시키고 정의한 꽃이라는 조건을 갖추고 있지 않을지 모르지만 이 헛꽃이 없다면 산딸나무는 우리 산야에서 볼 수 없게 될 날이 멀지 않게 될 것이다. 완벽하게 자신의 역할을 수행하는 헛꽃 덕분에 산딸나무는 풍성한 열매라는 기적을 창출한다.

　비단 산딸나무뿐만이 아니다. 자연 속에는 상당수의 식물들이 헛꽃의 도움으로 수분을 하고 열매를 맺으며 자라고 있다. 이렇게 보면 자연 속에 허투루 있는 것은 없어 보인다. 다만 사람들이 허투루 볼 뿐이다. 흔히 움직이지 못하는 사람을 식물인간이라고 부르는 경우가 있는데 식물의 이러한 뛰어난 재능을 알고 있다면 이는 잘못된 말이라는 데 공감할 것이다.

　누구나 세상이라는 극장에서 상영되는 인생이라는 극에서 주인공이 되기를 원한다. 그러나 주인공만 있는 연극은 성립될 수 없으며 어쩌다 막이 오른다 해도 모두가 주인공인 연극은 곧 흥미 없는 연극이 되고 말 것이다. 헛꽃이 있기에 산딸나무의 꽃이 열매를 맺을 수 있듯이 세상사에는 때로는 헛꽃이 필요하다. 사회에는 보다 아름다운 세상으로 조금씩 더 나아가기 위해서 누군가가 열매를 맺도록 도와주는 헛꽃의 역할이 필요하다.

　인생 후막에서 나는 사회의 헛꽃이라는 배역을 맡기를 소망한다. 가정에서는 자녀들을 위한 헛꽃이 되고 사회에서는 젊은 세대가 열매를 맺을 수 있도록 돕는 헛꽃이고 싶다. 주인공이 빛나는 연극이나 영화에는 반드시 훌륭한 조연배우가 있듯이 우리세대의 진짜 꽃들이 열매를 맺을 수 있도록 아름답게 빛나다가 역할이 끝나면 조용히 사라지는 헛꽃이 되기를 소망한다.

# 똑바로 서는 나무가 오래 간다

흔히들 무심히 보고 지나치는 것이 나무이다. 하지만 나무를 자세히 보면 나무는 참 잘 생겼다는 생각이 든다. 땅에 뿌리를 굳건히 내리고 튼튼한 몸통에 하늘을 향해 많은 가지를 내밀고 서 있는 큰 나무의 모습은 마치 그리스로마신화에 나오는 헤라클레스가 하늘을 어깨에 메고 있는 모습을 연상케 한다. 지구상에는 3천 년 이상 수령을 가진 나무가 많이 발견되고 있으며 우리나라에도 강원도 정선 두위봉에 있는 주목은 약 1400년의 수령을 가진 것으로 판명되었다고 한다(이경준, 2006년, 『한국의 천연기념물 노거수 편』). 나무가 이처럼 혹독한 추위와 더위, 그리고 비바람에 노출되어 있으면서도 잘 쓰러지지 않고 오래 사는 힘은 어디서 나오는 것일까?

나무 목재부분의 구조를 보면 맨 바깥부분에는 표피(表皮)라고 일컫는 코르크층과 코르크층에 의해 둘러싸여져서 매년 나이테를 만들며 성장하고 있는 변재(邊材)가 있다. 이 코르크층과 변재 사이의 수관을 통해 뿌리로부터 양분이 잎으로 올라가고 잎에서 만들어진 포도당이 뿌리를 비롯한 나무 전체로 이동하면서 나무는 세포분열을 통해 점점 성장한다고 한다.

그런데 나무가 세포분열을 하다 보면 찌꺼기에 해당하는 물질이 생긴다. 나무는 이 물질을 목재부분의 한가운데로 모으는데 이것은 세포분열을 하지 않는 단단한 물질이다. 학자들은 나무의 이 부분을 심재(心材)라고 한다. 그러니까 나무의 목재부분은 크게 표피와 변재, 심재로 구성되어 있다고 볼 수 있다.

그런데 표피와 변재는 나무가 성장하는 데 필요한 일을 하는 데 비해 심재 부분은 세포분열을 하지 않으니 나무의 성장에 필요 없는 부분처럼 생각될 수도 있다. 나무의 성장에 필요한 일을 하지 않으면서도 나무의 중심부를 차지하고 있는 셈이다. 그러나 학자들은 나무에 있어서 단단한 심재부분이 없으면 나무가 바로 설 수가 없다고 한다. 나무가 바로 설 수 없으면 당연히 오래 살 수 없고 성장하기도 힘들다. 나무가 갖은 외부의 험한 조건 속에서도 성장할 수 있는 것은 묵묵히 중심을 단단히 잡고 있는 심재의 역할이 크다는 것이다.

인간사도 마찬가지이다. 그 사회가 올바르게 서기 위해서는 그 역할을 담당하는 누군가가 필요하다. 일반적으로 가정도 중심을 잡아 주는 어른이 있으면 식구들 간에 더 화목해지는 경우가 많다. 한 사회도 마찬가지로 성장과 발전에 역동적인 역할은 못하더라도 그 사회의 중심을 잡아 주는 역할을 하는 계층이 있어야 한다. 나무가 바로 서지 못하면 오래 살지 못하듯이 사회 또한 바로 서지 못하면 성장하지 못할 것이기 때문이다.

남은 인생극에서 나는 나무의 심재 같은 역할을 하고 싶다. 우리사회가 발전이라는 이름으로 행여 흔들리고 넘어지려고 할 때 바로 설 수 있는 역할을 하고 싶다. 한 평의 대지에도 수십 종의 식물이 다투지 않고 어깨를 비비며 살고 있듯이 모든 생각을 가진 사람이 함께 어우러져 살면서 성장하는 사회, 그러한 사회를 꿈꾸면서 그 사회가 바로 설 수 있도록 있는 듯 없는 듯 중심을 잡고 있는 심재가 되고 싶다. 나무의 심재가 하는 일이 없다 하여 나무가 우울증에 걸렸다는 말을 들어 본 적이 없으니 말이다.

**이용찬**

현재 법무법인 충정(유) 상근고문, 한국은행 및 금융감독원에서 28년간 근무하고 저축은행중앙회 부회장과 농협은행 상임감사를 역임했다. 재임 중 중앙대학교에서 법학박사학위를 취득하였으며 중앙대학교와 농협대학교에서 겸임교수로 11년간 강의했다. 2011년 한국문학정신(사단법인)을 통해 시인으로 등단하여 『흔들리며 살아도』와 『내 안의 그대』 시집 2권을 발표했다. 2016년 '숲해설전문가' 자격을 취득하였으며 숲의 인문학이라는 주제로 대외강의를 하고 있다. 이메일: yongchan53@gmail.com

# 뮤지컬에서 깨달은 삶의 비밀

임기용

## 동경이 현실로

지난해 한국코치협회 연극 동아리에 가입을 했다. 다른 동아리도 있지만 연극 동아리를 선택한 것은 오래 전부터 연극을 한 번쯤 해 보고 싶은 간절한 마음이 있었기 때문이다. 대학교 다닐 때 친한 고향친구가 연극반 활동을 하고 있었는데 어느 날 연극 연습실에 구경을 하러 간 적이 있었다. 그 친구는 중학교 시절 같은 반 친구였는데 내가 말을 붙이기 전에는 거의 말을 하지 않던 친구였다. 그렇게 말이 없던 친구가 연극을 한다는 게 너무 신기하고 궁금해서 가 본 것이다. 친구가 연기하는 장면을 보니 너무 멋있었다. 말이 없던 친구가 멋있게 말하고 연기하는 모습을 보니 나도 연극을 하고 싶은 마음이 들었다. 그러나 연극 동아리에 가입을 하지는 못했다. 이미 독서토론 동아리에 가입해서 활동을 하고 있었기 때문이다. 그렇게 연극은 동경으로만 남은 채 나의 삶에서 멀어졌다.

그때의 동경이 소환되어 나를 연극 동아리로 이끌었는지 모르겠다. 뭔지 모를 기대감과 흥분으로 처음부터 빠져들었다. 대본이 나오고 대사를 외우면서 정말로 무대에 서는구나 하는 생각이 들자 슬슬 겁이 났다. 동료들 중에는 뮤지컬 공연을 한 경험이 있거나 고등학교, 대학시절에 연극반을 했던 분들이 많았다. 나는 연극이라곤 처음 해 보는 데다 잘하지도 못하는 노래까지 해야 한다니 부담되고 위축되는 느낌이 들었다.

책상에 앉아서 대사만 주고받는 연습을 할 때는 몰랐는데 연습 무대에 나가기만 하면 대사도 잊어버리고 몸도 경직되곤 했다. 왠지 무대가 부담스럽고 두려웠다. 문득 이런 느낌이 들었던 기억이 올라왔다. 연수원에서 근무할 때였다. 사내 강사로서 강의를 꽤 많이 했는데 강의실에서 하는 강의는 몇 시간이 아니라 며칠을 해도 아무렇지 않았는데 강당에서 하는 특강은 몹시 힘들고 떨리던 기억이 난다. 모두가 나를 쳐다보는 그 상황이 나를 경직되게 만드는 것이다. 왜 그럴까? 왜 사람들의 시선이 나를 향하면 나는 긴장하게 되는 것일까? 갑자기 40년 전 그날이 눈앞에 떠오른다.

## 기억의 저편

초등학교 3학년이다. 나는 교실 앞에 서 있다. 선생님이 내준 숙제인 동시(童詩)를 발표하기 위해서다. 반 친구들이 모두 나를 지켜보고 있다. 나는 위축되고 긴장된 마음으로 입안이 바짝 말랐다. 친구들이 발표한 시는 내용이 꽤 의미 있고 어른스런 내용이었다. 맞벌이 하는 부모님에 형도 없던 나는 혼자서 시를 지었는데 친구들의 시에 비해 수준이 낮다는 생각이 들었다. 망설임 끝에 입을 뗀다.

삼광 빵

삼광 빵은 맛있어.
토끼표 노루표 다 맛있어.

오늘 먹었는데 맛있었어.

내일 또 먹고 싶어.


잠깐의 침묵이 흐른다. 나의 시선은 초점을 잃은 채 허공을 맴돌고 있다.
침묵을 깨고 담임 선생님이 크게 웃었다. 뒤이어 반 친구들이 까르르 하는
웃음소리가 온 교실에 울렸다. 나의 몸은 벌겋게 달아올랐다. 나는 내 시가
너무 유치해서 선생님이 웃었다고 생각했다. 아무 것도 보이지 않는다. 머릿
속이 하얘진다. 어디론가 사라지고 싶다. 기억은 거기서 멈춘다.

그 다음으로 이어지는 기억은 같은 3학년 때 구구단 외우는 날이다. 구구
단을 다 외운 사람은 교실 앞으로 나와서 암송하고 다 맞으면 집으로 가는 것
이다. 중간에 한 군데라도 틀리면 자리로 돌아가서 암기를 한 후 나가서 다
시 암송을 해야 한다. 나는 이미 다 외웠음에도 불구하고 나가지 않았다. 왠
지 모를 두려움 때문이었다. 친구들이 모두 다 외우고 집으로 갈 때까지 나
가지 않았다. 결국 혼자 남은 텅 빈 교실을 향해 혼자서 암송을 했다.

그 다음 기억은 4학년 때의 일이다. 부반장이 되어 합창 대회에서 지휘를
하게 되었다. 전교생이 보는 운동장 교단에서 반 아이들이 노래를 하고 나
는 무대 앞에서 지휘를 한다. 그런데 아이들의 노래와 나의 지휘가 서로 엇
갈리고 있다. 그것을 내 눈으로 보면서도 내 몸이 말을 듣지 않는다. 그 후로
도 매년 한 번씩은 이런 일이 벌어졌다. 나는 점점 무대에 서는 것을 피하게
되었다.


## 나와는 너무 먼 당신


이제 이해가 된다. 강의장에서 하는 강의, 책상에 앉아서 하는 연기는 두
렵지 않으나 무대에만 서면, 사람들의 시선이 나를 향하기만 하면 그때 그 두

려움이 올라오는 것이다. 초등학교 3학년 때 순간적으로 형성된 트라우마가 나도 의식하지 못하는 사이에 나의 행동에 영향을 미치고 있었던 것이다. 의식하지 못하는 깊은 곳에 저장되어 있다 보니 그 사건이 원인이었는지 몰랐던 것이다.

원인을 알고 나니 한결 나아졌다. 두려움의 근원이 밝혀지니 이유도 모른 채 속수무책 당하는 일은 생기지 않게 되었다. 떨리거나 두려움은 덜했으나 여전히 남은 문제가 있었다. 그건 바로 내가 맡은 역인 '용작가'가 평소의 나와는 너무 다른 성격이라 연기하기가 쉽지 않다는 것이다. 대본을 받고 캐릭터 분석을 하던 날, 나는 용작가를 신중하지 못하고 가벼우며 아무 때나 나서고 자기중심적인 무례한 사람이라고 말했다. 나와는 너무 다른 사람이라는 생각이 들었다.

연습을 하다 보면 배우가 자기 입에 맞는 스타일로 대사를 바꾸곤 한다. 나도 용작가의 대사를 많이 바꾸었다. 대사를 앞뒤 맞춰 논리적이고, 이해하기 쉬운 표현으로 수정을 하고 또 하곤 했다. 임기용 코치식의 분석적인 시각이 많이 스며들었다. 그런데 이상하게도 대사는 매끈해진 것 같은데 맛은 살지 않고 연기가 오히려 더 밋밋해졌다. 그때는 몰랐었다. 왜 그랬는지……
그러던 어느 날 코칭 공부를 하는 모임에서 지도하시는 멘토 코치님께서 나의 고민을 듣더니 이런 말씀을 하였다.

### 삶이 연극이라면 연극도 삶이다

"임기용 코치, 삶이 연극이란 말이 있지?"

"네……"

"그렇다면 연극도 삶이라고 볼 수 있지 않을까?"

"네? (이게 뭐지? 무슨 말 바꾸기 장난도 아니고……)"

"연극을 하는 동안 배우는 그 무대에서 짧지만 자신만의 삶을 사는 것이 아닐까?"

"네!"

순간 나의 머리에 번개가 스쳐 지나갔다. 그래 맞다. 용작가의 삶에 내(임기용 코치)가 너무 많은 간섭을 했구나. 길어야 무대에서 80분간 사는 건데 임기용 코치가 감 놔라 배 놔라 하고 너무 많은 간섭을 했구나…… 그냥 용작가가 자신의 스타일로 살게 내버려 둬도 되는데. 그래봤자 80분인데…… 마음이 한결 가벼워졌다. 그날 저녁 연습에 비로소 용작가는 임기용 코치의 간섭에서 벗어나 홀가분한 마음으로 연기에 몰입할 수 있었다. 용작가가 더 이상 나대는 사람, 경박스러운 사람, 자기중심적인 사람으로 보이지 않았었다. 자신의 감정을 솔직히 드러내고 주변 사람들에게 웃음을 주고 흥을 돋워 주는 사람으로 보였다. 용작가가 사랑스럽게 느껴졌다.

## 상상으로 무대에 서다

공연 날이 다가올수록 연습 횟수와 연습 시간이 길어졌다. 연습장은 거울이 설치되어 있어 연기하는 모습을 스스로 지켜보면서 연기를 할 수 있어서 많은 도움이 되었다. 그러나 뭔가 아쉬움이 있었다. 실제 공연장 무대가 어떤 모습인지 궁금했다. 공연장의 무대를 보고 싶었으나 늘 문이 굳게 닫혀 있어서 볼 수가 없었다.

연습을 하던 어느 날 밤이었다. 10시 넘은 시간까지 연습을 하고 나오는 중 공연장에 문이 열려 있는 것을 발견했다. 우리는 몰래 공연장으로 들어갔다. 곧 공연을 할 다른 공연 팀이 연습을 하고 나간 사이 공연장 관리인이 아직 정리를 하지 않은 모양이다. 무대엔 조명도 다 켜져 있었다. 우린 무대에

서서 포즈를 취해 보고 동선을 따라 움직여 보기도 했다. 나는 무대를 바라보면서 객석에 앉은 관객들을 상상하면서 대사를 외쳐 봤다. 마치 실제 공연날 공연하는 느낌으로. 갑자기 훅 하고 미래의 모습이 눈앞에 펼쳐진다.

사람들의 눈이 모두 나에게 쏠려 있다. 나는 그 눈빛을 피하지 않는다. 그들의 표정을 바라보며 이야기하듯 말한다. 즐겁게 노래한다. 그들과 함께 즐긴다. 몸이 흥분된다. 목소리가 커진다. 용작가가 살아 움직인다. 더 이상 임기응용 코치가 아닌 용작가가 무대에서 자신의 삶을 사는 상상 속에서 짧은 공연을 하였다.

## 미래는 그린 대로 펼쳐진다

상상의 무대를 경험하고 나니 두려움이 사라졌다. 마음이 편해졌다. 미래의 모습이 알 수 없는 그림이 아니라 즐겁고 행복한 그림이었기 때문이다. 그렇다! 과거의 기억이 나에게 영향을 미치듯이 미래의 기억 또한 나에게 영향을 미치는구나. 초등학교 때의 창피한 기억이 사라진 것이 아니라 끊임없이 현재에 재현되면서 나의 삶에 개입해 왔듯이 미래를 상상하면서 그린 그림 역시 현재의 나의 삶에서 살아서 움직인다.

우리의 뇌는 실제와 상상을 잘 구분하지 못한다. 머릿속에 있으면 실제 경험한 것으로 착각한다. 상상이 반복되고 기억이 강화되면 강화될수록 우리의 뇌는 그것을 사실로 받아들일 가능성이 높아진다. 그렇다면 미래를 알 수 없는 그 무엇으로 놔두고 상황과 시간의 흐름에 맡길 게 아니라 내가 원하는 모습으로 그리는 것이 낫지 않을까?

사실 우리는 알게 모르게 미래를 그리며 산다. 미래는 시간이 지난 어느 날 느닷없이 나타나는 것이 아니다. 그것을 바라고 그리고 확신을 가진 사람에 의해 만들어지는 것이다. 미래는 현재의 내 안에 있다. 내가 미래(未來)를 아름답게 그리면 아름다운 미래(美來)가 나타난다. 미래는 내가 그린 대로 펼쳐진다.

드디어 공연 날이 왔다. 3개월의 연습 끝에 기다리고 기다리던 그 시간이 온 것이다. 조명이 켜지고 무대로 뛰어나간 용작가는 멋지게 첫 대사를 외쳤다. "자, 축배의 잔을 높이 듭시다. 백 대 일의 경쟁률을 뚫은 최종 승자들끼리! 위~ 아더 챔피언 마이 프렌즈. 하하하하." 그렇게 용작가는 팔십 분의 삶을 아낌없이 살았다. 상상으로 그렸던 미래가 눈앞에 펼쳐진 것이다. 미래는 시간이 지나서 나타나는 알 수 없는 것이 아니라 내가 간절히 바라고 추구하면 바로 내 안에서 살아 숨 쉬는 것이다. 공연이 끝나고 용작가는 사라졌지만 용작가의 아름답고 밝은 모습은 아직도 나에게 남아 있다.

**임기용**

중소기업 HR 자문 코치. 뉴코컨설팅 대표. 대기업에서 연구, 마케팅, 전략, 현장 지점장, HR 업무 등 다양한 경험을 하였으며, 퇴사 이후 기업 임원 코칭, 중소기업 HR 자문 코칭을 하고 있다. 뇌과학 박사로서 뇌기반의 리더십, 코칭, 상담, 조직개발을 연구하고 있다. 한국 코치협회 KSC, NLP 트레이너, 게슈탈트 상담사 등의 자격을 보유하고 있다. 이메일: imbraincoach@gmail.com, 블로그: https://blog.naver.com/imbraincoach/

# 코치로서의 삶

정홍길

## 목포 저유소 바다 위에서

햇살이 따사로운 11월 말 목포 앞바다의 저유소 바다 부교 위에서 동료의 전화를 받는다.

"정 상무, 소식 들었어요?" 뜬금없고 다급한 목소리다.

"무슨 소식이요?"라고 반문하니, 전화를 건 자신과 내가 이번에 그만둔다는 소문이 있다고 한다. 놀란 마음을 진정시키고 서울에 있는 동료에게 전화를 건다.

"이러이러한 소문이 있던데 사실이야? 아는 대로 이야기해 줘!"

전화 너머 상대방은 짧은 침묵 후 '아직 자기는 잘 모른다'고 한다. 그렇지만 뭔가 느낌이 썩 좋지는 않다. 바다 위에서 오후 3시의 찬란한 금빛 물결을 바라보며 현기증을 느낀다. 주변에는 직원들이 있다. 얼른 난간을 붙잡고 휘청거리는 몸을 가눈다.

"어떡하지?"

햇살은 눈부시고 바람은 시원하게 볼을 간지럽히는데, 현기증으로 몸을 가누기 힘들다.

아직 두 아이는 학생이고, 퇴직준비가 안 되었는데….

수많은 생각들이 난간을 붙잡고 있는 짧은 순간에 파노라마처럼 지나간다.

저녁에는 광주에서 중요한 거래처와의 미팅이 있다. 거래처 사장, 지사장과의 저녁식사 약속이다. 순간적으로 고민이 된다. 본부인 대전으로 올라갈 것인가? 광주 거래처 사장님과의 약속을 지킬 것인가?

그러나 지금은 공식적인 통보를 받은 것도 아니니 고객과의 약속을 지키기로 마음을 정하고 광주로 향한다. 차 안에서 지사장에게 소문을 넌지시 말한다. 지사장은 깜짝 놀라서 어찌할 바를 모른다.

사장님은 우리를 위해서 아끼는 술을 준비하셨다. 자리에 앉자마자 오늘 있었던 임원 인사에 관한 소문과, 앞으로는 새로운 본부장과 일을 하시게 될 거라는 사실을 말씀드린다. 사장님은 그래도 와 주셔서 감사하다고 말씀하신다. 그때 어색한 분위기를 깨는 전화벨이 울린다.

서울에 있는 딸에게서 온 전화다. 전화기 너머 딸의 목소리는 약간 들떠 있다. 원하던 대학원 합격소식을 교수로부터 좀 전에 연락 받았다고 한다. 그래서 기쁜 소식을 나에게 첫 번째로 전한다고 한다. 우선 딸에게 축하한다고 말하고, 이어서 "그런데 아빠는 오늘 회사를 그만두게 될 것 같은 소문을 들었다."라고 말하니 갑자기 딸의 목소리가 울먹이는 소리로 변한다. "딸의 기쁜 소식에 그렇게 하시면 어떡해요."라고 두 사람이 동시에 말했다. 사장님께 그동안의 도움 감사드리고, 새로운 본부장에게도 잘 부탁한다고 요청드린다. 그렇게 예상하지 못한 광주에서의 첫 송별식을 하며, 그동안의 고마움에 대한 따뜻한 말로 마무리를 한다.

### 송별식에서 직원들에게 질문하다

소문은 사실이 된다. 2011년 12월 말로 회사를 그만둔다. 퇴사까지는 약한 달 정도의 시간이 남았다. 도무지 일은 손에 잡히지 않고, 시간은 더디게 간다. 앞으로 무엇을 하고 살아야 하지? 아직 나는 젊고 건강한데……. 아직 50대 초반인데……. 딸은 대학원에 입학 예정이고, 아들은 아직 고등학교 2 학년인데……. 2년 동안은 자문역이지만, 그 이후는 아무런 계획도 없다.

일곱 번의 송별식 때마다 직원들에게 질문을 한다.

"제2의 삶을 위해서 내가 무엇을 하면 잘할 것 같아?"

다들 한결같이 "강의를 하시면 좋겠어요."라고 답한다.

그들에게 이유를 들어 보니 내가 지사에 방문할 때마다 그들의 성장을 위해서 매번 한두 가지의 주제를 가지고 강의 형식으로 전달해 주었는데, 그것이 많은 도움이 되었다고 한다. 나는 리더의 역할은 조직의 성과와 직원 육성에 있기 때문에 특히 그 부분을 중시하고, 그런 기회를 의식적으로 갖곤 했다. 나는 다른 사람이 성장하는 것이 좋다.

그러나 강사가 된다는 것은 무언가 마음에 꼭 들지는 않다. 그해 12월 내내 제2의 삶을 무엇을 하고 살 것인지의 화두를 붙잡고 생각에 생각을 거듭한다. 그럴 때마다 나 자신에게 화가 난다. 회사가 언제까지 나를 책임질 것도 아닌데 회사에 올인하고 퇴직 후의 삶에 대한 준비를 하나도 하지 않은 것에 대해서다.

처음 임원이 되었을 때 축하주를 사 주던 여동생의 남편이 내게 한 첫 마디는 "처남, 이제 퇴직하면 무엇을 할지 생각해 봐. 내 친구들 보니 잘 나가던 친구들도 퇴직하고 할 일을 찾지 못하고 오랫동안 방황하는 것을 봐서 그래. 지금부터 준비해야 해. 무엇을 준비할지 생각해서 다음에 만날 때 얘기해 줘."라는 말이었다.

매제는 그 후에도 만나면 노상 퇴직 후 무엇을 할지 결정했는지를 확인한다. 가까이 살면서 자주 한잔하곤 했는데…… 그 질문 때문에 만남이 부담스럽다. 임원으로서 회사를 위해서 열심히 일해야지 퇴직 후를 준비한다는 게

도무지 마음에 들지 않는다. 심지어 왜 그런 말을 하는지 섭섭하기까지 하다. 나는 이제 막 임원이 되었고 회사에서는 열심히 일을 하라는 의미로 승진을 시켜 주었는데, 지금 어떻게 퇴직 후를 준비하란 말인가? 도무지 공감이 되지 않는다. 열심히 일해서 승진하고 회사의 성과를 내기에도 모자란 시간인데 미래준비는 가당치도 않다. 그렇게 생각했었다. 그때 준비하라는 말을 들을 걸! 하지만 이미 때는 늦었다.

## 비즈니스 코치가 되다

많은 시간을 들여 나와의 대화를 하는 동안 부장시절에 받았던 코칭 교육이 생각난다.

"그래, 코칭 그거 좋을 것 같아. 강사보다는 코치가 더 마음에 드네. 강사는 계속 가르쳐야 하지만 코치는 스스로 답을 찾도록 도와주는 역할이니, 그게 더 좋을 것 같아. 그래, 코치가 되자. 그런데 내가 아는 코치는 아무도 없고 코칭에 대해서는 그때 참가한 워크숍과, 숙제로 직원들에게 60시간 코칭한 게 전부인데……."

지난 다이어리를 뒤져 본다. 그때의 코칭일지가 적혀 있다.

"맞아, 그때 코칭 할 때 자세하게는 몰랐지만 신났던 것 같아."

이런 생각들을 하고 있던 12월 어느 토요일, 먼저 퇴직하신 존경하는 선배로부터 전화가 왔다. 울적하게 있을 나를 위로하기 위해서다.

"정 상무, 우면산 등산하고 하산 중인데 해장국이나 함께하지!"

해장국에 막걸리 한 잔을 하면서 대화를 하는데 선배가 "앞으로 뭘 할 건지 결정은 했어?"라고 물었다. 그래서 "코치가 되고 싶다."고 대답한다. 그러자 선배는 어디론가 전화를 걸더니 내게 수화기를 건넨다. 현재 코치로 활동하시는 훌륭한 분이고, 궁금한 사항을 알려 주실 분이니 통화해 보라는 것이다.

그렇게 그 코치와 약속을 하고 12월 24일 수원에서 만났다. 거의 2시간 동안 나는 쉬지 않고 폭풍 질문을 쏟아낸다. 코치가 되기로 결심한 후 처음 만난 코치, 나의 멘토코치이시다.

그분께서는 진정성 있게 경청을 하시고, 의견을 말씀하고 때때로 질문을 하신다.

아니, 내가 질문을 했는데 답을 하지 않고 질문으로 대신하니 마음이 개운하지는 않다.

어느 부분은 후련하고, 또 다른 부분은 약간 아쉬움을 남긴 채 첫 만남을 마무리한다.

2012년 1월 10일 멘토코치가 추천한 코칭 교육과정에 등록한다. 코치가 되기 위한 첫 교육과정 등록이다. 이후 수많은 코칭 교육과정을 수료했고, 국민대의 리더십과 코칭MBA 과정도 졸업한다.

비즈니스 전문코치가 되기로 결심한 후 나의 삶은 코칭 외에는 관심이 없었다. 코칭 교육과정에 참여하여 배우고, 실습하느라 대입 수험생보다 더 열심이었다. 딸과 아들은 전담 실습 파트너였다. 그러나 그것도 그리 오래 가지는 못했다. 어느 정도 시간이 지나자 내가 말을 하려고 하면 "아빠! 또 코칭하려는 거지?" 하고 꽁무니를 빼곤 했다. 만나는 모든 사람에게 코칭을 했다. 상대방이 원하든 아니든 그때는 그랬다. 그만큼 절실했다. 내 삶 전체가 코칭이었다.

그렇게 코칭에 많은 시간과 돈을 투자했지만 초기에는 코칭으로 수입은 발생하지 않았다.

누가 초보 코치에게 돈을 주고 코칭을 받겠는가?

라면집을 하더라도 5년 정도의 내공이 있어야 제대로 된 라면을 끓여 낼 텐데…

혼자서 이리 뛰고 저리 뛰면서 지인들에게 코칭 받기를 요청해도 쉽게 코칭 계약이 성사되지 않았다. 그런 내가 안타까운지 친한 친구가 창업을 준비하는 젊은 스타트업 CEO를 위한 코칭의뢰를 해 왔다. 코치가 되고 나서 제대로 된 비즈니스 코칭 계약을 처음 체결한 것이다. 뛸 듯이 기쁘고 말할 수 없는 성취감을 느꼈다. KAC 자격증을 갓 취득한 초보코치가 스타트업을 준비하는 약 20명의 CEO를 코칭한다고 하니 가슴이 뛰었다. 물론 존경하는 선배 코치님들의 도움을 받아서 함께 코칭 프로젝트를 진행하였다. 이 계약은 지금 생각해도 내 가슴을 뛰게 한다.

이후 좌충우돌 코치의 삶을 살게 된다. 코칭이 나의 삶을 지배한다. 이렇게 코칭에 빠져 사는 동안 많은 고마운 코치들을 만나게 된다. 그분들 덕분에 오늘의 내가 되었다고 해도 과언이 아니다. 우리나라 1호 MCC 코치인 박창규 교수님, 고현숙 교수님, 안남섭 코치님, 나의 첫 코치이자 멘토코치인 석진오 코치님, 그리고 롤 모델인 김종명 코치님…… 그 외에도 많은 선배 코치들의 도움을 받고 지속적인 학습과 훈련을 통해서 비즈니스코치가 되었다. 대기업의 임원을 위한 일대일 코칭과 팀/그룹 코칭을 하면서, 나는 내가 원하는 일을 하는 행복한 제2의 삶을 산다. 이런 하루하루의 코치의 삶이 행복하다.

## 미래준비는 '지금, 여기'에서 시작된다

현역시절 업무와 병행해서 사내강사로, 혁신의 전도사로, 액션러닝의 코치 역할을 한 것이 많은 도움이 되었다. 그 당시 내가 근무하던 회사는 액션러닝을 10여 년 동안 전사적으로 실시했고 매년 경진대회도 열었다. 어느 해인가 우리 팀이 액션러닝 우수 팀으로 선정되었다. 상금으로 직원들과 함께 한탄강으로 1박 2일 워크숍을 가서 리프팅과 서바이벌 게임을 하며 즐거웠던 순간은 지금도 생생하다.

현역에서 은퇴를 준비하며 앞으로 무엇을 하며 살까? 고민하는 많은 분들에게 나의 경험을 나누고 싶다. 근무 중에 자신에게 주어진 일이나 교육의 기회가 온다면 긍정적이고 적극적으로 참여하길 바란다. 내 경우, 팀장 시절 HRD 팀에서 사내 강사 요청을 했을 때 포기하거나 회피하지 않았던 것이 코치가 되는 데 많은 도움이 되었다.

비즈니스 코치로서 제2의 삶을 시작한 지 8년이 되었다. 임원코치로서 많은 경험을 하고, 삶도 안정되고, 하루하루가 행복하다. 나의 사명인 '코칭으로 세상을 아름답게 하는 코치'로서 살아가려고 한다. 딸은 박사학위를 취득하였고, 아들은 대학 4학년으로 취업을 준비한다.

나는 코칭하는 게 즐겁고 행복하다. 다른 사람의 변화와 성장을 돕는 것이 나의 천직인 것 같다.

나는 코치다운 코치가 되기 위해서 오늘도 노력하고 있다. 박사과정에서 코칭심리를 전공하고 있다. 학위를 취득한 후에도 더 좋은 코치가 되기 위해서 배우고 익힘을 계속할 것이다. 코칭 받은 고객이 나를 만나서 행복해진다면 그것이 곧 나의 사명인 아름다운 세상을 만드는 것이라고 생각한다.

제2의 삶을 어떻게 성공적으로 준비할 수 있을까? 전문성(경쟁력), 강점, 좋아하는 것을 찾아야 한다. 나만의 경쟁력을 어떻게 찾을 수 있을까? 현재의 일에 몰입하라. 몰입은 경쟁력과 강점을 찾게 해 줄 것이다.

좋아하는 것을 찾길 원한다면, 다양한 관심과 호기심으로 새로운 모험을 하라. 평소 내가 해보지 않았던 일도 과감하게 시도해 보는 도전정신이 필요하다. 이렇게 찾아낸, 나만의 경쟁력과 강점, 그리고 좋아하는 일의 접점이 당신을 행복한 삶으로 인도하는 나침반이 될 것이다.

나는 에크하르트 톨레의 저서 『삶으로 다시 떠오르기』에 나오는 다음 구절을 좋아한다.

당신의 삶 전체의 여행이 궁극적으로는

이 순간에 내딛는 발걸음으로 이루어져 있다.

언제나 이 한 걸음만이 존재하며,

이 한 걸음이 가장 중요하다.

당신이 목적지에 도착했을 때

무엇을 만나는가는

이 한 걸음의 성질에 달려 있다.

미래가 당신을 위해 보관하고 있는 것은

당신의 지금의 의식 상태에 달려 있다.

Here & Now! 지금 여기!에 충실할 때 여러분의 삶은 원하는 방향으로 나아갈 것이다.

## 정홍길

코칭경영원 파트너코치. 30여 년간 현대오일뱅크에서 기획 업무를 거쳐 구매 및 영업 담당 임원으로 활동했으며, 현장에서 10여 년간 액션러닝을 실행했다. 일찍부터 코칭에 관심을 갖고 조직내 코칭을 통해 성과와 인재 육성, 두 가지 가치를 실현하기 위해 노력했다. PCC, KPC, 갤럽인증 강점코치로 CEO와 임원코칭을 중심으로 팀코칭과 그룹코칭을 실시하고 있다. 이메일: goodcoach1@naver.com

# 합창과 함께한 나의 인생 나의 미래

최용균

## 내 삶을 따뜻하게 해 준 합창

얼마 전 코치합창단 정기공연 뒤풀이 회식이 있었다. 그 날은 내 생일이어서 더욱 뜻깊은 시간이 되었다. 내가 기억하는 내 인생 전체 생일 중 최고로 행복한 날이었다. 합창단 단원 중 동영상을 잘 다루는 분이 노래「그런 사람 또 없습니다」를 배경음악으로 내 사진과 가사를 넣어 슬라이드를 제작해 주셨다. 그것을 상영하면서 단원들이 함께 축가를 불러 주었는데 가슴이 '찡' 하도록 감동이 밀려왔다.

"천 번이고 다시 태어난대도 그런 사람 또 없습니다. 슬픈 내 삶을 따뜻하게 해 준 참 고마운 사람입니다." 이 노래 가사에서 고마운 사람은 내 삶에 긍정적인 영향을 미친 좋은 사람을 지칭할 때도 있지만 나는 때로 '합창'을 대입해 보기도 한다. 합창이야말로 내 삶을 따뜻하게 해 주었기 때문이다. 이 노래를 통해 내가 주변 사람들에게 고마운 사람으로 인식되어 있는가를 한 번 더 점검해 보기도 한다. 내 삶에 음악이 없었더라면, 특히 합창을 경험하지 못하고 살았더라면 아마 지금 보다는 무미건조하고 재미없는 삶이 되었을 것이다.

## 인생과 닮아서 더 아름다운 음악

나는 어려서부터 성가대 활동을 하면서 합창의 즐거움을 알게 되었다. 내가 내는 목소리와 나와는 다른 목소리가 같이 섞여서 나오는데 그 어울림이 참으로 오묘하고 아름다울 뿐만 아니라 힘과 용기가 되고 따뜻한 위로가 되는 경험을 많이 했기 때문이다.

음악이란 높고 낮게, 크고 여리게, 짧고 길게 이런 것들의 조합으로 만들어지는 시간예술이다.

우리 인생에서도 급히 달려가야 할 때가 있고 천천히 생각하고 음미하면서 가야 할 때가 있다. 강하게 소리쳐 자신의 주장을 펼치거나 다른 사람을 설득해야 할 때가 있는 반면 조용한 소리로 자기 자신 또는 옆 사람에게 속삭이면서 대화를 해야 할 때도 있다.

음악에 높고 낮음이 있듯이 삶에도 굴곡이 있다. 하는 일이 잘 되어 기분이 좋고 남들에게 인정받아 즐거운 때도 있지만 하는 일이 꼬이고 안 되어 절망에 빠지는 경우도 있다. 음악에 쉼표가 있듯이 때로는 침묵하며 조용히 사색에 잠겨 어떻게 사는 게 올바르고 아름다운 삶인지 생각해 보는 시간도 필요하다.

평소 어떤 음악을 좋아하느냐에 따라 인생이 달라지기도 한다. 요절한 가수들의 노랫말을 잘 살펴보면 아픔과 슬픔을 주로 노래한 경우가 많고 배우자와 헤어진 가수들 중에는 이별을 많이 노래한 경우가 많다. 반면에 오래도록 사랑받는 가수들은 희망을 노래하고 치유와 회복을 노래한 경우가 많다. 그래서 자기가 좋아하는 노래를 정할 때 이왕이면 건강한 가사와 아름다운 멜로디가 있는 노래를 선택하는 것이 좋다고 생각한다.

## 책임감으로 시작한 첫 지휘, 어느덧 30년

고교 시절 성가대 총무를 맡고 있었다. 어느 날 주일 저녁 찬양연습을 하고 있는데 지휘자가 화를 내면서 뛰쳐나가는 일이 일어났다. 이렇게 적은 인원으로는 지휘를 하지 않겠다는 것이다. 다들 어떻게 해야 하나 걱정만 하고 있는데 나는 어떤 일이 있어도 찬양은 해야 한다는 책임감에 나머지 연습을 지휘했다. 예배 시간에 나의 지휘로 무사히 찬양을 마치게 되었고, 이후 목사님께서 내게 지휘를 맡기셨다. 이것이 내가 오랫동안 지휘를 하게 된 계기다.

고등학교 때는 고등부 성가대를 지휘했고 대학 시절에는 성인 성가대를, 군대에 가서도 군 교회에서 지휘를 하였다. 직장생활을 시작하고도 지휘를 계속 했다. 첫 직장인 한국유리 인천공장 합창단을 지휘하였고, 동양매직 수원공장에 근무할 때는 합창단을 만들어 지휘를 했다. 당시 경기 근로자 문화예술제 합창 부문에서 「남촌」이란 곡으로 대상을 받는 영광스러운 일도 있었다. 그때 받았던 상금으로 외로운 노인들이 거주하고 있는 무의탁 노인 요양원에 사랑을 전하기도 하였다. 고교 시절부터 지휘를 해 왔으니 중간에 사정상 쉰 기간도 있었지만 30년 넘게 하는 셈이다. 음악을 전공하지 않은 아마추어 지휘자 활동이지만 합창과 관련하여 여러 좋은 경험을 많이 하게 되었다.

사실 나는 실업계 고등학교를 졸업하고 대학교에서도 공대 기계공학과를 전공했기 때문에 음악에 대한 갈증이 많았다. 그래서 매년 각 음악단체에서 하는 지휘자 세미나를 30년 넘게 참여하고 있다. 전공자들에 비해 부족하다는 말을 들을까 봐 지휘자를 전문적으로 교육시키는 한국지휘자 음악대학에서 지휘공부와 성악발성 공부를 하면서 지휘의 기초와 심화과정을 이수 했다. 지금 내가 자신 있게 지휘를 하고 있는 배경이다.

지휘하면서 보람 있는 일도 참 많았다. 특히 20년 전의 인도네시아와 싱가포르 찬양선교 여행을 잊을 수 없다. 우리말로 합창을 했는데 인도네시아 현지인들이 눈물로 감동하는 것을 보고 음악이 전 세계 공통 언어가 된다는 것을 알게 되었다. 그 때의 감동은 지금까지 내 가슴에 남아 있다.

## 코치합창단으로 코칭문화를 확산하다

지금 지휘하고 있는 한국코치합창단은 창단 4년이 지난 아마추어 합창단으로 주로 강사와 코치들로 이루어진 특별한 합창단이다. 매년 전문 연주홀에서 정기연주회를 하고 가을에 열리는 코치대회에서는 대미를 장식하는 종료 직전 공연을 하는데 코치들의 환호와 격려가 있어서 힘이 많이 된다.

2018년도에는 한국코치협회로부터 '올해의 코치상'을 받기도 했다. 코치합창단 지휘자로서 합창단 활동을 통해 코칭문화 확산에 기여한 바가 크다고 인정받은 것이다. 지휘자보다는 단원들이 받아야 할 귀한 상이었다.

지난 8월에는 제3회 정기공연을 CTS 아트홀에서 성공적으로 개최했다. 이번 무대를 준비하면서 연습하는 동안 우리 단원들은 가사에 위로를 받았고 화음의 아름다움에 취하였으며 공연 당일에는 관객이 보내는 환호와 박수에 더 큰 감동을 받을 수 있었다.

공연을 마치고 뒤풀이 시간에는 자신이 느낀 감동과 관객이 들려주는 피드백을 나누는 시간을 갖는다. 단원들은 이번 공연에서 특히 노래에 맞춰 부모님 사진이 영상으로 나오는 장면, 노래 가사 등에서 느낀 감동 등이 컸다고 말했다.

'하루는 문득 생각하다 울었다. 슬며시 내 맘 쓸고 간 얼굴이 있어 한 번도 그 길을 쉬지 않으신 아버지. 한 번도 그 무게 보이지 않으신 아버지. 오늘은 나도 그 길 위에 서서 묵묵히 그 무게 느끼네.'

이처럼 아름다운 가사를 노래로 부를 때 남성 관객들도 눈물을 흘릴 정도였으며 가사를 몸으로 표현하는 무용을 곁들이니 감동이 배가 되었다는 이야기도 나눴다.

처음 무대 경험을 한 단원 중 '내가 죽을 때까지 하고 싶은 것을 드디어 찾았습니다. 바로 합창과 사진입니다.'라고 말씀하신 분이 계셨다. 그분은 전문 사진작가인데 '합창이 이렇게 큰 울림과 감동을 주는지 이제야 알았다'고 소감을 말해 모두들 감동했다. 이번 공연에는 특별히 어린이 솔로가 있었는데 아이 아빠가 처음 자신의 딸이 무대에서 노래하는 것을 보고 감동의 눈물을 흘렸다는 이야기도 들었다.

이번 무대는 가족이라는 그 이름을 부제로 하여 가족사랑에 관한 노래를 많이 넣었다. 「가족」, 「내 아버지」, 「엄마」, 「쉼」, 「매일 그대와」, 「우리」 등 노랫말이 가족사랑에 관한 곡들이 6곡이나 되는데 한 곡 한 곡 연습하면서 그리고 무대에서 공연하면서 합창단원들이 많은 감동을 받았고 무대에서는 청중들에게도 감동을 전할 수 있었다.

## 좋은 음악은 행복한 세상을 만드는 도구

내 인생에 음악이 없었다면? 생각하기도 싫다. 난 음악을 사랑한다. 특히 합창음악을 사랑한다. 독창자는 자기 혼자 잘 부르면 되지만 합창은 서로 남을 배려해야 하고 자기 목소리만 크게 내면 안 되고 다른 사람의 소리를 들으면서 화음을 만들어야 한다. 그래서 합창을 사랑하는 사람들은 대부분 성품이 좋은 사람들이다.

앞으로 합창을 통해 세상에 기여할 수 있는 일들을 더 많이 만들고 싶다. 교도소, 양로원 같이 소외된 분들을 찾아가서 합창으로 위로해 드리고 싶다. 나는 기업과 공공 기관 혹은 학교나 군부대 등지에서 리더십이나 코칭, 대인

관계, 소통, 행복 등을 주제로 강의를 하고 있다. 인간관계에 대한 강의를 할 때에는 「그런 사람 또 없습니다」를 교육생들과 같이 부르기도 하고 인생설계 강의를 할 때에는 「산다는 것」을 노래하고 리더십이나 코칭 강의를 할 때에는 「You raise me up」을 부르면서 가사의 의미를 교육생들에게 알려주며 강의를 마무리한다.

좋은 음악은 행복한 세상을 만들 수 있는 훌륭한 도구가 될 수 있다고 생각한다. 대한민국 곳곳에 합창하는 사람들이 더 많아졌으면 좋겠다. 학교와 직장에서, 자치단체와 주민 센터에서, 양로원, 군부대와 교도소에도 합창단이 생겼으면 좋겠다. 여야 정치인들이 같이 모여 합창을 할 수 있다면 이념이 다르더라도 합창하는 동안 화합과 협치도 이루어질 것이고 아마 지금보다 정치적으로도 성숙한 사회가 될 수 있을 것이다.

내가 속해 있는 코치합창단의 계획 중 언젠가 여행을 하면서 합창과 코칭을 병행해 보는 꿈이 있다. 예를 들면 4박 5일 여행일정 중 낮에는 관광지를 다니면서 고객의 꿈을 구체적으로 달성 가능하도록 돕거나 관계 회복의 문제를 갖고 있는 분을 코칭하고 저녁에는 모여서 합창으로 감동을 나누는 것이다. 쉬운 곡은 관객과 같이 부르면서 아름다운 화음을 만드는 감동의 시간이 될 수도 있을 것이다. 벌써 생각만 해도 가슴이 벅차다.

## 최용균

비전경영연구소 소장, 한국강사협회 부회장, 바인그룹 파트너 코치, 코치합창단 지휘자. 기업에서 교육팀장을 역임하고 18년째 프리랜서 강사, 코치활동(KPC)을 하고 있다. 코치합창단 지휘자로서 음악과 코칭을 접목하여 음악을 통한 코칭문화 확산에 기여한 공로가 인정되어 2018년 올해의 코치상을 수상하였다. NLP, 에니어그램 트레이너로 성격진단을 통한 비즈니스 코칭과 라이프 코칭을 하고 있으며, 디지털서울문화예술대학에서는 비즈니스 코칭을 강의 중이다. 생애설계, 소통, 행복, 대인관계 등을 강의하고 전문코치로 활동하고 있다. 이메일: tonggyun@naver.com, 홈페이지: www.visionpower.or.kr, 블로그: https://blog.naver.com/tonggyun

# 깨달음의 시작, 실패와 좌절의 경험

한민수

이 글은 나의 사십여 년 인생의 성찰이다.

나의 인생을 다시 돌아보며 앞으로 나아갈 길을 다듬고 두드려 본다.

코칭 질문으로 시작한다.

[질문 1] 여러분은 깨달은 적이 있나요? 있다면 그 깨달음은 무엇인가요?

[질문 2] 당신은 '깨달음'을 무엇이라고 정의하나요?

[질문 3] 당신은 깨달음을 통해 어떤 의식변화가 일어났나요?

우리는 성장 가운데 많은 두려움을 경험한다. 이 두려움은 성인(成人)이 되어서도 떠나지 않는 경우가 많다. 혹시 이 두려움을 완전히 사라지게 하는 것이 무엇인지 아는가?

만약, 위 질문을 읽는(듣는) 순간 '깨달아' 표현했다면, 정말 당신은 깨달은 것이다. 하지만, '뭐지?'라는 생각이 맴돈다면, 아직은 깨닫지 못한 것이다. 이처럼 깨달음이란 쉽고도 어렵거나 애매하다. 예전에는 '깨달음'이라는 단어를 잘 알지 못했다. 깨달음은 어디에서 오며 어디로 가는지 전혀 알지 못했다. 깨달음은 그저 깨달아 알게 되는 것, 그 정도 수준이었다.

그러다 어느 순간 깨달았다. 깨달음은 내가 깨닫고 싶다고 깨달아지는 것이 아님을, 깨달음은 어디로부턴가 와서 나의 머리와 가슴을 강하게 치는 징소리나 몽둥이와 같음을, 그래서

"몹시도 아팠습니다.
너무나 아팠습니다.
아직도 아픕니다.
내내 아파했습니다.
눈물밖에 나지 않았습니다."

이렇게 깨달음은 나에게 갑자기 찾아와 친구 하자고 손을 내밀었다. 나는 곧장 그 손을 잡지 못했다. 그 깨달음은 실패였고, 좌절이었다. 어느덧, 그 실패와 좌절을 받아들였다. 그 깨달음을 수용했다. 이제 이 깨달음을 온전히 포용하고자 한다. 이 깨달음이 내가 앞으로 나아갈 길을 안내하기 때문이다. 사실, 깨달음은 멀리 있지 않다. 또한, 깨달음은 도달할 수 없는 목표도 아니다. 그렇다면 깨달음은 지금 이 순간에도 가능하다는 명제에 도달할 수 있다.

나는 지금까지 많은 사람들에게 용기를 북돋아 주는 일, 코칭을 하고 있다. 그 사람의 전(全) 인생에서 그 사람이 필요한 순간에 용기를 북돋아 주는 일은 언제나 보람과 보상이 함께 했다. 코칭(Coaching)은 코치(Coach)가 넓고 깊은 마음을 품고 자연스러움과 편안함을 유지하여 고객(Coachee)의 지혜와 가능성을 일깨워 주는 일련의 활동이며, 특히 지금 이 순간(here & now)에 온전히 함께하는 평생학습, 평생교육이다. 나는 많은 사람들에게 중

용, 즉 한결같음을 말해 왔다. 그래서 어떤 어려움에도 내가 하는 일을 포기하지 않았다. 삶의 목적의식이 살아 있고, 소명감이 나를 일깨우는 한 이런 마음은 변치 않을 것이다.

또한 주도성, 자율, 자유, 분별, 포용을 이야기했다. 전문코치가 되면서, 또한 코칭 훈련을 받으면서 가장 큰 변화는 '분별력'이 생긴 것이다. 그 전에는 주도성도 약하고 자율성도 없어서 자유로운 삶의 비중은 거의 제로였다. 항상 조직에서 주는 임무에만 충실하고 성실하게 임하는 것이 최대 덕목인 줄만 알았다. 그러다 코칭 훈련을 통해서 '분별력'을 일깨우게 되었다. 순간순간 업무 판단력이 높아지고, 애쓰지 않고, 포기할 줄 알며, 포용할 줄 아는 사람이 되어 갔다. 그러다 공(公)과 사(私)를 구분하며, 목적의식을 구별할 수 있는 시야가 생겼다.

다음 도전 목표는 쉽게 달성하기가 어려웠다. 쉽게 표현하면, 그것은 '고객을 사랑하기'였다. 사랑의 상처도, 사랑의 거절감도, 사랑의 오해도 있는 나로서는 넘기 힘든 산이었다. 그러나 어느덧 그 높고 높은 산이 평지가 되었다. 나의 어려움을 듣고 1년 내내 거의 매주 일대일 코칭을 해 주신 분이 계시다. 그분은 나의 의식을 변화시키고 성장시켜 주셨다. 나의 코칭 스타일이 변혁된 큰 이유 중에 하나이다.

그러다 '리더십 사랑' 코칭 세션을 진행하게 되었다. 코칭의 기능처럼 24시간 고객을 사랑하는 건 불가능하지만, 코칭 세션에서 온전히 고객을 사랑하는 건 가능했다. 그 이유는 아무런 편견도 차별도 오해도 없기 때문이다. 그냥 '사랑'이라고 하면 어색해서 내가 '리더십 코칭'을 하니 용어를 '리더십 사랑'으로 만들었다. 이 '리더십 사랑' 세션으로 고객을 코칭하거나 특히 그룹코칭을 할 때, 참여자들의 반응이 즉각적이었다. 나는 코칭 세션 중에 격려 코칭을 많이 적용하는데, 좀 더 깊이 격려하게 되었다.

"깨달음은 나 자신과 하나됨을 느끼는 자연스러운 것입니다.
그것은 지금 여기, 온전히 현존하는 것입니다.
어떠한 힘 앞에서도 물러서지 않고 본래의 나의 모습으로 살아가는 것,
그것이 곧 깨달음이 있는 삶입니다."
- 코칭프렌즈 커뮤니티 3기

깨달음을 삶의 현장에서 직면하고 나니, 정말 평지가 되었다. 높고 높은 산은 웬 말인가. 전세 집이 없어지고, 사무실이 위태로워지고, 사랑했던 사람과 헤어졌다. 정말 아무 것도 남아 있지 않은 빈 껍질과 같았다. 길거리에 나앉는다는 것이 무엇인지 너무나 실감했고, 두려움이 엄습해 왔다. 불행 중 다행으로 이해관계자를 설득해서 확약까지 받았는데, 하루도 되기 전에 철회를 요청하고, 막무가내로 행동함으로 인해서 결국 마지막 희망마저 사라져 버렸다. 더 이상 방법이 없었고, 정말 죽고 싶은 심정이었다. 그러다 빚된 소망이 갑자기 찾아왔다.

"민수야, 허영심을 버려라. 다 버리고 담대하게 살아라."

그 칠흑 같은 어두움 속에서 세미한 음성이 들려왔다. 보다 정확히 이야기하면 내면의 소리였다. 참으로 신기한 것은 그 세미한 음성의 내면의 소리를 듣는 순간, 나는 깨달았다.
"그래, 다 내려놓자."
그래서 모든 대출을 정리했다. 사무실도 정리했다. 모든 것을 정리하고 나니 정말 수중에 남는 것이 하나도 없었다. 그래도 마음은 가벼워졌다. 그러

다 어느 센터에 강의를 하고 나오던 길에 깜짝 놀랐다. 3월 초순이었는데, 엄청난 봄 내음이 나의 코를 자극했다. 그렇게 진하고 진한 봄 내음은 처음이었다. 그 순간 나는 빛된 소망을 보았다.

"그래, 이 봄 내음처럼 다시 시작하자."

몇 개월이 지난 후 위 강의장 1층에 내 사무실이 생겼다. 이 봄 내음이 강한 곳으로 집도 옮겼다. 이제는 걸어 다니며 출근한다. 코칭 연구, 강의 준비를 충분히 한다. 때때론 뒷산에 올라 걷기 코칭을 한다. 그리고 무엇보다 내가 좋아하는 수영을 사무실 지하 수영장에서 거의 매일 한다. 이렇게 나는 다시 태어났다. 다시 태어나고 있다.

깨달음의 순간은 매 순간 나 자신을 만나기 위해서 오래오래 기다려 오는 것 같다. 두려움을 이기기 위해 용기도 내어 보고, 용기 있게 행동하기 위해 한 방향으로 나아가고, 목적의식이 있지만 얽매이지 않고(자유하기 위해 노력하고), 조건적이고 수용적 자세를 넘어 포용하는 코치로 성장하고, 매 순간 분별하는 의식으로 고객들을 일깨우며, 사랑의 에너지로 나아갈 때 넘치는 기쁨과 환희가 무엇인지 경험하고, 평화는 따뜻함과 화목함으로 시작됨을 이해하는 나의 삶의 여정이다.

그런데 도무지 '깨달음'은 쉽게 되지가 않았다. 그래서 쉽게 구별해 보았다. 용기에서 평화까지는 내면에서부터 오며, 사람과 사람으로부터 오지만, '깨달음'은 외부의 자극으로부터 오는 것을 알게 되었다. 이러한 깨달음은 사람이 의도적으로 가져올 수가 없는 것이다. 그러나 길을 걷는 중에 갑자기 '깨달음'이 올 수 있다. 다만, 그 '깨달음'을 받아들이느냐, 그렇지 않느냐의 차이다. 나는 인생을 살아오면서 참으로 깨닫지 못한 존재였고, 스스로 분별할 수 없는 오만과 자만으로 가득 차 있었음을 고백한다. 지금 또한 미처 깨닫지 못한 것들이 많은 것 같다. 그래서 그런지 예전에는 교만을 가장한 겸손이 있었다면, 이제는 겸손할 수밖에 없는 목걸이를 차고 고개를 숙이고 있는 나의 내면에 가난함이 있다.

코칭 질문으로 글을 마무리한다.

[질문 4] 당신은 삶의 여정에서 무엇을 깨달았나요?
[질문 5] 그 깨달음이 당신을 어디로 인도하나요?
[질문 6] 이제 당신은 어떤 행동을 하실 건가요?

우리는 깨달음을 이해해야 한다. 깨달음을 이해하기 위해서는 과거와 미래에 대한 애착을 버려야 한다. 어떤 사람은 과거의 영화(榮華, 영광)와 잘못에 묶여서 그 언어와 행동에만 붙잡혀 있다. 또 어떤 사람은 아직 도래하지 않은 미래의 영광에 붙잡혀, 명료한 비전이 아닌 비어 있는 이미지인 허상(虛想)을 좇는 사람들이 있다. 이런 의미에서 우리는 지금 이 순간에 현존(現存)하며 우리의 삶을 진실하게 보고 듣고 느껴야 한다.

**한민수**

아이지엘코칭그룹 대표코치, (사)한국코칭심리협회 자문코치, 국제개발NGO와 한국리더십의 대표기관에서 근무하다 코칭을 만나서 현재는 프로그램 기획 및 운영 전문코치로 활동하고 있다. 세상을 바꾸는 코칭™(세바코) 세미나를 코칭문화확산 프로그램으로 매월 운영 중이며, 코칭프렌즈™ 커뮤니티를 라이프코치 육성프로그램으로 운영하고 있으며, 인생코치 애플리케이션을 공동 개발하여 공동 운영하고 있다. 이메일: hoyeoncoach@gmail.com

# 미래를 여는 Key

## 둘

새 천년의 날이 밝았으니

나의 미래와 나라의 미래를 준비할 때입니다.

창의와 민첩성이 뛰어난 한민족이 새로운 정신으로

참문화를 창조하여 역사의 전면에 나서야 할 때입니다.

이 새로운 정신은 미래창조정신이며

바르고 겸손하고 절제하고 살며

# 합리적 창의적
# 진취적으로 나가며

정성과 혼신의 힘을 다하여 제대로 일하며

섬기고 포용하고 더불어 화합하는 정신을 말합니다.

# 삶은 경험해야 할 신비

박혜숙

## 봄·여름·가을 그리고 겨울

인간은 누구나 '행복한 삶'을 원하기에 어떻게 사는 것이 참되며 의미 있고 '행복한 삶'인지 고민하며 삶을 살아간다. 행복한 삶은 어떤 삶인가! 삶은 살림의 준말, 또는 '살다'와 '알다'를 합친 말이며, 사람과 사람을 합해 삶이라고 한다. 삶을 알려면 먼저 삶의 주체인 자신(自信)을 먼저 알아야 한다. 나 자신은 육신(몸)이기도 하고 존재(영혼)이기도 하다.

우리 몸을 이루는 모든 물질은 자연에서 왔다. 햇빛, 공기, 물과 각종 원소들이 어우러지고 모여 몸을 이루었다. 자연의 물질은 지수화풍(地水火風)의 네 가지 기본적인 요소로 봄, 여름, 가을, 겨울의 자연 순리에 따라 생존한다. 봄이 되면 땅(地)의 기운으로 참고 견디어 온 씨앗이 파릇파릇 새싹으로 돋아나 잎과 꽃으로 피어나고, 여름 비(水)에 무성하게 자라서 꽃이 되고 열매를 맺는다. 가을 햇살(火)에 단풍으로 물들고, 겨울바람(風)에 다시 왔던 땅으로 돌아간다. 이렇듯 자연의 순리를 알고 때를 따라 자연스럽게 살다가 본래 있었던 자연으로 돌아가는 것이 삶이다.

누구나 하늘 아래 이 땅에 사는 동안은 그 흙에서 자란 그것을 먹고 말하며, 숨 쉬며, 듣고(총聰), 보며(명明) 총명한 사람으로 살아 아름다운 향기를 펼치려 한다. 나의 계절도 어느새 봄과 여름을 지나 가을에 들어섰다. 조잘대며 솟아오르던 새싹이 자라 꽃을 피우고 열매 맺어 잎이 물들기 시작한다. 어릴 적 떨어진 단풍잎을 주워 책갈피에 꽂던 추억이 있다. 잘 물든 단풍은 꽃보다 더 아름답고 예쁘기에 간직하고 싶었나 보다. 아름답게 물들어 겨울을 맞이하기 위해서는 마음의 소리에 귀 기울여 '영원한 존재'라는 것을 알아야 한다.

우리는 영원한 존재로 우주의 질서에 따라 관계하기에 관계가 곧 삶이라 할 수 있다. 지나온 시간을 돌이켜보면 생각 속에서 살았다. 그 생각(ego)은 올바르지도 않고 진리도 아니었다. 외부의 조건에 따라 변하고 상황에 따라 옷을 갈아입으며 생각의 판단인 무지로 살았다.

행복으로 가는 길은 나 자신의 몸과 생각과의 관계, 타인관의 관계, 자연과의 관계, 신과의 관계로 나아가야 한다. 삶은 내가 생명을 어떻게 보고 관계하느냐에 따라 달라진다. 관점을 바꾸어 긍정의 시선으로 세상을 보며 '내 안에 더 큰 나'를 찾아 생각하고 판단하는 '앎'에서 내 안으로 빛을 밝혀 바라보고 가슴으로 느끼고 더 밝은 빛으로 떠오르는 삶으로 깨어나야 한다. 나비는 나비답게, 나무는 나무답게, 나는 나답게 사는 삶을 경험해야 한다.

## 나답게 산다는 것

동양철학에서는 인간은 전체의 작은 일부에 불과하며 삶은 끊임없는 변화로 생각했다. 윌버가 발전시킨 통합 이론 또한 전체 존재의 변화를 포함한 집단의 일부로 생각하며 몸, 정신, 마음, 영혼을 아우르며 더 균형 잡혀 있으며 서로 연결되어 있고 전체적인 것을 의미한다.

'너 자신을 알라(gnothi seauton)'는 고대 격언을 통해 유명해진 소크라테

스는 윤리적 측면을 강조하여 선을 중시하고 옳을 것을 알았을 때 비로소 바르게 행하게 된다며 덕과 앎을 동일시했다. 또한 제자인 플라톤과 교육의 대화방법에 대해 관여하고 질문을 통해 자신의 진실과 가치를 이해하고 스스로의 무지를 자각하게 했다.

"나는 누구인가? 왜 태어났을까? 어디에서 와서 어디로 가고 있는가? 지금은 어디에 있는가? 어떤 삶을 살고 있는가? 여기에 있는 나는 어떤 사람인가? 어떤 삶을 원하는가? 어떻게 살아야 행복한 삶인가? 소질과 재능은 무엇인가?" 끊임없이 자신에게 질문해야 한다.

질문의 답을 찾아가는 과정에서 내가 진정으로 원하는 삶의 목적이 무엇인지(미션), 목표와 꿈, 미래 어떤 모습이(비전) 되고 싶은지, 의사결정의 우선순위(핵심가치)는 무엇인지 가치관을 수립해야 한다. 빌딩을 하나 짓더라도 목적에 따라 공간을 디자인하고 설계도와 조감도를 완성한 후 실제로 시공하고 완공한다. 가치관을 수립하는 것은 중요하지만 그것이 목적은 아니다. 자신의 빌딩을 설계하고 짓는 과정부터 완공 후 그곳을 활용하는 과정 모두가 자신과 타인에게도 기쁨이고 의미 있는 시간이 되도록 내재화해야 한다.

## 무엇이 '행복한 삶'을 만드는가?

미국 밀레니엄 세대(1980~2000년대에 태어난 세대)에게 설문조사를 한 결과 80%가 넘는 이들이 인생에서 가장 중요한 목표는 '부자가 되는 것'이라고 했다. 열심히 공부하고 노력하면 좋은 삶을 살게 될 것이라는 믿음과, 부와 명예를 얻으면 행복은 자연스레 따라올 것이라고 생각하며 부와 명예가 좋은 삶이라고 생각한 것이다. (참고: Harvard Research: Alexandra Touroutoglou)

VM(Visual Management) 창시자인 정철화 박사는 VM을 도입하여 성공한 회사 직원들을 대상으로 행복을 느끼는 요소에 대한 설문조사 결과, 행복한 삶의 3대 요소는 '자율', '성취감', '좋은 인간관계'라고 밝혔다. (참고: 드러내기 경영)

칸트는 '자율'이란 의지의 본질인 이성의 명령에 복종하는 것이라고 했다. 미래학자인 대니얼 핑크도 저서 『드라이브』에서 자발적으로 일할 때 호기심과 창조적 엔진을 가동하고 창조적인 혁신 업무가 즐거움이 되어 더 훌륭한 '성과'가 나온다고 했다.

미국의 심리학자 에이브러햄 매슬로우(Abraham H, Maslow)는 인간의 욕구 8단계 이론을 발표했다. 1, 2단계는 본능에 따른 의식주 욕구로 생존의 보장이 없으면 행복해질 수 없다는 것이다. 3, 4단계는 집단에 소속되고 싶고 동료나 가족들에게 사랑을 받고 싶은 욕구와 타인에 의한 인정과 존중을 받고 싶어 하는 욕구로 타인으로부터 자기의 존재를 인정받아야 삶이 행복하다는 것이다. 5, 6단계는 지적으로 성숙해지려는 인지적 욕구와 예술적으로 아름다움을 추구하는 심미적 욕구이다. 7, 8단계는 현재보다 더 나은 자신의 삶을 살기 위해 하고 싶은 것을 목표로 하여 원하는 바를 이루는 성취욕구인 자아실현의 욕구와 자신의 도움으로 타인이 자아실현을 하도록 돕는 초월적 욕구이다. 고(故) 김수환 추기경도 항상 초월적 욕구를 충족하기 위해 노력하라고 했다. 다른 사람의 자아실현을 도와주고 행복한 모습을 볼 때 난 코치로서 최고의 '성취감'을 느낀다.

## 좋은 관계 형성하고 이어가기

하버드 연구진들을 1938년부터 700여 명의 남성을 대상으로 그들의 인생을 추적하며 이 물음에 75년 동안 연구를 진행하고 있다. 75년이라는 장기간의 연구를 통해 하버드 연구진들이 얻은 메시지는 '우리를 행복하고 건강하게 만드는 것은 부와 명예가 아니라 좋은 관계'라는 것이다. 이 연구의 4번째 책임자인 로버트 월딩거(Robert Waldinger) 박사는 '젊은 시절엔 부와 명성, 그리고 높은 성취를 추구해야 좋은 삶을 살 수 있다고 믿고, 사회 역시 우리에게 열심히 일하고 노력하라고 말하지만, 우리를 진정으로 행복하고 건강하게 만드는 것은 바로 '좋은 관계'였다.'고 한다. 그리고 연구진들은 관계에 대해 3가지 교훈을 말한다.

첫째, 사회적 연결은 매우 유익한 반면 고독은 해롭다.
둘째, 관계에서 친구 수는 중요하지 않으며 관계의 질이 중요하다.
셋째, 좋은 관계는 우리의 몸뿐만 아니라 뇌도 보호한다.
(참고: TEDxTalks What makes a good life? Lessons From the longest study on happiness|Robert Walgdinger)

고사성어 중 '근주자적 근묵자흑(近朱者赤 近墨者黑)'이라는 말이 있다. 이는 인간관계를 좌우하는 요인으로 환경의 중요성을 말한 것이다. 자신의 에너지를 잘 관리하고 의식을 확장하며 자기혁신에 최선을 다하여 함께하는 이들에게 좋은 환경이 되어야 한다. 행복한 삶을 사는 사람은 가족과 친구 공동체가 있는 사람이다. 결국 삶을 행복하게 만드는 것은 옆에 가까이 있는 사람들인 것이다. 즉, 그들과의 좋은 관계가 삶을 건강하고 행복하게 한다.

## 톨스토이의 세 가지 질문

톨스토이가 칠순을 넘겨 인생 후반기에 쓴 책『세 가지 질문』은 나에게 깨달음을 주었다.

　어느 날, 한 왕은 깊은 생각을 했다. '만일 언제 무슨 일이 일어날지 알 수 있다면……, 내게 필요한 사람이 누구인지, 그리고 어떤 사람과 무슨 일을 하지 않아야 하는지, 나에게 가장 중요한 일은 무엇인지, 항상 알 수 있다면 얼마나 좋을까.' 왕은 또다시 생각에 감겼다. '이런 일들을 미리 알 수 있다면 무슨 일을 해도 실패하지 않을 텐데…….' 이렇게 생각한 왕은 무슨 일을 할 때 가장 좋은 시기가 언제인지, 왕에게 가장 필요한 사람은 누구인지, 해야 할 가장 중요한 일은 무엇인지, 그 방법을 알려 주는 자에게 큰 상을 내리겠다고 온 나라에 선포했다. 이름이 꽤나 알려진 많은 학자들이 왕을 찾아가 세 가지 질문에 대한 여러 가지 대답을 전했지만, 왕은 어느 말에도 동의하지 않았다. 그리고는 숲속에서 혼자 살고 있는 은사를 찾아가 세 가지 질문에 대한 답을 찾았다.

　가장 중요한 순간은? 바로 지금.
　가장 중요한 사람은? 지금 함께 있는 사람.
　가장 중요한 일은? 함께 있는 그 사람에게 착한 일을 행하는 것.

　아무리 아름다운 과거도 이미 지나간 'history'이다. 아무리 멋진 미래가 예측되어도 아직 오지 않은 'mystery'이다. 지금 이 시간이 우리가 받은 'present'이다.

　인간은 사회적 동물이므로 혼자서는 살 수 없다. 그러므로 서로의 다름을 인정하고 배려하고 칭찬하며 좋은 관계를 맺는다. 사마천의『사기』에 오기라는 장군은 부하와의 좋은 관계를 위해 늘 솔선수범하고 병사들과 어려움과 즐거움을 함께하며 직접 '종기의 고름을 빨아 주었다'고 한다.

　요즘 사회를 4차 산업혁명의 시대, '뷰카(VUCA)'시대라고 한다. 변동성(Volatility), 불확실성(Uncertainty), 복잡성(Complexity), 모호성(Ambiguity)이 특징이다. 인공지능과 과학기술의 빠른 발전 속도에 따른 사회 전반적인 변화에 혁신 역량과 창의성을 지닌 인재가 필요하다. 변화는 빠르고 예측이 어려운 불확실성이 팽배해진 사회에서 필요한 것은 사람과 사람, 사람과 사물을 연결하는 인재들의 '협업과 융합'이다.

인재는 자신의 가치를 높이기 위해 스스로 일하기에 상대를 인정하고 존중하며 소통해야 한다. 사람과 사람이 만나 서로 마음이 교통(交通)되면, 사랑(愛)의 기운(氣)이 돌고 돌아 신께서 축복(祝福)을 주신다. 그러므로 관계는 축복이다. 관계의 질에 따라 생각도 달라지고 다른 삶이 새롭게 탄생하기에 정성을 다해야 한다. 원활한 소통은 '행복한 삶의 원천'이기에 먼저 나의 몸과 마음을 잘 관계하여 '수신제가(修身齊家) 치국평천하(治國平天下)' 해야 한다. 화합으로 관계 질서를 회복하고 생명에게 기쁨을 주는 행복한 삶의 여정을 즐기며 행복한 삶을 위한 12가지의 지혜를 담아 본다.

1. 인사(人事)_사람이 마땅히 해야 할 일이기에 먼저 친절하게 하여 나도 상대도 행복하다.
2. 자신감(自信感)_스스로 할 수 있다는 느낌을 믿는다.
3. 친구(親舊)_존경하고 믿을 수 있는 사람과 함께 한다.
4. 보은(報恩)_부모와 스승의 은혜에 보답한다.
5. 기여(寄與)_기대를 넘어 도움이 되도록 이바지한다.
6. 약속(約束)_앞으로 어떻게 할지 미리 정하고 반드시 지킨다.
7. 준비(準備)_미래를 예측하고 미리 마련하여 예를 갖춘다.
8. 간소화(簡素化)_간략하고 소박하게 덜 갖는 것이 더 갖는 것이다.
9. 신중(愼重)함_섬세한 행동으로 사려 깊게 알아차린다.
10. 친절(親切)_자신에게 친절하고 타인에게 정겹게 대한다.

11. 실행(實行)_할 일은 스스로 그냥 한다.

12. 개심(開心)_마음을 열고 긍정의 마음으로 삶의 흐름을 따른다.

'맑고 · 밝고 · 자유롭게'

**박혜숙**

LCM컨설팅 부사장/VM 컨설턴트, 아시아코치센터 전문코치, 남영 코칭&컨설팅 전문코치, 아주코칭 협동조합 상임이사, 한국산업인력공단 NCS 기업 활용 컨설팅 전문가, 한국코치협회 KAC 인증위원, KPC, ANLP-MP, ABNLP-MP로 코칭 리더십 인증 과정, 임파워링코칭 인증과정, 리더십 코칭, 피드백 코칭, 조직문화, 커뮤니케이션 등 인사조직 강사와 전문 코치로 활동하고 있다. 이메일: mystar7942@naver.com/banya7979@hanmail.net

# '코칭'이 내게 준 선물

배명숙

## 코칭과의 만남

2006년 여름 방학을 앞둔 어느 날, 평소 존경하는 정재성 교장선생님으로부터 한 통의 전화를 받았다. '한국리더십센터가 주관하고 일반 회사원들이 많이 참가하는 연수가 있는데 이번에는 교원들을 위해 서울교수학습지원센터에서 열리게 되어 좋은 기회이니 함께 참가했으면 좋겠다.'라는 내용이었다. 초임교사 4년차에 결혼과 함께 퇴직을 하고 10년 넘게 육아에 전념하다가 1993년에 임용고시를 거쳐 복직을 했던 나는 오랜 공백으로 인한 부족함이 많이 느껴져서 나름대로 전문성을 기르려고 노력해오고 있던 터라 감사한 마음으로 연수에 참가하게 되었다.

연수에 참가한 첫 날, 나는 한국리더십센터의 김용균 교수님의 강의에 그만 푹 빠지고 말았다. 그 연수가 바로 스티븐 코비의 '성공하는 사람들의 7가지 습관(The 7habits of Highly Effective People)'이었다. 우선 강의 접근 방법부터가 달랐다. 그 당시에는 드문 방법인 참가자 중심 협력 학습과 액션러닝 기법 등으로 연수생들을 매료시켰고 임팩트 있는 질문과 생소하지만 의미 있는 단어 하나하나가 내게는 일종의 충격으로 다가왔다. 그중에서도 지금도 기억되는 몇 가지는 다음과 같다.

어떤 분야에 진정 효과적인 사람이 되려면 '신뢰'가 있어야 하는데 이 '신뢰'는 성품(Character)과 역량(Competence)이라는 두 개의 축으로 이루어지고 이 두 가지가 다 만족스러울 때 신뢰를 받을 수 있다는 것이다. 역량의 요소는 지식/기술, 전문성, 능력이며 성품의 요소는 성실성, 성숙성, 심리적 풍요로움이라고 했다. 막연했던 '신뢰'의 의미가 이렇게 확실하게 느껴지기는 처음이었다. 나중에 스티븐 코비의 아들인 스티븐 엠 알 코비가 저술한 『신뢰의 속도』라는 책을 통해서도 많이 알려지게 된 내용이다.

또한 '자신의 삶을 주도하라, 승승을 생각하라, 변환자의 역할, 영향력의 원, 시간 관리 매트릭스' 등 이런 어휘들은 내가 그동안 들어보지도 못한 개념들이었다. '내가 나의 삶을 주도하고 있나? 나는 얼마나 영향력을 발휘하고 있나?' 등 도전이 되는 시간이었다.

이렇게 나는 5일 동안 7habits 연수를 받고 나서 교육이나 세상을 바라보는 눈이 더 넓어졌다고 할까 더욱 멋진 선생님이 된 기분이었다. 교사로서뿐만 아니라 자연인으로서의 '배명숙' 자체가 소중한 존재이고 참 괜찮은 사람이라는 생각이 들었다. '더 좋은 선생님이 되려면 어떻게 해야 하지?'라는 고민도 하게 되었다. 이후 꾸준한 독서를 통한 자기성장의 동기를 갖게 된 것, 자기관리에 관심을 갖기 시작한 것도 이 연수 덕분이었다.

이어서 '교육코칭'이라는 연수를 받게 되었는데 여기서 나는 처음으로 '코칭'을 접하게 되었다. 그동안 '코치'라는 말은 들어 보았으나 '코칭'이라는 용어는 들어본 적이 없었다. '코치'는 스포츠에서 '선수들을 훈련하는 사람' 정도로 알고 있었다. 그러나 그때 만난 '코치'의 개념은 그것이 아니었다. 코칭 철학, '모든 사람에게는 무한한 가능성이 있다.', '그 사람에게 필요한 해답은 모두 그 사람 내부에 있다.', '해답을 찾기 위해서는 파트너가 필요하다.' 바로 그 '파트너'가 '코치'라는 것이다. 다른 사람의 성장을 돕는 코치, 자녀의 성장을 돕는 코칭맘, 학생들의 성장을 돕는 코칭샘, 나의 머릿속에서 나 자신의 이미지를 그려보며 가슴이 설레어 스스로 별명을 '코칭맘 코침샘'으로 짓기도 했다.

'코치형 교사'가 되기 위해서 몇 가지 패러다임 전환도 필요했다.
1. 학생들을 통제하고 규율에 따르도록 지시한다.
  ⇒ 학생들이 자율적으로 규율을 정할 수 있도록 촉진한다.
2. 목표달성 위주의 지도를 한다.
  ⇒ 개개인의 성장 가능성에 주목하여 지지/격려한다.
3. 학생의 문제점이 먼저 눈에 띈다.
  ⇒ 학생이 가지고 있는 강점을 발견/인정하고 강화한다.

## 교육현장에서 코칭을 적용하다

이후부터 교실에서 코칭 철학, 코칭 스킬을 적용하려고 애썼다. 그때부터 내가 더 좋아하게 된 단어 중의 하나는 '존중'이다. 다른 사람을 존중하기, 먼저 학생을 존중하기, 직장 동료를 존중하기, 교사 외에도 행정실 직원, 교무행정지원사, 급식실 조리종사원, 보안관 등 여러 분야의 교육공무직뿐만 아니라 시간제 환경 관리원까지 그분들의 역할을 존중하고 수고하심에 감사하는 태도를 갖기 시작한 것도 그 무렵부터라고 기억한다. 몇몇 친구들은 내 표정과 눈빛까지 달라졌다고 했다. 또한 신뢰받는 교사가 되기 위해 전문적인 역량을 기르고 성숙함과 심리적 풍요로움을 갖기 위해도 노력을 하게 되었다.

'코칭'은 내가 지금까지 배워온 그 어떤 것보다도 강력한 도구로 나의 자원이 되었다. 코칭을 통하여 나는 나의 내면을 들여다보게 되었고 나 자신을 보게 되자 다른 사람들의 마음도 살피게 되었다. 교직이라는 업무는 학생들의 잠재력을 믿고 그것을 이끌어 내기 위해서 많은 내공이 필요하다. 교감이 되면서 그 역할은 더욱 중요해졌고 나 자신의 에고(Ego)를 낮추고 상대방을 주인공으로 대접하려는 노력, 'What'보다는 'Who'에 초점을 맞추려는 노력을 하다 보니 인간관계에 라포가 형성되고 상호신뢰가 두터워졌다. 이러한 변화로 업무 효율도 크게 높아졌다. 연수 과정을 밟는 동안 비용도 수월치 않게 들었다. 하지만 비용 이상으로 평생 귀한 선물을 갖게 된 것이라 믿는다.

한국코칭센터의 '코칭 클리닉', CEP(The Core Essential Fast Track Program) 등 코칭프로그램을 통해서 좀 더 전문적인 코치로서의 소양을 기를 수 있었다. 2011년에는 한국코치협회의 KAC, 2012년에는 KPC 자격증을 취득할 수 있어서 코칭 전문가로서 한층 더 자부심도 갖게 되었다. 서울교육연구정보원 산하 '서울교수학습잠재능력개발연구회'에서 주관하는 교사직무연수로 '파워풀 학습코칭' 과정 진행과 강의를 통해 코칭문화 보급에도 일조를 하게 되었다.

어느 해 겨울, 6학년 한 남학생이 학교폭력신고센터 117에 신고되어 경찰에서 연락이 왔다. 여학생에게 지나친 욕을 한다는 것이었다. 먼저 담임교사로부터 그 학생의 장점만을 알려 달라고 하고 교감인 내가 면담을 하게 되었다. 긴장한 학생에게 자기소개를 해 보라고 했다. 학생은 머뭇거렸다. "담임 선생님께서 '운동도 잘하고 리더십이 있는 학생'이라고 하시던데, 솔직하고 편하게 자랑을 해 보세요." 그제야 몇 가지 자랑을 했다. "아! 그래, 멋지구나! 또 어떤 자랑거리가 있을까?" 등 몇 가지 이야기가 오고 간 후 한참 만에 "교감선생님이 한 가지 물어봐도 될까?" 하면서 "혹시 고치고 싶은 것은 있나요?" 하고 묻자, 잠시 망설이더니 "네…… 욕하는 버릇을 고치고 싶어요."라고 했다.

내가 욕에 대해 한 마디도 하지 않았는데 학생이 먼저 이야기를 꺼냈다. "욕은 어떤 것이라고 생각하나요? 교실에서 욕은 어떻게 시작된 것 같아요?"라고 질문을 하였다. 자신을 비롯해 많은 아이들이 하고 있고 자신도 모르게 자꾸만 더 심한 욕을 하게 되었다고 했다. "욕을 들은 학생은 어떤 마음일까요? 욕을 안 하려면 어떻게 해야 하나요? 그 학생에게는 어떤 마음이 드나요?" 등 많은 질문에 이어서 곧 졸업을 하면 인근에 있는 중학교로 진학을 할 텐데…… 선생님이 너를 어떤 학생으로 기억했으면 좋겠니?"라고 질문을 했다. 한참 생각하더니 "욕 안 하는 아이로 기억해 주세요."라고 말했다. 이후 그 여학생에게 사과도 하고 욕을 자제하며 밝은 모습으로 생활한다는 이야기를 담임교사로부터 들을 수 있었다.

교감의 직무를 수행하다 보면 많은 민원인들과 만나게 되는데 슬기롭게 응대할 수 있는 내공 덕분에 크게 흔들림 없이 어려움을 마주할 수 있게 되었다고 자부한다. 강력한 코칭스킬 중의 하나인 '맥락적 경청'과 그들의 입장에서 겪는 어려움에 공감하며 해결 방안을 함께 고민하는 과정에서 민원이 저절로 해결되는 경우도 여러 번 경험하였다. 물론 여러 번의 연수로도 부족함은 많았다. 코칭 과정 외에도 NLP프로그램, DISC행동유형분석, EFT프로그램, 에니어그램, 서울시교육청의 감정코칭 강사과정, 교류분석(TA: Transaction Analysis) 상담사 자격과정, 버츄 프로젝트 등 2~3년 동안의 폭풍 연수, 200여 권의 관련 도서 탐독, 한국코치협회의 교육기관협력위원회 활동 등에서 만났던 선배코치들에게서도 많은 것을 배웠다. 나도 모르게 조금씩 성장해 나가고 있었다.

그러는 사이에 서울시교육청 교사직무연수, 각급학교 자율연수, 신규교사연수, 교감자격과정연수, 학부모연수 등에서 많은 분들과 코칭을 나누게 되었다. 서울시교육연수원의 '배움이 느린 학생의 이해' 온라인 강좌에는 콘텐츠 개발위원으로 참여하여 '난독증의 이해와 지도', '성장 동기를 부여하는 질문 프로세스'를 담당하기도 하였다. 또한 국회인성교육포럼에서 인성교육법 안을 제정할 때 자문위원으로 활동도 하였고 교육부가 주관하는 인성교육연구회 연구활동으로 Heart Start Project 워크북을 개발하기도 하였다. 인성교육 우수교사로 선발되어 세계3대 석학이며 미국 최고 청소년연구센터장인 윌리엄 데이먼(William Damon) 교수가 재직하고 있는 스탠포드대학을 방문하여 도덕성발달 연구에 대한 설명을 들을 수 있었다. 우리나라 교육현장에서 도덕성과 인성교육에 많은 적용이 필요하다는 것도 절실히 느꼈다.

## 기도하는 마음으로 미래의 시간을 기대하다

나는 코칭으로 세상을 크게 바꾸겠다고 꿈을 꾸는 것이 아니다. 사람들에게 스스로 내면의 가치를 발견하고 자아실현을 할 수 있도록 돕는 마중물의 역할을 한다면 그것이 나의 큰 기쁨이다. 학교생활에 부적응이 많았던 아이, 어려움을 딛고 행복한 가정을 선택한 후배 교사, 오랫동안 잊었던 자신의 꿈을 이루어 가는 사람, 그들을 만나 내가 받은 '코칭'이라는 선물을 나눌 때 그들은 변화와 성장으로 내게 보람을 안겨 주었다. 한 사람, 한 사람의 작은 변화는 그의 가정을, 그가 속한 조직을, 그리고 우리 사회를 변화시킬 것으로 믿는다.

어느덧 시간이 흘러 2017년에 정년퇴직을 하게 되었다. '난 아직 할 일이 많은데……' 아쉽지만 물리적 시간을 받아들일 수밖에 없었다. 그러나 퇴직을 하고도 하고 싶은 일, 할 수 있는 일이 있음에 감사했다. (사)미래준비의 회원으로서 미래를 준비한 코치답게 몇 분의 객원연구원과 함께 '마중물코칭심리연구소'를 시작하게 된 것이다. 『자녀의 성장을 돕는 코칭 스킬』이라는 교재로 각급학교 학부모 연수를 주로 담당하고 있으며 코칭 기법으로 자녀를 양육할 수 있는 역량을 키우는 것을 목적으로 하고 있다.

2018년 하반기부터는 학지사 계열회사인 '인싸이트심리검사연구소'와 함께 「변화와 성장을 돕는 코칭파트너, RAINBOW 질문카드」를 개발하고 있다. 다른 사람의 성장을 돕는 역량 중 하나가 '좋은 질문'인데 많은 교육자, 상담자, 관리자, 코치들이 임팩트가 있는 적절한 질문을 하는 것이 쉽지 않은 것이 현실이다.

RAINBOW질문카드는 Rapport/Aim, Identity/Needs/Be better, Option/Will(마음 다리 놓기/목표와 정체성/욕구/더 나은 선택/의지)의 5단계 프로세스를 갖게 된다. 각 단계별로 준비된 질문카드에서 참여자가 직접 받고 싶은 질문을 골라볼 수 있게 구성되었다. 하위과정으로 행동유형분석, 인정칭찬, 가치인식, 격려, 명언/메시징 등의 자기발견카드와 함께 사용할 수 있게 구성되어 진행자가 코칭 프로세스를 좀 더 효율적으로 진행할 수 있는 도구가 될 것이다. 이 질문 카드는 곧 마무리될 예정이며 다른 사람의 성장을 돕는 데 유용하게 사용되었으면 하는 바람이다. 2019년부터는 서울시교육청 학부모온라인 연수 내용자문위원으로 참여하여 미래사회를 대비하는 '학부모 역할의 변화'에 대한 콘텐츠를 개발 중에 있다.

지난 20여 년을 돌아보니 참으로 감사하고 알게 모르게 미래를 준비한 시간이 아니었나 생각된다. 오늘날 이렇게 보람된 시간을 가질 수 있게 이끌어 주신 정재성 교육장님, 함께 가치를 실현하고자 노력한 코치님들, TA교육기반팀원들, 지지와 협력으로 함께 해 주신 교직원들과 학생, 학부모님들께 감사를 드린다. 또한 코치 더코치 역할을 해 준 남편, 잘 성장해 가정을 이루고 사회에 자신의 역할을 잘 감당하고 있는 아들들에게도 고마움을 전하고 싶다.

정부는 우리나라가 2025년이면 초고령사회로 진입할 것으로 전망하였다. 이제 고령사회 기준이 되는 65세를 맞이한 나는 4차, 5차 산업혁명이 이어지고 예측하기 힘든 미래사회에도 '다른 사람의 성장을 돕는 코칭'은 계속되어야 할 것이라 믿으며 이렇게 기도하는 마음으로 미래의 시간들을 기대해 본다. '빨리 가려면 혼자 가고, 멀리 가려면 함께 가라'고 한 아프리카 코사족의 속담에 있듯이 (사)미래준비와 함께 더 멀리 갈 수 있을 것 같다.

- 평온의 기도(The Serenity Prayer) -
하느님, 내가 바꿀 수 없는 일에 대해서는
그것을 받아들일 수 있는 평정심을 주시고,
변화시킬 수 있는 일에 대해서는
과감히 도전할 수 있는 용기를 주세요.
그리고 이 둘을 분별할 수 있는 지혜를 주시기를 원합니다.
God, grant me the Serenity to accept
the things I cannot change,
courage to change the things I can,
and Wisdom to know the difference.

- Karl Paul Reinhold Niebuhr(1892~1971, 신학자)

**배명숙**

마중물코칭심리연구소 소장. 한국코치협회 전문코치(KPC), 약 30년의 교직경력 중 2009년부터는 서울초중등교수학습잠재능력개발연구회를 통하여 교육현장에 '코칭'을 적용하고자 노력해왔으며 2017년, 정년퇴직 이후에는 서울교육연수원의 직무연수 콘텐츠개발, 2019서울시교육청 온라인학부모연수 내용전문가 자문활동, 인싸이트심리검사연구소와 함께 RAINBOW질문카드 개발, 각급학교 학부모연수(자녀의 성장을 돕는 코칭 스킬), 노원휴먼라이브러리 휴먼북 봉사활동 등을 하고 있다. 이메일: msbae5@naver.com

# 공자와 아들러에서 배우는 미래준비

서재진

코치로서의 나의 삶은 이미 나의 미래이다. 나는 이미 인생 1모작을 끝내고 2모작을 살고 있기 때문이다. 나의 인생 2모작은 1모작의 연장이기도 하다. 통일연구원에서 북한 사회 분야를 전공 분야로 연구를 시작했지만, 북한체제를 제대로 이해하려면 사회분야만으로는 부족하여 정치, 경제, 국제관계, 남북관계로 시야를 넓혀야 했었는데, 북한체제 연구에서 가장 중요한 변수는 리더, 리더십임을 알게 되었다. 그래서 나는 일찍부터 리더와 리더십에 관심을 가지게 되었던 셈이다.

대런 애쓰모글루와 제임스 로빈슨이 쓴 『국가는 왜 실패하는가』는 왜 어떤 나라는 부유하고 어떤 나라는 가난한가라는 질문으로 시작된 책으로서, '38선의 경제학'이라는 챕터에서 남한과 북한의 현격한 경제력의 차이를 문화나 지리적 요인으로 설명할 수 없고, 그 해답은 '제도'에서 찾아야 한다고 보았다, 남한과 북한의 차이만큼 제도의 차이를 잘 설명하는 사례는 없다고 보았다. 남한과 북한의 제도의 차이란 남한과 북한의 리더십의 차이이다. 리더십이 제도를 만들었기 때문이다. 리더십이 이렇게 중요한 것이다.

나는 통일연구원의 리더에 선임되자마자 리더십 학습에 관심을 가지고 이런저런 책으로 리더십 공부를 하다가, 본격 리더십 교육을 받기 위해 한국리더십센터 3일 교육과정에 입소하였었다. 그곳에서 리더십을 배우면서, 코칭이라는 것을 접하게 되었고, 통일연구원을 퇴직하자마자 코칭 교육 과정에 등록하여 전문코치로 커리어를 시작하였다.

## 고전은 우리에게 길을 보여 준다

이제 나는 전문코치로서 8년여 시간이 지난 지금, 다시 나의 미래 10년의 길을 꿈꾸어 본다. 내가 갈 길은 무엇이어야 하는가? 한국 사회가 갈구하는 리더십의 모습은 무엇인가?

최근 법무부장관 임명 사태를 겪으면서 대한민국의 리더십의 민낯이 드러났다. 무엇이 옳고 무엇이 잘못인지의 보편적 기준은 없고, 자신이 속한 당파의 이익을 지키기 위한 에고의 힘 대결이 정의의 기준이 되었다. 좌파 우파 편을 갈라 싸우는 것도 본질은 권력과 이익의 다툼이고 외피만 이념의 다툼이다. 더욱이 사실 앞에 정직하지 못하고 우격다짐의 큰 목소리와 세 대결이 정의가 되었다. 가치의 혼란, 정의의 혼란이다. 이익의 다툼이 내전을 방불케 하는 형국에서 우리 사회는 길을 잃었다.

이런 상황에서 과거의 고전이 우리에게 미래의 길을 보여 준다. 공자와 맹자가 살던 중국의 춘추전국시대는 전쟁의 시대이자 사상의 '백가쟁명의 시대'였다. 세의 대결장이자 사상의 경연장이었다. 춘추전국시대의 대혼란에 종지부를 찍고, 질서와 평화의 시대를 어떻게 열 것인지를 놓고 다양한 사상가들과 학파들 간에 대논쟁이 벌어졌고 그때 나온 사상 중에서 가장 인본주의적이고 민주적이어서 2500년을 살아남은 사상의 하나가 바로 공자와 맹자의 사상이다. 공자와 맹자의 사상은 서양 선교사들에 의해 서양에 전파되어 계몽주의 사상과 르네상스 및 인본주의의 사상적 이론적 토대가 되기도 하였다.

공자와 그 후학들이 쓴 『예기』라는 책에 나오는 이야기에 가정맹어호(苛政
猛於虎)가 있다. 가혹한 정치가 호랑이보다 무섭다는 뜻이다. 한밤중에 산길
을 가다가 만나는 사람이 짐승보다 무섭다는 의미도 있다. 당시 춘추전국 시
대, 500여 년간의 전쟁의 시대에 인간이 인간을 잡아먹던 약육강식의 혼란
시기를 보면서 공자와 맹자 사상의 밑바닥에는 어떤 두려움이 깔려 있었다
고 한다. 인간이 짐승으로 추락할지 모른다는 공포와 염려인 것이다. 맹자는
"공자가 시대를 두려워하였다(孔子懼)"라고 전한다. 맹자 자신도 "인간이 짐
승보다 못한 꼴로 타락할까 두렵다(吾爲此懼)"며 진저리를 쳤다. 공자와 맹
자가 이 나라 저 나라를 전전하며 인(仁)을 설파한 것은 "사람이 사람을 잡아
먹는" 암울한 인간세상을 구제하고자 함이었다고 한다.

공자는 이러한 시대상황을 보며 타인을 공감하고 사랑하는 마음, 즉 인
(仁)만이 세상을 구할 수 있다고 보았다. 공자가 유교 사상 중에서 인(仁)을
으뜸으로 꼽는 데는 이러한 시대적 배경이 있었다. 맹자는 이를 더 구체화하
여 인의(仁義) 사상이라 하여 인간에게는 본래 사단(四端)이라는 공감 감정
이 있다고 보았다. 측은지심, 수오지심, 사양지심, 시비지심이 있다고 보고
이를 개발하여 확장하면 춘추전국시대의 만인 대 만인의 투쟁 상황을 종식
시킬 수 있다고 본 것이다.

인(仁)이란 무엇인가? 공자의 제자 안연이 인(仁)이 무엇인가 하고 물었더
니 공자는 '극기복례(克己復禮)'라 했다. "자기를 이기고 예(禮)로 돌아가는
것이 인(仁)을 하는 것(克己復禮爲仁)"이라고 답한다. 자기를 이기고 예로
돌아가는 것이 인(仁)의 실천이란 뜻이다. 자기란 자기의 사심, 사욕, 즉 에
고이다.

예(禮)란 무엇인가? 예는 기본적으로 남과 더불어 살자는 공존의 지혜다.
나도 이런 욕심이 있지만 남도 배려하고 양보도 해야 서로가 평화롭게 살 수
있다는 공존의 철학이다. 에고를 넘은 공감, 공공감각, 공동체감각, 공공성

이 '예'이다.

## 공자, 맹자, 아들러 모두 지향한 공감과 공동체 감정

동양의 공자와 비슷한 이야기가 서양의 알프레드 아들러에게서도 발견된다. 아들러는 1차 세계대전이 발발하자 46세의 나이에 징집되어 전선에 나가서 심리담당 군의관으로 복무한다. 전쟁터에서 수많은 사람들이 참혹하게 살상하고 또 살상당하는 것을 보았다. 세계에서 가장 많은 사람이 죽은 전쟁이 제1차 세계대전이었다.

이 전쟁이 끝나고 아들러는 전선에서 돌아와서 니체의 더 많은 '권력에의 의지'가 아니라 '더 많은 사회적 감정'을 최고의 가치로 주장한다. 사회적 감정 또는 공동체 감정이 그의 심리학의 핵심 사상이 되었다. 아들러는 그의 책 『인간이해』에서 인간이해의 중요한 단서로서 인간을 '사회적 존재'로 보아야 한다는 것인데, 고립이 아닌 공동체만이 삶의 안전과 삶의 기쁨을 보장해주고, 인간의 삶에 대한 욕구를 충족시켜 줄 수 있다고 본다.

아들러는 자기중심성과 에고를 넘어서 공동체를 지향하라고 가르치고 있으며, 일, 공동체 관계, 사랑과 가정에 봉사하고, 인류에 봉사하는 데서 삶의 의미를 찾을 수 있다고 본다. 아들러가 1929년 가을에 뉴욕에 순회강연을 갔을 때 미국 「뉴욕타임스」는 아들러를 '서양의 공자'라고 호평했던 적이 있다. 여기서 공자라는 의미는 공자처럼 도덕이나 논한다는 의미가 아니라 현인(賢人)이자 구루라는 의미로 쓰인 말이다.

동양과 서양의 두 거장의 미래준비를 보면 인간은 호모 사피엔스라는 같은 종이라서 그런지 어쩜 이렇게 비슷한 생각을 했는지 놀랍다. 그리고 그 사상이 어쩌면 그렇게도 가장 보편적인 가치인 공감과 공동체 감정을 주장했는지도 감탄스럽다. 공자와 아들러가 살았던 시대와 나라는 다르지만 전쟁을 경험하고 전쟁 이후의 질서와 평화, 그리고 생존을 위해서 공감, 공공성, 공동체 감정을 공통적으로 대안으로 제시한 것을 주목할 필요가 있다. 공자와 아들러가 전쟁을 하는 인간에게 공동체 감정을 대안으로 내세운 것은 사실은 도덕이 아니라 생존을 위한 대안인 셈이다.

## 우리는 왜 공동체 감정을 개발해야 하는가?

지금의 우리 사회가 중국의 춘추전국시대나 유럽의 제1차 세계대전과는 세부적으로는 다르지만, 크게 보면 생존의 싸움이라는 점에서 같다. 좌파와 우파의 싸움, 계급간의 갈등, 지역 갈등, 개인간의 생존경쟁 등 총체적으로 싸움이다.

전쟁과 같은 갈등과 혼란의 상황을 종식시키고 평화와 생존을 도모하기 위해서 필수적인 것이 공자·맹자·아들러는 공감, 공동체 감정이라고 하지 않았는가? 공자와 맹자, 아들러의 사상과 가치를 가슴에 여미고, 나는 어떤 사람인지를 음미해 본다. 그리고 우리 사회의 모습도 생각해 본다. 우리 사회에도 공자나 아들러가 설파한 것과 같은 가치가 핵심가치로 받아들여져야 하고 더 잘 실천되어져야 함을 알아차린다. 공자와 아들러는 현재 우리 사회에서 리더십 코칭의 지향점이 어디인지를 가르쳐 준다. 특히 아들러에게서 '라이프 스타일(lifestyle)'은 우리말로 '생존양식'이라 번역할 수 있는데, 바람직한 생존양식은 공동체 감정을 개발하라는 것이다.

공자와 아들러의 이러한 사상이 단순히 사회의 질서를 위한 도덕률에 그치는가? 개인은 왜 공동체 감정을 개발해야 하는가? 뇌과학자와 진화심리학자들은 인간이 혼자 생존할 수 없고 함께 협력해야 생존할 수 있기 때문에 공동체로 살고 협력하는 본성이 진화되었다고 본다.

개인에게도 공동체 감정이란 단순히 타인게게 욕먹지 않기 위해 지켜야 하는 도덕률이 아니라 생존의 전략이 된다는 근거를 몇 가지로 나누어 볼 수 있다. 즉, 공동체 감정, 또는 공동감각(Common sense)으로 사는 것이 개인에게 가장 이익이 된다는 사실들이 삶의 경험으로 증명되었다.

첫째, 사회적 감정, 즉 감성적 능력이 높을수록 사회적으로 성공한다는 것은 이미 임상 경험에서 확인되었고 이론적으로 정립되었다. 사회적 성공 요인의 85%는 EQ에 기인하며, IQ는 성공요인으로 15% 정도밖에 차지하지 못한다고 『감성지능』의 저자 대니얼 골먼이 지적했다.

둘째, 공동체 감정은 인생의 3대 과제인 일, 관계, 사랑과 결혼의 과제 해결에 없어서는 안 될 윤활유이다. 인간이 사회적 존재인 이유는 사회적 감정이 없이는 일 관계, 사랑이라는 과제에서 해결될 수 있는 것이 없기 때문이다.

셋째, 공동체 감정이 높을수록 직장이나 사회적 장에서 협력의 파트너로 더 잘 선택된다. 인간은 취업이나 선거, 심지어 사람관계 등 모든 사회생활에서 선발이라는 과정을 거치는데 공동체 감정이 결여된 사람은 선발에서 배제되기 쉽다. 배우자 선택에서도 공감력이 떨어지는 사람은 선발되기가 어렵다. 누가 공감력이 떨어지는 사람을 선택하여 부부의 연을 맺고 싶겠는가?

넷째, 공동체 감정으로 사회적 기여를 하면 사회적 인정을 얻어서 스스로의 자존감이 올라가서 사는 재미를 더 많이 느낄 수 있다.

다섯째, 자기의 사심과 사욕을 초월하여 공공성을 지향하는 사람이 성공하는 리더가 된다. 불문가지의 진리 아닌가?

## 미래를 위해 준비하고 있는 두 가지

인(仁)의 사상, 공동체 감정, 공감, 공동감각(common sense)을 회복하는 것을 인간사회의 핵심가치로 제시하는 공자 및 맹자와 서양의 아들러에게서 나는 우리 사회 리더십 문제의 해법을 찾았다. 이러한 가치와 사상을 나의 코칭의 콘텐츠로 개발하여 리더십 코칭이라는 딜리버리 수단을 통하여 우리 사회에 전파하는 것이 나의 비전이다. 나는 이들 고전에서 얻은 사상과 가치에서 영감을 얻고 공부를 시작한 지 벌써 수년째이다. 향후 나의 10년을 위한 준비인 셈이다. 나의 미래준비를 구체적으로 다음의 두 가지로 나누어 볼수 있다.

하나는 기존의 '아들러 심리코칭'을 보완하고 이론화하여 '아들러 리더십 코칭' 프로그램을 개발하는 것이다. 우선 나는 아들러 심리학에서 '리더십의 가치'를 발견하고 그것을 리더십 코칭 프로그램으로 개발하고 있다. 아들러는 스스로 가치심리학자라고 일컬으면서 가치 지향적 심리학을 주장한 바 있다. 아들러는 리더십의 가치와 관련해서 4가지 질문을 던진다.

"생존과 적응에 필요한 이해력을 가지고 있는가? 공공성 지향, 공동감각에 맞는 목표, 유익한 목표를 가지고 있는가? 인정, 격려, 공감, 존중, 사회적 감정을 가지고 있는가? 용기를 가지고 있고 용기를 주는가?"

이 질문들은 모두 인생의 3대 과제를 효과적으로 수행하기 위해 필요한 가치다. 리더십의 4가지 요소라고 칭할 만하다. 이 점에서 아들러 심리학은 단순히 상담심리학이 아니라 리더십의 심리학이 된 것이다. 내가 아들러 심리학을 기반으로 리더십 코칭 프로그램을 개발하고 있는 이유이다.

둘째, 내가 미래를 위해 준비하고 있는 또 하나의 공부는 서애 류성룡 리더십에 관한 연구이다. 리더십 전문코치로서 나는 우리 사회에 리더로서의 모델이 될 만한 사람을 찾고 있었는데, 400여 년 전 서애 류성룡이 바로 현대 리더십의 모델이 될 수 있는 사람이라고 본다. 그의 사상이 바로 공자와 맹자의 공감, 공동체 감정의 사상을 계승하고 있다. 그는 유학에서 공감의 가치를 제대로 학습한 사람이다. 자공이 공자에게 "한마디 말로 평생 동안 실천할 만한 것이 있습니까?"라고 묻자, 공자가 한 말이 "아마도 서(恕)일 것"라고 대답했다. 서(恕)를 풀어보면 같을 여(如)에 마음 심(心)을 합자한 것이다. 즉 상대와 마음을 같이 한다는 것이다. 요즘 말로 한다면 서(恕)는 공감이다. 공동체 감각, 사람에 대한 존중이다.

류성룡은 자신의 문집인『잡저』에서 성인(聖人)이 사람들에게 서(恕)를 실행하는 방법으로서 다 함께 행하여야 할 것으로서 다음과 같이 인용하여 쓰고 있다. "거처함에 공손하고, 일을 처리함에 조심하며, 사람들과 어울릴 적에 성실하라"한 것과, "문을 나서면 귀빈을 뵙는 것과 같이하고, 백성들을 대하는 일에는 큰 제사를 모시는 것과 같이하라"고 한 것과, "사욕을 누르고 예절에 복귀하라" 하는 것이 이것이다.

류성룡의 재상으로서의 마음가짐을 잘 보여주는 대목이다. 인간에 대한 공감, 존중을 이보다 더 실천적으로 표현하기 어려울 것이다. 특히 백성을 대하는 태도로써 "큰 제사를 모시는 것과 같이 하라"는 말에서 리더십의 진수를 본다. 류성룡의 이 말은 단순히 글이나 결심이 아니고 임진왜란 7년간 영의정으로서 또 군최고사령관 격인 도체찰사로서의 삶에 그대로 실현하였기에 전쟁발발 20일 만에 수도 한양이 함락되었지만 백성들을 공감하고 민심을 다독이며 국력을 결집하자 전국에서 의병이 궐기하여 7년의 참혹한 전쟁을 결국 승리로 이끌 수 있었던 것이다. 그의 리더십은 한마디로 자기의 사심과 사욕을 초월하여 공공성을 지향하는 리더십으로 파악할 수 있다.

나는 자기초월과 공공성 지향이라는 공자와 아들러의 리더십 프레임으로 서애 류성룡의 리더십에 관한 논문을 써서 출간한 바 있다. 류성룡에 대한 연구를 진행하면서 그를 제대로 학습하고 전파하는 것이 리더십 코치로서 할 수 있는 의미 있는 일임을 깨달은 것은 나의 삶에서 참으로 기쁘고 보람 있는 일이다.

공자와 맹자, 그리고 알프레드 아들러의 사상이 오늘날 우리사회에 이렇게 절실하게 다가오며 지혜를 주고 있음을 알아차리고 리더들과 공유하는 일을 하는 것이 나의 미래준비라고 말하는 것도 참으로 기쁘고 의미 있는 일인 것 같다.

### 서재진

(재)미래인력연구원 원장, 하우코칭 파트너코치. 정부출연기관인 통일연구원 원장 재임 시 리더십과 코칭 교육을 받은 것을 계기로 북한전문가에서 리더십 전문코치로 변신, 현재 KPC, 아들러 심리학 기반 코치로서 CEO 및 임원 리더십 전문코치로 활동 중이다. 서애학회 부회장으로서 서애 류성룡 리더십의 연구와 확산에도 힘쓰고 있다. 저서로 송복·서재진 공편 『서애 류성룡의 리더십』 (법문사, 2019)이 있다. 이메일: jjsuh888@naver.com

# 감사한 나날들

안남섭

## 감나무와 사과나무가 있는 감사하우스

지난 추석 연휴는 아내 마담 백일홍과 함께 아버님을 모시고 다도해를 연결한 천사대교와 강진, 함평, 영광의 명소 등 남도를 드라이브하며 보낸 감사한 시간이었다. 올해 92세이신 아버님은 한국전쟁 참전용사로 6남매를 키우며 파란만장한 인생을 사셨고 독립심이 무척 강하셔서 자녀들에게 부담과 피해를 주지 않으려 애쓰시며 살아오신 분이다. 이제는 기력이 쇠약해지시고 기억과 감각이 무뎌지셔서 거의 소통이 불가능하시다. 근처에 사는 딸들의 돌봄에 의지하여 사시는 외로운 모습을 뵈면 안타까운 마음만 가득하다. 이번에 아버님과 함께한 추석여행을 통해 나 자신도 산전수전 겪으며 달려온 내 삶을 되돌아보게 되었다.

해외에서 살며 남보다 빨리 시대변화를 읽고 20년 전에 시작한 환경사업, 벤처 붐 시대를 맞아 과도한 소명감으로 동참한 온라인 교육사업 등에서의 연이은 실패는 내게 커다란 후유증을 안겨 주었다. 사업은 한 발만 앞서야 하는데 너무 빨리 보고 급하게 뛰어드는 바람에 겪은 고통이었다. 온라인 교육사업 연대보증 건으로 신용불량 상태까지 겪으며 2년 전에야 마지막 채무를 상환했다.

무리한 욕심과 잘못된 상황 판단으로 큰 대가를 치르며 후회와 아쉬움도 있다. 독일에서 10년 생활 후 양평에 들어와 산 지 올해로 벌써 21년이 되었다. 한국에 적응하며 지나온 세월이 쉽지 않았지만 믿고 함께 해 온 가족에게 지금도 미안하고 감사한 마음이다. 회갑이 되던 해 가족에게 사과할 일이 많음을 고백하고 감나무가 있던 정원에 사과나무를 심고 '감사하우스'로 택호를 바꾼 이유이기도 하다.

## 열정과 패기로 세계를 누빈 젊은 종합상사맨

독일이 통일되기 1년 전인 1988년 나는 주재원으로 부임하여 전자정보팀장으로서 삼성카메라 브랜드 현지 영업을 맨땅에서 시작했다. 당시 독일에서 한국의 존재감은 거의 없었다. 스마트폰과 전자제품 등 다양한 한국 제품입간판 광고가 가는 곳마다 눈에 띄는 지금과는 비교할 수 없을 정도로 열악한 이미지였다. 남의 나라에서 이방인으로 살며 성수대교, 삼풍백화점 붕괴소식, 남북 갈등으로 촉발되는 전쟁 위협 등 부정적인 뉴스로만 부각되고 비쳐지는 우리나라의 모습은 안타깝고 때로 부끄럽기까지 했다.

운 좋게도 통독 특수와 동유럽 개방 덕분에 수출 물량이 대규모로 늘어났고, 위험을 감수한 루마니아에서의 대규모 가전제품 위탁판매 성공으로 현지법인에 큰 기여도 했다. 카메라의 본고장에서 삼성 줌카메라의 시장점유율을 20%까지 늘리며 "우리도 할 수 있다"는 희망과 자부심을 느껴보기도 했다.

사회주의 국가가 연이어 무너지던 그 당시 종합상사맨으로서 동유럽 신시장을 개척하며 급변하는 독일과 유럽사회를 체험했고, 75개국을 다니며 다양한 삶의 방식을 보고 배우고 이해하는 소중한 시간이었다. 내게 있어 독일 주재기간은 국가의 위상이 열악하고 실력이 많이 부족한 우리 스스로를 직면하며 국제무대에서 제대로 목소리를 낼 수 있는 당당하고 풍요로운 문화선진강국이 되기 위해서 무엇이 필요한지 깊이 생각해 볼 수 있는 시기였다.

5년간의 성공적인 독일 주재원 생활을 마치고 귀국했으나 6개월 만에 다시 독일로 돌아갔다. 회사를 그만두고 독립해서 환경기술 컨설팅 사업을 시작한 것이다. 그 후 5년 동안 소각로, 폐가전 리사이클링센터, 대기오염물질 제거 시스템, 고도수처리시설 등 15개 프로젝트를 성사시키며 사업을 진행해 나가던 차 1997년 11월 IMF 상황을 맞게 된다. 장래가 유망하던 사업이 갑자기 중단되는 상황이 닥쳤다. 그때 불확실한 미래에 대응하는 빠른 결정이 필요했고 사춘기에 정체성의 혼란을 겪고 있던 두 아들의 미래에 대한 생각으로 독일사업장을 접고 한국행을 결심했다.

독일 주재원으로 경험한 전반 첫 5년 동안 독일은 속도제한 없이 달리는 아우토반처럼 자동차, 길과 표지판 그리고 옆에 달리는 운전자에 대한 신뢰의 3박자 효율의 아름다움이 작동하는 나라로 보였다. 그러나 개인 사업으로 환경사업을 하던 후반 5년차는 그 이면에 급변하는 시대 변화에 느리고 유연함이 없고 아기자기한 재미를 못 느끼는 숨 막히는 사회의 모습도 체험했다.

통일의 후유증을 극복한 독일은 디지털 트랜스포메이션이 가속화되는 4차 산업시대에도 인더스트리2.0으로 제조업 변신을 주도하고 많은 히든챔피언 기업을 통해 유럽과 세계 경제를 리드하고 있다. 독일에서 생활하며 보고 배운 것은 "천천히 그러나 확실하게"라는 독일 슬로건처럼 기본과 기초를 중시하는 것이다. 그들의 또 하나의 강점은 생각하고 토론하고 합의하고 지키고 개선하는 의식의 인프라가 사회 구석구석에서 작동하며 적극적으로 참여하여 만들어 가는 신뢰기반의 더불어 사는 공동체 정신이 아닌가 싶다.

## 양평에서의 새로운 출발 거꾸로 천천히

귀국을 결심하고 서울 출장 중 우연히 만난 지인 소개로 양평 지금 사는 곳을 한번 와 보고 바로 셋집을 구했다. 신앙생활을 시작하고 세례 받은 지 얼마 안 된 시점이어서 아름답고 작은 95년 된 상심리교회가 있었고 남한강변의 자연이 유럽의 풍광을 닮은 모습에 쉽게 결정할 수 있었다. 그 당시 몇 개월 후면 팔당 터널이 개통될 예정이었고 공사 중인 전철이 생기면 서울로 출퇴근이 가능한 거리라는 판단으로 멀리 보고 내린 결정이었다.

마당 넓은 집에서 3년을 셋집에 살며 전원 적응훈련을 하고 마을 초입의 지금 사는 감사하우스의 터를 구해 새로 집을 지은 것이 2001년이다. 하지만 당시는 팔당 터널이 개통되기 전이고 전철도 없어 불편한 게 한두 가지가 아니었다. 게다가 그때는 자녀교육 열풍으로 조기유학붐이 불어닥치며 기러기 아빠가 늘어나던 때였다. 교육환경과 인프라가 열악한 양평으로 이사를 결정했을 때 주변에서는 왜 거꾸로 가는 결정을 하는지 의아해하는 사람들이 많았다.

사업을 갑자기 접은 상태여서 경제적 여건도 어렵고 오랜 해외 생활로 어차피 적응의 시간이 필요하니 두 아들이 대학을 졸업하고 사회에 나왔을 때 경쟁력이 있으면 좋겠다는 생각이었다. 동네에 있는 작은 국수중학교에 두 아들을 보내며 "인생은 마라톤이다. 천천히 가자"고 생각했다. 한국에서의 적응 과정이 쉽지만은 않았지만 지금 두 아들은 제때에 결혼도 하고 독립하여 아이도 하나씩 잘 키우고 있다.

큰 아들은 우연히 대학시절 통역하다 만난 회사와 인연이 되어 영양과 건강에 최적화된 조리시스템 샐러드마스터 사업을 하고 있다. 둘째 아들과 밥홀로서기운동 전도사인 아내 마담 백일홍도 큰 아들을 도우며 같이 잘 하고 있는 것을 보면 당시의 결정이 감사하고 후회 없는 참 잘한 일이었다고 생각한다. 인생의 커다란 변화는 본인 의사와 상관없이 외부환경의 변화에 최선으로 대응할 때 보이지 않는 힘이 작용하고 불가피한 최선의 선택을 통해 이루어지는 것 같다.

## 좋은 만남을 통한 축복, 아름다운 삶

"내가 사는 곳이 세계 중심이다. 내가 변하지 않으면 아무것도 변하지 않는다. 내가 누리는 것은 내가 가진 것과 우리가 가진 것을 누린다."는 생각으로 자연이 아름다운 양평을 세계에서 가장 아름다운 마을로 만들겠다는 생각으로 한국에서의 새로운 삶을 꿈꾸기 시작했다. 그 당시 양평에는 전원주택이나 귀촌한 은퇴자 등 외지인이 많지 않았다. 우리 가족은 해외와 국내, 도시와 시골의 3중 문화 충돌이 계속되는 가운데 지속적으로 여러 가지 행복 실험을 했다.

마을 사람들을 모아 반상회를 조직하고 스스로 반장을 자원하여 마을 이름을 '아름다운 사람들이 오는 마을'이라는 '미래(美來)마을'로 정했다. 새로운 천년을 맞아 당당하고 풍요로운 문화선진 강국을 이끌어 갈 다음 세대를 준비하자는 공감대를 가진 사람들이 자연스럽게 모였다. 삶의 지혜를 나누는 작업의 소중함을 공감하는 회원들과 함께 미래(美來)준비 활동이 시작되었다. 바로 (사)미래준비의 태동이다. 2001년 4월 5일, 미래준비 회원들과 감사하우스 마당에 미래수(美來樹)를 심고 아름다운 미래를 준비하자는 도원결의를 다졌다.

그리고 도자기집, 자작나무집, 불자동차집, 대박이네 등 부르기 쉽게 각 집마다 아이디를 정하고 내 집이 이백 냥이면 이웃이 팔백 냥이라는 생각으로 이웃들과 관계의 소중함을 느끼며 철따라 만나고 음식을 같이 하며 이웃 간 교류를 활성화시키는 작업을 자주 했다. 미래마을을 꽃마을로 만들기 위해 건강하고 색이 선명하며 오래 피는 단년생 백일홍 씨를 뿌리고 씨와 모종을 나누어 주다 보니 그때부터 아내는 마담 백일홍이라는 닉네임을 얻게 되었다.

기회 있을 때마다 어린이 벼룩시장, 작은 음악회, 어린이 영어쿠킹클래스, 은행나무교실, 크리스마스 마켓, 안코치의 음식발표회와 요리하는 남자의 자존심 회복프로젝트 요남자 클럽 등을 추진했고 이웃 마을의 산마늘 축제, 오픈 스튜디오 페스티벌을 지원하고 응원했다. 한편 청소년진로코칭과 함께 두 아들이 다니던 중고등학교 학생, 학부모, 교사를 대상으로 미래사회의 변화와 인재상을 위한 특강을 자원하기도 했다.

해외로 유학 가는 청년들을 초대하여 함께 기도하고 식사하며 초심을 잃지 않도록 100달러 장학금을 제공하는 작지만 의미 있는 '사랑의 붕-뜬 장학사업'도 해 오고 있다. 그들이 귀국 후 공부한 내용을 나누고 기여하는 걸 약속받는데 그동안 어느 새 20여 명이나 되었다. 장학사업은 지금도 (사)미래준비를 통해 미래마중물장학생을 계속 추천받으며 이어지고 있다.

2005년에 이웃동네 복포리에 사시던 우리나라 다도의 원로 신운학 선생님을 남한산성에서 우연히 만나 우리 동네에 화심정을 짓고 월 2회씩 모여 다도 수업을 해 왔다. 지금은 매월 1회씩 생활차 모임인 화정다락회 차 모임을 하고 있는데 벌써 15년이 되어 간다. 올해로 13주년을 맞는 가장 꽃이 아름다운 날 가장 아름다운 수필을 선정하여 상을 주는 박수주 선생님의 산귀래 별서에서의 산귀래문학상 행사도 10년째 돕고 있다.

2014년 여름 문호리를 우연히 지나가다 발견한 문호리 리버마켓에 매력을 느껴 3년 반 동안 비가 오나 눈이 오나 추우나 더우나 피자와 식음료 셀러로 참여하며 키워 온 우리 사는 지역의 멋진 수제품 문화마켓이 자랑스럽다. 주인의식과 존중과 배려 정신으로 스스로 "만들고 놀며 꿈꾸며" 같이 만들어 가는 문호리 리버마켓은 5년 만에 세계에서 가장 아름다운 마켓이 되어 입소문을 타고 많은 사람들에게 알려지고 있다. 초기부터 성장 과정에 참여한 나로서는 참 보람되고 행복한 일이 아닐 수 없다.

우연한 만남을 인연으로 만들며 자기가 사는 가까운 지역에 언제나 쉽게 만나고 누릴 수 있는 편한 공간이 있고 이웃과 정기적인 행사나 모임이 있다는 것은 전원생활에서 중요한 행복의 조건이다. 맑은 공기와 경치가 아름다운 자연 속에서 내가 잘 할 수 있고 좋아하는 코칭 일을 하며 가까이에서 자주 만날 수 있는 좋은 사람들과 함께 보내는 인생 후반전의 건강한 삶은 축복이라고 생각한다.

## 감기주사 코치의 삶, 나의 미래

나는 전원에서 살며 자연이 주는 위로와 함께 그동안의 복잡한 삶을 정리하고 많은 걸 내려놓았다. 그리고 휘둘리지 않고 코치다운 삶을 살며 존재사랑 코칭문화 확산을 통해 이 나라의 리더와 차세대 교육이 제자리를 찾을 수 있도록 노력하고 있다.

2003년 홍콩의 유리타가 우리 동네에서 진행했던 SML(Self Management Leadership)코칭워크숍을 접했고, 한국에 처음으로 소개된 한국리더십센터의 CEO코칭프로그램을 들으며 코칭에 빠져들었다. 있는 그대로 존재를 존중하며 자기답게 꽃피우며 살도록 돕는 코칭. 그 1세대로서 한국코치협회 설립에 기여하고 같이 배우며 수많은 코치들을 존재로 만나며 서로 돕고 지속적으로 변화와 성장시키는 과정에 동참하였고, 협회를 위한 11년간의 봉사했던 삶은 가장 의미 있는 시간이기도 하다.

2006년부터 HR고문 및 사내코치로서 당근영어 캐럿글로벌에 코칭을 소개하고 코치형 리더를 세우고 수평적 코칭 조직문화를 확산해 왔다. 2009년부터는 바인그룹 동화세상에듀코 고문코치로서 바인그룹이 코칭문화 전문기업으로 성장할 수 있도록 돕고 있다. 쿠퍼실리테이션 그룹 등 관심 있는 중소기업들도 돕고 있다.

2016년 윤정구 교수님과 이창준 그루피플스 대표가 진행하는 진성리더 아카데미 과정에 참여하며 남은 생을 위한 큰 각성의 시간을 갖게 되었다. 진성리더 도반들과 함께 공부하며 코치들을 돕는 코치, 미래를 준비하는 코치라는 간절하고 명쾌한 삶의 목적을 찾은 이후 많은 부분이 정리되었다. 귀한 분들과 함께 하며 아름답게 펼쳐질 미래가 기대되어 감사하다. 또한 세계에 하나뿐인 코치합창단에 창단 시점부터 참여하여 코치들과 함께 연습하고 정기공연을 하는 시간은 삶의 활력이고 행복이다.

어제의 나보다 더 나은 삶을 목표로 변화하는 시대의 흐름에 잘 적응하고 성장하는 평생학습자로 자연과 가까이 살며 신앙생활과 다도생활 그리고 명상을 통해 마음의 평온을 유지하는 것이 내 삶의 에너지원이다. 주변의 숨겨진 지역의 자원을 끌어내고 같이 누리는 풍요롭고 아름다운 생활문화 공간에서 공동체정신을 발휘하며 지역의 미래 리더를 발굴하고, 청소년들을 위한 새로운 패러다임의 미래준비학교를 꿈꾸며 이웃들과 문화사랑방 모임인 문화게릴라33과 인문학살롱 등 의미 있는 작은 변화의 씨를 뿌리는 일을 계속할 것이다. 존재사랑 코칭의 파워를 전파하며 세계적으로 영향력을 발휘할 기업과 기업가 리더들을 돕고 키우며 코치들의 코치로 미래를 준비하는 삶을 위해 일상에서 지금 현재의 소중함을 알아 감사와 기쁨을 주고받는 사랑에너지 넘치는 새로운 삶의 방식인 감·기·주·사 라이프스타일 전도사의 삶을 살면서 후회 없는 삶을 살고 싶다.

**안남섭**

---

(사)미래준비 이사장. (사)한국코칭심리협회회장. 삼성물산 독일주재원으로 10년간 동유럽 시장개척 및 환경기술컨설팅. 온라인 교육사업을 하였다. 귀국 후 코칭을 접하고 사랑에너지 넘치는 삶의 방식 확산을 위해 다양한 행복실험을 해오고 있다. (사)한국코치협회 부회장을 역임하고, KSC로서 바인그룹, 캐럿글로벌 등 중소중견기업 고문코치로서 코치형 리더육성과 코칭조직문화를 확산하고, 코치들을 돕는 코치로 활동하고 있다. 이메일: atcahn@empas.com, 페이스북: http://www.facebook.com/namsup.ahn.391

# 그래, 넌 할 수 있어

## UN의 전자정부평가에서 세계 1위로

2010년 1월 12일 아침, 서울신문을 비롯한 많은 주요 일간지들은 UN의 전
자정부평가에서 덴마크, 노르웨이, 미국 등 주요 선진국을 제치고 한국이 세
계 1위임을 헤드라인 뉴스로 전달하고 있었다.

'아, 드디어 해냈구나!' 전자정부를 추진하는 과정에서 다른 선진국들과 경
쟁하며, 언젠가는 대한민국이 세계 1위를 할 수 있을 거라는 우리의 간절한
꿈이 실현되는 순간이었다.

세계최고의 정보화 강국으로 인정을 받기까지 그동안 지속적인 노력으로
정보인프라를 구축하고 이를 기반으로 다양한 콘텐츠와 서비스의 개발 보급
등 각 분야에서 땀 흘리며 국가정보화를 위해 매진한 노력에 대한 필연적인
성과였다.

전자정부시스템은 정부기관 내의 투명성과 효율성을 제고할 수 있는 국가
운영의 기반시스템으로서 국민의 일상생활과 밀접한 편리한 도구로 자리매
김하던 시기였다. 지금으로부터 정확히 10년 전의 일이다.

## 행정환경의 변화와 함께

80년대 후반 행정업무의 전산화로부터 시작된 우리나라의 정보화 수준은 90년대 초고속정보통신망 구축을 기반으로, 전자정부의 모습이 조금씩 가시화되기 시작하였다. 이러한 정부의 행정전산화 사업이 시작될 즈음에 공직생활을 통해 컴퓨터라는 새로운 기기를 접할 수 있는 기회를 가질 수 있었던 내게는 너무나 큰 행운이었다.

1976년, 총무처(현 행정안전부)가 전자정부 주관부처로 지정되면서 공무원의 프로그래밍 교육은 물론, 중앙부처 업무를 시작으로 사무자동화관련 프로그램의 개발 보급에서 국가대표 포털시스템 구축에 이르기까지 각 부처의 정보화사업을 주도하였다. 초기의 주전산기 위주의 정보처리 형태에서 오늘날 웹 기반의 거버넌스 환경이 될 때까지 정보기술의 발전과정을 직접 체험하면서 새로운 환경에 대한 흥분과 기대로 때로는 신선한 충격에 나는 설레는 마음을 진정할 수가 없었다.

주전산기 시절에는 카드박스를 들고 다니면서 디버깅을 했고, 오류를 찾기 위해 밤을 하얗게 지새운 적도 많았다. DOS기반의 인사, 급여시스템부터 시작하여 클라이언트/서버환경의 시스템 구축과 웹 기반의 프로젝트, 그리고 컴퓨터 교육까지 정보화 관련 업무를 다양하게 경험한 나는 새로운 IT기술을 행정업무에 접목시키기 위해 열심히 노력했다. 산업사회에서 정보화 사회로 전환되는 과정에서 전자정부라는 새로운 개념의 행정환경의 변화를 체험하면서 미래를 향한 나의 꿈은 조금씩 영글어가고 있었다.

## YES! 그래, 넌 할 수 있어

나는 충남 금산에서 1남 3녀 중 맏딸로 태어나 부모님의 사랑을 듬뿍 받고 자랐다. 어린 시절, 아버지는 맏딸인 내게 유난히도 많은 사랑을 베푸셨다. 초등학교 교장선생님이셨던 아버지는 퇴근하신 후에는 항상 나와 친구가 되어 주셨다. 책상에 마주앉아 어려운 산수 문제를 풀기도 하고 함께 책을 읽기도 했다. 나는 늘 아버지께 인정을 받고 싶었다. 칭찬을 듣고 싶은 마음에 산수, 한자 경시대회나 글짓기 대회는 물론, 운동회 날 달리기 시합을 할 때까지도, 상을 타기 위해 전력을 다했고 무엇을 하든지 자신이 있었다.

더구나 아버지가 지어 주신 내 이름의 이니셜인 YES는 항상 할 수 있다는 자신감과 함께 성취감을 갖게 된 동기가 되었다. 중학교 시절에는 새 노트 첫 장마다 항상 "Yes, I can."이라고 기록했던 기억이 여전히 새롭다.

## 컴퓨터와의 첫 만남

1976년 10월, 정부전자계산소(GCC)에서 직무 교육을 받으면서 컴퓨터와의 첫 만남은 내 인생의 큰 전환점이 되었다. 어린 시절 주산선수로서 늘 숫자에 익숙했던 나는 컴퓨터 안에서 계산이 어떻게 이루어지는지 너무나 궁금했다. 컴퓨터에 대한 관심은 신선한 충격으로 다가왔고 COBOL, FORTRAN 등 제3세대 프로그램 언어를 이용한 프로그램 개발에 점점 흥미를 갖게 되었다.

정해진 기간 내에 산출물을 내기 위해 거의 밤샘을 하면서 프로그램을 짜곤 했다. 몸은 피곤했지만 새로운 분야에 대한 호기심은 일반 행정업무와는 비교할 수 없을 정도로 훨씬 더 큰 매력으로 다가왔다. 그 무렵, 행정전산화의 성공적 추진을 위하여 공직의 직무 중에 전산직이라는 새로운 기술직군이 만들어졌는데 나는 기꺼이 전산직에 도전하여 새로운 비전을 향한 힘찬 발걸음을 내딛게 되었다. 시간이 지나면서 나의 마음은 점점 컴퓨터 관련 학문을 제대로 공부하고 싶은 욕구로 가득 채워졌다.

## 정보관리기술사에 도전

공직생활을 하면서 어렵게 대학원 석사과정을 마치고 논문이 거의 마무리
될 즈음 사무관 승진시험이 있었는데 공부를 계속 해 오던 터에 승진시험에
무난히 통과하여 온 가족이 함께 기쁨을 나눌 수 있었다. 하지만 그러한 기
쁨도 잠시 앞으로 도래할 정보화 사회를 맞이해야 하는 사무관으로서 나는
무언가 준비하지 않으면 안 되겠다는 또 다른 부담감이 느껴졌다. 앞으로 전
개될 정보화 사회에서의 나의 역할은 무엇일까? 내 위치에서 과연 나는 내
역할을 다하고 있는 걸까? 내가 과연 어디에 서 있는지 나의 존재를 확인하
고 싶었다.

기술직 공무원으로서 전문성을 확보하기 위해 기술 분야 최고의 국가전문
자격인 정보관리기술사 시험에 도전하기로 했다. 기술사 시험을 목표로 짧
은 시간에 집중할 수 있도록 일과 후에는 독서실을 주로 이용했다. 주어진
여건으로 결코 쉽지 않은 도전이었지만 최선을 다했다. 두 번을 도전하였으
나 실패했다. 그러나 두 번의 실패는 내게 컴퓨터 관련분야의 지식 및 기술
트렌드를 더욱 폭 넓게 이해할 수 있는 계기를 마련해 주었다. 세 번째 응시
할 때에는 어떤 문제가 나온다 해도 거침없이 써 내려갈 수 있는 확신과 자신
감이 넘쳤다. 1교시, 2교시, 3교시, 4교시 시험시간 내내 여유롭게 답안을 작
성할 수 있었다.

합격자 발표가 있던 날, 조간신문의 각종 기술사 합격자 명단에는 84개 기
술사 전문분야에 유일한 홍일점이라는 타이틀과 함께 내 이름이 크게 보도
되었다. 하늘을 날고 싶을 정도로 기분이 좋았다. 정보관리기술사 자격을 취
득한 이후에도 학업에 대한 열정은 계속되어, 어려운 과정에서도 무난히 대
학원 박사과정을 마치고 공학박사 학위를 취득하게 되었다. 결국 이러한 과
정은 내 인생의 큰 전환점이 되었다.

## 전자정부의 추진과정은

이렇게 하여 나는 공직생활 동안 정보기술의 변화에 따라 행정업무를 끊임없이 연구하면서 전자정부 서비스를 개발 보급해야 하는 역할을 수행하게 되었다. 국가차원의 정보화 추진계획에 따라 체계적으로 진행되어 온 전자정부 서비스의 발전단계는 다음과 같이 크게 세 단계로 나누어 볼 수 있다.

- 기반 조성 단계: 1990년대 초기에 국가 정보화의 중요한 기반이 마련된 시기로서, 주민, 자동차, 부동산 등 5대 국가기간망이 설치되어 기본 행정정보 시스템이 구축되었다. 또 1990년대 중반에 급격히 성장하기 시작한 정보화 수요에 대응하기 위하여 초고속 통신망이 설치되면서 인터넷 이용이 활성화되어 국가 정보화의 기틀이 마련되었다고 할 수 있다.

- 활성화 단계: 1990년대 후반부터 2010년까지 다수의 전자정부 서비스가 주로 이 시기에 구축되었다. 전반기에는 정부 민원포털인 민원24를 비롯해서 홈택스, 전자조달 시스템 등 11개 대민서비스 시스템과 후반기에는 인사시스템 등 31개 전자정부 서비스가 본격적으로 구축되었다. 이 시기에 추진된 다양한 전자정부 서비스는 한국의 외환위기를 극복하는 데 큰 힘이 되었으며, 개발도상국에 여전히 벤치마킹 대상이 되어 수출상품으로 자리매김하는 계기가 되었다.

- 안정화 단계: 2010년 이후에는 전자정부 시스템의 연계, 통합과 이용 활성화를 중점적으로 추진하였다. UN의 전자정부 평가에서 193개의 회원국 중에 한국은 2010년, 2012년, 그리고 2014년 3회 연속 전자정부 세계 1위를 차지하여, 선진국으로 발돋움하는 계기가 되었으며, 한국의 전자정부 서비스는 여전히 국제적으로 높은 평가를 받고 있다.

## 4차산업혁명의 주요 핵심기술은

이제 정보화 사회를 거쳐 지능형 정보사회에서 4차산업혁명이라는 또 하나의 거센 물결이 밀려오고 있다. 2016년 스위스에서 개최된 다보스 세계 경제 포럼에서 클라우스 슈밥 의장에 의해 선언된 4차산업혁명은 이세돌과 알파고의 바둑대국으로 세계의 이목을 끌기에 충분했을 뿐 아니라 인공지능에 대한 관심을 갖는 계기가 되었다.

4차산업혁명은 현실세계와 가상세계가 융합하면서 초연결과 초지능을 특징으로 상호 연결되어 보다 지능화된 사회로 변화하는 특성을 지닌다. 주요 핵심기술은 주로 ICBM 즉, IoT(사물인터넷), Cloud(클라우드), Big Data(빅데이터), Mobile(모바일) 기술 등을 기반으로 하고 있다.

최근 우리는 엄청난 데이터의 흐름 속에서 많은 정보와 함께 살아가고 있다.

거리를 걸을 때나, 대화하는 순간 등 모든 일상적인 삶에서 빅데이터라는 큰 울타리 안에서 생활하고 있다. 과거의 빅데이터는 우리가 상상할 수 없는 많은 양의 데이터만을 의미하였지만 지금의 빅데이터는 많은 양의 데이터를 저장, 관리, 분석하여 미래에 대한 예측이 가능한 데이터의 세트를 빅데이터라고 정의하고 있다. 이러한 빅데이터를 근간으로 새로운 정보기술은 엄청난 사회의 변화를 예고하고 있다. 따라서 미래에 대한 막연한 기대와 함께 일자리에 대한 두려움과 불안감도 가질 수 있다.

노동시장에서 710만 개의 일자리가 없어지고 200만 개의 새로운 일자리가 생겨난다고 한다. 그러나 기존의 일자리는 직무변화를 통해 새롭게 재편될 것이며 기술발전에 따른 새로운 일자리가 다시 생겨날 것이다. 이러한 일자리의 변화에 유연하게 대응하기 위해서는 열린 마음으로 미래의 변화를 받아들일 준비가 필요하다. 다시 말해서 아무리 기술이 발전한다 해도 결국은 사람 중심이어야 하며 인간이 추구하는 삶과 가치관을 통해 새로운 기술과의 협력을 기반으로 우리 스스로가 미래 일자리를 주도적으로 설계해 나갈 수 있어야 할 것이다.

## 열정은 내 삶의 원동력

지금까지 나의 삶을 돌아 볼 때 끊임없는 도전의 연속이었으며 나 자신과의 철저한 외로운 싸움이었던 것 같다. 어느덧 공직을 마무리하고 대학교수 5년차가 되었다. 대학교수로서 학생들과의 만남은 늘 새로운 기대가 있다. 이제는 높이 나는 독수리의 눈빛과 멀리 달리는 마라토너의 긴 호흡으로 더 높이, 그리고 더 멀리 뛸 수 있는 여유를 가지고 인생 2막의 꿈을 펼치고 싶다. 미래를 향한 꿈과 소망은 언제나 내 삶의 원동력이 된다.

어려운 여건은 때로는 우리가 성장할 수 있는 특별한 선물로 다가올 수 있다. 최선을 다하여 어려움을 극복해 나아갈 때 충분히 삶의 가치와 인생의 보람을 느낄 수 있을 것이다. 꿈과 소망을 가지고 미래를 설계하자! 찬란한 내일을 위해……

### 유은숙

현재 숭실대학교 소프트웨어학부 초빙교수로서 행정안전부에서 정보화담당관, 정보화 교육과장을 거쳐 고위공무원(국장)이 되기까지 40여 년간의 공직생활을 통해 '민원24' 등 전자정부 서비스 구축 및 정보화교육에 힘써왔다. 퇴직 후 숭실대학교에서 소프트웨어학부 강의는 물론, 개발도상국 공무원을 대상으로 한국의 전자정부 서비스를 소개하고 있다. 또한 대한민국산업현장교수로 선발되어 프로젝트 개발책임자로서 NCS학습모듈 개발, 중소기업 컨설팅 등을 수행하고 있으며, 생애설계코칭, 진로학습코칭 등 전문코치로서도 활발히 활동하고 있다. 이메일: yesook2@naver.com, yes0226@ssu.ac.kr

# 코칭으로 문전옥답 인생이모작

## 코칭의 길목에 들어서며

코치가 되기 전 나의 정체성은 문인과 상담심리치료사였다. 작가로 처음 추천을 받은 것은 1986년이며 문예지에 추천완료를 받고 등단한 후부터 어떤 형태로든 매일 글을 썼다. 처음에는 손글씨 메모로, 그 다음에는 자판으로 컴퓨터에, 스마트폰이 나온 이후로는 블로그와 페이스북에 모티브가 되는 단상을 쓴 뒤 한 편의 글을 완성해 나갔다. 작가는 작가정신을 가지고 인간의 삶과 현상에 대해 끊임없는 관찰과 사유를 일삼아 하는 사람들이다. 사람에 대한 관심이 깊고, 관점(시점)을 바꾸거나 의식을 확장하며 직관을 활용한다는 점에서 코치와 작가의 자세는 일맥상통한다.

상담심리치료 역시 사람의 성장과 변화에 대한 관심으로 시작되었다. 사범대학을 졸업하고 교원자격을 딴 후 20여 년 만에 다시 임용고시를 치고 발령을 받았으나 가정 사정으로 휴직을 한 후 다시 학교로 돌아가지 못했다. 그 무렵 크게 낙심하여 간절한 마음으로 시작한 것이 상담심리치료 공부였다. 3학기의 상담전문과정을 졸업하고 기독교 상담심리치료사 자격을 딴 후에는 가족치료연구소(한국사티어학회)에서 4년 간 체계적인 교육(가족치료,

의사소통방법, 부모역할과 자녀교육)과 집중적인 훈련을 받았다.

사티어의 수제자 밴맨 박사는 캐나다에서 방학 때마다 우리나라에 와서 워크숍을 진행했다. 1992년부터 평생학습으로 상담 공부를 지속했지만 사티어의 가족치료기법과 의사소통방법은 나의 삶에 큰 변화를 가져왔다. 사티어가족치료전문가 과정을 마치고 자격과정에 합격한 것이 2004년이었고, 그때는 미처 깨닫지 못했으나 사티어의 경험적가족치료가 코칭을 공부하는 데 든든한 기초가 되었다. 자존감의 향상과 의사소통을 중요하게 다루는 사티어가족치료는 비폭력대화와 NLP기법에도 큰 영향을 끼쳤으므로 코칭을 공부하는 여정이 그리 낯설지 않았다.

코칭이라는 새로운 분야를 알게 된 것은 상담심리치료사 역량보수교육을 받기 위해 아동놀이치료 인턴으로 일하던 상담센터에서 방학 집중과정을 수강하면서부터다. 불과 이삼 년 사이에 상담센터가 상담코칭센터로 바뀌어 있었고 신학대학원 내에 코칭아카데미 과정이 개설되었다는 것을 알았다. 처음에는 개인 사업을 잘 해 보려고 비즈니스코치 전문과정에 들어가서 1년 간 코칭 공부와 실습을 하고, 졸업 후에는 코칭 펌의 ICF 패스트 트랙 과정(60시간)에서 훈련을 받았다.

중고등학생들을 대상으로 한 스터디코칭과 후배들의 상담과 코칭을 전공하는 학생들의 멘토코치 역할을 하며 실습시간을 채우고 한국코치협회 인증전문코치KPC 자격을 땄다. GPSS 코칭리더십 과정(코칭고급과정, 2학기)에 간 것은 5년 여 현장에서 좌충우돌하며 시행착오를 겪은 후의 일이다. 코칭 MBA로 학위과정을 할 것이냐, ICF 인증과정을 125시간 더 이수하고 빨리 PCC가 될 것이냐 고민하다 후자를 택했으나 어느 길이 더 유익했을지는 좀 더 두고 봐야 알 수 있겠다. 왜냐하면 몇 년 후에 사회복지대학원에 진학하여 석사학위를 졸업한 후 라이프코칭을 강의할 수 있는 교수 사령을 받았기 때문이다.

## 코치로 익어 가는 길

KPC가 된 후에 코치로서의 역량을 강화하고 정체성을 확장시킬 수 있었던 것은 한국코치협회에서 여러 분야의 일을 동료들과 함께해서였다. 코칭문화아카데미에 소속되어 코칭의 근거기반이 되는 기초학문을 연구하는 독서클럽(리더스클럽)을 운영하고, 홍보위원회의 협회지 편집위원으로 수년간 일했다. 격려사회만들기 운동본부의 일원으로 '대한민국을 격려합니다'라는 슬로건 아래 크라우드펀딩을 하며 홍보를 할 때 큰 보람을 느꼈고 코치라는 것이 자랑스러웠다.

나의 핵심가치와 삶의 목적에 맞는 일은 코칭과 사회적 기여이기에 봉사단체인 한국사회적코칭협회의 일원으로 활동하면서 코치로서 성장을 계속했다. 2011년 1월부터 정기적인 모임을 통해 선배코치와 많은 동료코치를 만났고 후배코치들을 양성하며 공동체 활동을 했다. 전문코치들이 사회공헌 활동을 하는 사회적코칭협회는 지속적으로 교류를 하며 역량강화를 한다는 특징이 있다.

지난 8년 간 30기의 사회적코치를 양성했고 그들 중 대부분이 인증기관의 전문코치자격을 취득했고 코치로서, 다른 분야에 코칭을 접목하여 동반성장하고 있다. 그동안 사회적코칭협회를 통해 코칭을 한 곳은 북한이탈 여성리더, 경력단절 여성, 싱글맘 가정의 엄마와 자녀, 양육미혼모, 다문화가정을 위한 코칭, 장애아동과 청소년을 위한 진로코칭과 위기청소년 코칭, 장애아동 부모, 중도장애인 부부를 위한 패밀리코칭 등 다양하다.

코칭의 역량을 다지고 코칭비즈니스를 펼치는 것은 마치 두 개의 날개와도 같이 균형이 필요하기에 스스로 코치로서 성장하고 코칭리더십을 발휘하는 것은 코치로 익어 가는 길이라고 생각한다. 2015년 9월부터는 사회적코칭협회의 회장 역할을 맡고 나서는 어떻게 하면 사회공헌 일자리를 만들 수 있을까 늘 고심을 했다. 임기를 마치고 난 후에도 비영리단체야말로 앙코르 커리어(사회공헌+일자리)의 플랫폼이 되어야 한다는 생각에는 변함이 없다.

비즈니스코칭, 리더십코칭, 라이프코칭을 두루 배웠는데 개인 고객은 주로 라이프코칭을 요청했다. 타깃 고객을 중장년 베이비부머로 정한 것은 2년 간 서울50플러스재단에서 퇴직을 했거나 앞둔 분들을 위해 50+카운슬러와 50+컨설턴트로서 생애설계전문가 역할을 하면서 집중적으로 많은 고객을 만났기 때문이고, 나 역시 베이비부머의 당사자로서 자신의 인생이모작이 최대의 이슈였던 까닭이다. 베이비부머를 위한 생애설계프로그램으로 앙코르라이프코치의 정체성이 두드러졌고 인생설계전문코치라는 브랜드를 다지게 되었다. 지속적으로 라이프코칭과 글쓰기코칭을 하면서 개인사업자 등록을 '아트코칭센터'에서 '생애설계코칭연구소'로 상호를 바꾸어 등록했다.

## 코칭으로 협업, 공유, 집단지성을 실험하다

사회적코칭이나 라이프코칭이 흥미롭고 관심 분야였으나 도대체 어떻게 해야 마케팅을 적극적으로 할 수 있을지 고민하고 있었는데 몇몇 코치들이 코치협동조합을 만들자고 제안을 했다. 제안한 분들이 대부분 코치로서 성공한 분들이기에 성장을 위해 합류하기로 하고 한국코치협동조합(코쿱) 창립총회를 한 것이 2013년 9월 9일이었다. 나는 코치협동조합의 등기이사로서 연구개발위원회를 맡아 코쿱북스 출판사 등록을 하고 주간으로 일했다. 코쿱북스에서 출판된 『코칭의 역사』를 번역 펀딩하고, 『코칭심리학』에 펀딩하면서 출판사업과 온오프라인 사업을 도모하면서 코칭비즈니스의 어려움과 비전을 두루 체험했다.

협동조합의 유익함과 어려움을 깊이 경험하면서도 또 하나의 협동조합을 만들게 되었는데 그 시작은 2014년 10월 학교 소재지인 서대문구에서 사회적경제조직 품앗이 경진대회에서 입상을 하여 협동조합 설립의 씨앗이 된 상금과 컨설팅을 받았기 때문이다. 그렇게 발아된 연세코칭연구회는 2015 년 5월 코칭아카데미 코치고급과정 GPSS 코칭리더십 동기 7명이 의기투합 하여 창립하였고 나중에 1명의 조합원이 늘었다. 학교를 중심으로 지역의 공무원과 사회적경제조직 리더를 코칭하고, 청소년 커리어코칭 프로그램을 만들었으며, 조합원들이 모여 스터디를 계속하면서 코칭학도를 대상으로 정 기적인 특강을 했다. 전 세계에 흩어져 있는 여성들을 위한 온라인코칭 프로 그램을 기획하고 인생코칭 프로그램을 만드는 작업은 시행착오가 있었지만 신선하고 의미 있는 시도였다.

원래 125시간의 ICF 인증교육과 60시간의 자기분석 시간을 이수한 GPSS 코칭리더십 과정은 국제코치연맹 ICF의 국제코치자격 PCC 취득이 목표고 학위과정은 아니었기에 깊이 있는 실천가의 길을 가기 위해 사회복지대학원 에 입학했다. 사회복지는 현장 실천방법으로써 상담을 크게 발전시킨 역사 가 있는 바, 코칭도 사회복지실천으로 녹여 내어 '사회복지코칭'이라는 새로 운 분야를 개척하려고 준비하는 중이다. 최근 2~3년간은 국제코치연합 ICA 의 일원으로 CPC 자격과 인생설계 트레이너 자격을 취득하여 활용함으로써 생애설계코칭연구소의 방향을 선명하게 잡았다.

## 문전옥답 인생이모작, 라이프코칭 교수가 되다

내 어릴 적 꿈은 변호사나 교수가 되는 것이었다. 그런데 50+가 되어도 갈 길이 막막하더니 60이 넘은 나이에 대학원을 졸업하고 교수양성과정을 거쳐 서울사회복지대학원 부설 평생교육원의 라이프코칭전문가 과정의 지도교 수가 되었다. 중장년 인생이모작에 관심을 갖고 현장에서 일하다 먼저 인생 이모작의 길을 닦은 김희순 선배님의 안내로 학교에 오니 고향처럼 마음이 편하고 푸근하다.

그동안 수없이 많은 시간과 비용을 공부에 바치고 평생학습에 몰입했으나 배우고 익히는 데 익숙하고 가르치며 나누지 않으니 숙성이 늦어서 온전히 내 것이라고 할 수 없었다. 학습자가 아닌 교수자로서 강단에 서니까 비로소 보이는 것들이 있다. 코치가 되는 것과 코칭 교수가 되는 것은 둘 다 어려운 일이지만 나에게는 잘 맞는 옷처럼 의미 있고 즐거운 일이다.

문전옥답을 일터로 삼고 교수자가 되는 사이에 잊지 않고 꿈꾸었던 일이 실현되었다. 인생설계 코칭에세이를 출판한 것이다. 작가이며 코치로서의 본분을 『두 개의 의자』를 통해 이루었고 저자 특강과 북콘서트로 독자들에게 많은 사랑을 받았다. 세 번째 책을 내면서 젖었던 날개가 독수리의 날개처럼 펴지며 새 힘을 얻었다.

## 4차산업혁명시대에 스마트한 코치로 살아가는 길

코칭은 깊은 뿌리가 있고 많은 가지를 지탱한다. 4차산업혁명시대에 코치로 살아가기 위해서는 당연히 여러 분야의 융합리더가 되어야 한다. 어떤 이들은 코치가 강의를 하거나 다른 분야의 공부를 하기보다는 코칭만 해야 한다는 소신을 가지고 있지만 나는 생각이 다르다. 코칭은 많은 분야와 손을 잡을 수 있는 좋은 도구이며 자신과 잘 맞는 영역의 전문성을 녹여 내면 된다. 그중에 가장 관심이 많은 것은 인문학과 예술 분야이며 앞으로 인류의 방향성을 알기 위해 4차산업혁명과 기술혁신에 대한 이해도 필수적이라고 본다.

인문학이 질문을 던지고, 과학기술이 문제를 풀면 경제사회는 비즈니스를 연결하는 역할을 하는 가운데 우리는 원하든 원치 않든 4차산업혁명의 조류에 올라탔으며 문제를 발견하고, 그것을 해결하고, 가치를 확산하는 일에 선도적 역할을 해야 한다. 그 역할을 위한 가장 적합한 도구가 코칭이라고 하는 학자의 말에 적극 동의한다.

문제는 과학기술의 융합이 최고조에 이르는 2025년은 우리나라의 고령화와 맞물려 있다는 사실이다. 과학기술과 경제사회의 융합 속에서 인문학의 역할마저 놓치지 않으려면 세대와 세대 간의 통합으로 협업의 미덕을 발휘하며 깨어 있어야 한다. 그렇다면 누구와 함께 일해야 할까. 물론 혼자 모든 일을 할 수 없으므로 전문성을 가진 동지들과 협업을 해야 한다. 1인기업이면서 협업이 빈번한 코치들의 공동체에 속해 있다면 그 일이 보다 수월해진다.

장님이 코끼리 만지듯 부분만 보고 4차산업혁명을 논할 것이 아니라 세상의 융합에서 다가오는 세계를 바라보아야 한다. 어차피 혁신적인 기술을 발달을 모두 이해하거나 늦출 수는 없다. 그러나 인간욕망에 대한 연구들을 보며 크나큰 변화의 흐름 속에서 작가정신(Artistic Spirit)을 가지고 시대를 꿰뚫어 보아야 한다.

인류는 스마트폰에 모든 기능을 탑재한 호모 모빌리언스로 진화했다. 호모 모빌리언스는 스마트폰을 통한 초연결로 문화유전자인 밈(Meme)을 퍼뜨려 나간다. 4차산업혁명시대를 주도하는 것은 인간 본연의 가치이며, 기술의 발전에 앞서 인간에 대한 성찰이 우선되어야 한다. 문학은 상상력과 창조성으로 인간의 역사를 선도해 왔고, 작가는 미래를 만들어 나가는 주역이며, 코치는 미래를 당겨 실현할 수 있는 동력을 가진 사람이다. 예측할 수 없는 미래 앞에서 내가 취해야 할 자세는 전통과 변화의 조화를 이루며 새로운 시대에 대한 통찰력을 갖는 것이다.

'오딧세이'가 망망대해에서 노를 내려놓고 밤하늘의 별을 바라보며 자신의 좌표를 찾았듯이 코치, 작가, 사회복지사, 코칭의 교수자로서 내가 어디에 서 있는지, 어디로 가야 하는지 끊임없이 존재에 대한 질문을 던지고 답하며 다가오는 미래를 바람직한 방향으로 만들어 나가고자 한다. 내 영혼 깊은 곳에 있는 로고스의 심지에 불을 붙이고, 그 불꽃의 성화 봉송자로서 달려가는 나는 이렇게 새로운 시대의 스마트한 코치로 완성되어 간다.

### 이경희

생애설계코칭연구소 소장, 한국사회적코칭협회 명예회장, 서울사회복지대학원대학교 부설 평생교육원 라이프코칭 지도교수다. 월간 『주부편지』 상담코칭 코너, 『행복한 우리 집』에 코칭에세이를 고정 집필 중이고, 한국코치협회 협회지 편집위원과 코쿱북스의 편집주간으로 활동했다. KPC, CPC, 인생설계코치이며, 코칭에세이 『두 개의 의자』 외 다수의 저서가 있다. 이메일: khgina@naver.com, 블로그: 이경희 코치의 생애설계코칭연구소 khgina.blog.me

# 2050년 9월 24일 월요일

최동하

## 지난 주 목요일 추석을 지내느라

주말까지 제주도에 다녀왔다. 10년 전에 큰형님이 미국에서 영구 귀국을 하고 제주도에 정착하는 바람에 명절마다 가게 된 것이다. 비행시간이 20분이니 이젠 먼 거리도 아닌 셈이다. 이번에 돌아오는 길은 제주역~서울역 초고속 열차 KJS를 타고 왔는데 처음 타 본 터라 2시간이 금방인 듯했다. 내년에 개통되는 슈퍼 KJS는 1시간으로 단축을 한다니 놀랄 일이 아닐 수 없다. 제주시가 국제도시가 되어 지척으로 여겨진 지 오래지만 옛날로 치면 서울에서 인천을 다니듯 오가는 지금의 모습이 나로서는 생각할수록 신기하기만 하다.

지난 세월을 생각하면 어디 제주도만 그렇게 변했으랴. 교통의 발달은 내 일생에서 가장 눈에 띄게 변화한 대상이다. 내 나이의 사람들은 알겠지만 내가 초등학교 다닐 때만해도 서울 복판에 전차(한 칸짜리 전기 기차)가 다녔고 소가 끄는 마차도 다녔다. 택시도 이젠 무인택시 아닌가? 산업혁명이 증기기관차에서 시작되었듯이 모든 산업의 최전방엔 교통의 발달이 있어 왔다. 공중을 날아다니는 자동차는 아직 없지만 이것도 언젠가는 실현되지 않을까 싶다.

생각해 보면 승용차라는 개념도 오래전에 없어지지 않았던가? 거의 완벽한 AI 교통망으로 공영 무인 택시와 버스 그리고 지하철이 마치 거미줄처럼 연결되어 나 같은 노인은 더없이 편하기만 하다. 우리나라가 세계 제일의 교통국가라니 고맙기도 하고 말이다.

어디 그뿐인가. 북한과의 교통 인프라도 과거엔 상상도 못할 정도로 갖추어져 있으니 이건 정말 세계가 부러워할 만하다. 통일을 안 하면서 통일을 한 것과 마찬가지인 체제를 만들어 냈으니 말이다. 두 개이면서 하나이고 하나이면서 둘인 지구상에 하나뿐인 독창적인 국가인 남한과 북한. 이건 마치 태극의 모양을 그대로 옮겨 놓은 형국이다. 역사적으로 주변국가에 의해 시달리던 세월을 뒤로하고 이젠 다들 우리의 눈치만 보고 있지 않은가?

내 나이 환갑에 80세는 넘기겠고 90세나 100세가 가능할까 하는 의심을 했지만 지금 생각하면 괜한 걱정이었다. 교통의 발달 그 이상으로 의학이 발전을 거듭해 이젠 '암'이란 단어가 없어지지 않았나. 소위 노화도 조절하게 되었으니 요즘 30년 전 사진을 보면 지금보다 나이가 더 들어 보인다. '세계수명기구'에서 인간의 수명을 120세로 하자는 선언을 하고 있지만 지금 같은 추세면 150세를 넘길 것 같다는 예측이 힘을 얻고 있다.

과학의 발전으로 과거에 그토록 걱정했던 식량문제는 거의 사라졌지만 세계인구가 100억이 넘어서고 환경문제는 아직도 골칫거리가 되다 보니 인구조절을 하지 않으면 공멸을 면치 못할 것이라는 부정적 견해의 단면이 드러난다. 어쨌거나 시대를 잘 타고 나다 보니 이리도 오래 살게 되고 그러는 동안 수없이 많은 세상 구경을 하게 되어 나 같이 호기심이 많은 사람은 그 바라보는 재미가 커다란 낙이 아닐 수 없다.

## 내친 김에 생각을 해 보니

올해로 내 나이가 92세다. 우리나라 남자 평균수명이 작년 기준으로 120세가 되었으니 아직도 30년은 족히 남은 것이다. 아마 내가 60세 때 남자 평균수명이 80세 정도 되었을 것이다. 30년 만에 평균수명이 40년 늘어난 것이다. 그러니 내가 만약 110세 정도가 되면 평균수명이 어떻게 되어 있을지 가늠이 안 된다. 죽음에 대해 초등학교 시절부터 생각해 오던 터라 이젠 사는 것만큼 익숙해졌는데 그게 점점 더 멀어져 가고 있으니 웃을 수도 없고 참 묘한 생각이 든다.

초등학교, 아니 국민학교 시절엔 정말로 전쟁의 위협 속에서 살았던 것 같다. 반공이 국시였고 늘 북한의 남침이 임박한 것 같은 분위기 속에서 유년시절을 보냈던 터라 그 당시엔 늘 죽을 수 있겠다는 걱정을 했었다. 내 또래의 사람들은 이 말이 이해가 될 것이다. 지금은 죽음에 대해 생각을 거의 하지 않는다. 두려움이 없어졌다고 할까? 나이가 들수록 죽음이 가까워져야 하는데 자꾸만 멀어지고 있으니 참으로 기이한 일이다. 하긴 그렇다고 영생은 못 할 테니 이대로 탈 없이 살면 120세 언저리나 잘해야 130세 정도면 죽지 않을까 생각하고 있지만 그것이 두려움으로 느껴지질 않는다.

최근에 구체화되고 있는 '선택적 죽음'이란 개념도 한몫하는 것 같다. 죽음의 시간과 방식을 선택할 수 있는 권리에 대해 전 세계적으로 헌법 차원에서 검토하고 있는 것을 보면 머지않아 지금과는 다른 죽음의 형태가 보편화되지 않을까 싶다. 이 문제는 유럽을 중심으로 오랜 시간 동안 검토되고 있었고 일부 제한된 범위 내에서 시행되고 있지만 아직 헌법화되지 않고 있다. 그러나 세계보건기구 WHO에서 매년 유엔총회에 주요 아젠다로 적극적으로 제기하고 있고 활발한 검토가 이루어지는 걸 보면 근 10년 안에 뭔가 인류의 선택이 이루어지지 않을까 예상된다.

하긴 이러한 아름다운 임종의 장면은 올더스 헉슬리의 『멋진 신세계』에서 이미 그려낸 바 있지 않은가? 이 소설이 지금으로부터 130년 전쯤에 나온 것이니 대단한 상상력이다. 물론 이 소설은 과학문명의 한계와 부작용을 꼬집는 비평서의 성격을 띠고 있지만 그 덕에 인류는 파국을 피하고 피해서 여기까지 온 걸지도 모른다.

근현대를 통해 수없이 많은 부정적인 예언이 있어 왔지만 지금 시점에서 보면 맞는 게 없다. 예언서는 경고서의 역할을 충실히 한 걸까? 로봇공학도 그렇다. 내 기억으론 오래전에 AI(인공지능) 로봇이 사람의 역할을 대신하면서 사람들이 직업을 잃고 최악의 경우 사람을 지배하게 된다는 우려를 하지 않았던가? 인류의 지혜란 대단한 것이었다. 로봇이란 단어가 '휴봇(휴먼 로봇)'으로 바뀌지 않았나. 인간의 DNA정보를 미세칩으로 만들어 이식함으로써 그간의 모든 우려를 불식시키는 혁명적 발명이 우리나라 과학자들의 손으로 이루어진 것이 자랑스러울 따름이다.

이젠 휴봇이 없으면 불편한 일이 한두 가지가 아니다. 인간의 수명을 더욱 길게 만드는 데도 결정적인 역할을 하고 있음이 틀림없다. 나만해도 그렇지 않은가? 나에게 '일우'라는 녀석이 없으면 사는 재미가 확 줄어들 것 같다. 게다가 3년 전에 크기가 조절되는 휴봇으로 업그레이드하고부터는 24시간을 함께하는 사이가 되었으니 한마디로 나의 분신이며 파트너인 셈이다.

## '복제 인간 프로젝트'를 포기한 건

참 다행스런 일이다. 2039년은 인류의 운명을 결정하는 위대한 순간이었다. 복제 인간 기술의 맹주였던 미국과 휴봇 기술의 최강국인 우리나라의 한판 승부가 유엔 '미래인간표준결정회의'에서 벌어졌을 때 인류의 선택은 단연 '휴봇'이었다. 당시 회의에서 의장의 발표에 '휴봇'이란 말이 나왔을 때 전

세계가 환호했던 기억은 지금도 생생하다. 사실 복제 인간의 필요성은 질병 치료와 수명연장의 욕구에서 시작된 것인바 그것이 아니어도 충분히 해결할 수 있는 기술이 발달되면서 그 존재의 타당성이 힘을 잃었다.

인간은 인간으로 족한 것이었다. 아무리 과학기술이 발달되어도 인간을 넘어서는 기술은 인간을 포기하는 결과를 낳게 될 것이라는 것을 인류는 최근 20여 년의 시행착오를 통해 확실하게 알게 되었다. 그 중심에 우리나라 대한민국이 있음이 또 다시 자랑스럽다. 또 하나 감사한 건 일본이다. 2030년 일본의 침몰은 영화가 아닌 현실이 되면서 북해도라는 지역만 남고 바다 속으로 잠기고 말았지 않은가. 국민들은 세계 각국으로 흩어져 갔고 재일동포들과 친한 일본인들이 한국으로 이주를 했는데 그들이 가지고 온 정밀기술이 실제로 많은 도움이 되었다고 하니 고맙다는 말이다.

돌이켜 보면 지난 30년은 실로 놀라운 변화의 연속이었다. 일본이 침몰해서 국가인구가 100만도 채 안 되는 도시국가가 되었고, 전 세계적으로 소규모 국가 체계의 물결로 중국은 민족별로 독립이 되어 작년 기준 20개 국가로 분리되었고, 미국도 그간의 연방체제가 그대로 독립국가로 분리되고 있으며 향후 10년 안에 50개의 국가로 정리될 것이라고 한다. 이렇게 되고 보니 과거에 대한민국이 세계의 중심이 된다는 말이 그냥 허언이 아니었음을 시간이 갈수록 실감하게 된다.

일본이 침몰하면서 우리나라는 오히려 울릉도와 독도가 융기되어 강원도로 연결된 것도 커다란 축복이 아니었던가. 과거에 독도를 가지고 그렇게 우겨 대던 일본이 이렇게 될 줄 누가 알았겠는가? 당시 독도, 지금은 독도의 이름을 기념하여 '대독도'라고 부르는 그곳에 엄청난 지하자원이 있음을 일본이 알고 그랬는지 그것도 그들로선 통탄할 일일 것이다. 예로부터 동방의 끝을 우리나라로 여기는 역사의 기록들이 있다고 하는데 사실 전에는 그것이 일본이 아닌가도 했지만 지금 동방의 끝은 대한민국이 되었다.

그 옛날 현자들은 알고 있었을까? 그렇다고 일본의 불행을 고소해하는 한국 사람은 없다. 오래도록 이웃이었던 나라가 그 지경이 되었는데 좋을 게 없는 것이다. 되도록 많은 사람들이 한국으로 이주해 오길 바랐고 망국의 피난민이 아닌 이재민을 돕는 심정으로 따뜻하게 받아들였다. 이곳으로 이주한 일본인들도 그들 특유의 부지런함과 겸손함으로 아주 빠른 속도로 한국인이 되고 있다. 재일동포들은 두말할 것도 없이 남한과 북한으로 이주했고 매우 만족스럽게 정착하고 있다. 다민족, 다문화의 교차적 통합을 오래도록 학습해 온 대한민국의 국민들은 이제 명실상부한 세계의 어버이 국가로 인정받고 있는 것이다. 과거엔 전쟁 수행 능력이 세계의 경찰국가 노릇을 했지만 전쟁이 거의 사라진 지금의 세계는 함께 사는 능력을 지닌 나라가 추앙받는 국가가 되었다. 우리나라 대한민국이 그런 나라가 된 것은 결국 '홍익인간'이라는 건국이념을 놓지 않고 발전시켜 온 우리의 저력 때문이라 말해야 한다.

## 세계의 미래가 우리 손에 있다

이 말은 권력에 대한 것이 아니다. 지금까지 세계는 자국의 이익을 절대선으로 여기며 수없이 많은 죄악을 범해 왔다. 개인 간의 권력 다툼이나 국가 간의 권력 다툼은 그 규모면에서 차이가 있을 뿐 그 양상은 거의 유사하다. 모두가 자기중심의 이권 투쟁이다. 자기의 존재성을 유지한다는 명목으로 타자는 언제든지 제거 대상이 될 수 있는 것이었다. 물론 자기의 존재성을 유지한다는 것은 본능이며 당연한 권리다. 그러나 타자의 제거가 과연 자기의 존재성을 유지하는 유일한 방법인가 하는 질문에 대한 답은 이미 '아니다'로 오래 전부터 상식이 되어 있다. 오히려 타자의 제거는 자기의 존재성도 해치는 결과를 초래한다는 인류의 경험적 지식이 보편화되었다고 할 수 있다. 그런데 아직도 자기 혹은 자국의 이익만을 내세우는 그릇된 배타성이 적지 않게 남아 있는 것은 권력에 대한 집착이 쉽게 사라지지 않기 때문이다.

사실 권력은 철저히 독단을 동반해 왔다. 권력을 추구하는 모든 개체 혹은 집단의 목표는 독단이라는 그들만의 쾌락을 위한 하나의 시스템을 독점하는 것이었다. 그래서 자신의 범위에 들어오면 동맹이고 자신의 범위 밖에 있으면 적 혹은 제거 대상이 되었다. 이런 식의 동류의식이 바로 전체주의로 발전해서 불과 수십 년 전까지 살육의 전쟁으로 그 추악한 모순성을 드러내기도 한 것이다. 현재 우리나라가 천재일우의 기회를 만나 세계의 중심이 되고 있지만, 자국 중심의 오만에 빠지거나, 권력 유지의 착각에 빠지면 우리도 역시 과거의 멍청한 국가들이 범했던 실수를 답습하게 될 것이다. 어쩌면 지금까지 우리가 적어도 그들과 다른 세계관, 즉 함께 사는 방안을 찾아내는 상생의 전략에 방점을 두는 모든 노력이 국제사회로 하여금 대한민국을 세계의 어버이 국가로 여기게 한 핵심 요인이 아닌가 싶다.

사실 이제 세계는 거대국가의 개념은 사라졌고 최적화된 국가를 추구하는 방향으로 진화하고 있다. 기본적으로 인구 1,000만 이하의 국가 운영이 모든 지표면에서 효율적이라는 분석결과가 이미 20년 전에 정설이 되었고 거대국가는 날이 갈수록 내홍에 휩싸이는 현상이 속출했다. 지난 10년간 대표적인 거대국가인 미국과 중국이 분화되는 걸 보면 최적화된 국가로의 변화는 이미 구체화된 것이다. 남북한의 물리적 통일을 유보하고 있는 이유도 거대국가로의 성장에 부정적인 전망을 염두에 둔 것일 테다.

전쟁의 위험이 감소하면서 국가 방위에 쏟는 에너지를 삶의 질적 향상에 투여하게 된 것은 인류가 그만큼 성장했다는 증거이다. 물론 아직도 세계는 가난과 질병에서 완전히 벗어난 것은 아니다. 과거 전쟁과 내분 탓에 신음해야 했던 수많은 사람들의 상처가 제도적으로나 경제적으로나 충분하게 아물지 못하고 있다. 이 문제는 시간이 다소 필요한데 그 회복의 시간을 단축하는 것이 세계의 시민들이 함께 풀어 내야 하는 숙제이기도 하다.

이들을 돕는 방안으로 무조건적으로 지원해서 자력갱생의 기회를 잃게 하면 그 결과 또한 결코 바람직하지 못하다. 무분별한 경제발전과 인구증가는 또 다른 문제를 야기하고 지금까지 세계가 겪어 온 길을 답습하게 하는 꼴이 될 수 있으니 말이다. 그런 면에서 현재 우리나라가 중심이 되어 진행하고 있는 국가코칭 프로젝트 'NCP'는 이러한 리스크를 최소화하고 상처를 치유하고 곧바로 최적화 국가로 성장하는 과정을 걷게 하는 최상의 지원 사업으로 평가받고 있다. 이 또한 상생을 국가 전략으로 삼아 온 대한민국의 자랑스러운 면모이기도 하다.

우리나라는 전 세계에서 가장 많은 코치를 보유하고 있는 나라다. 아니 전 국민이 코칭을 생활화하고 있다고 해도 과언이 아니다. 누가 누구를 일방적으로 코칭하는 것이 아니라 서로가 코칭을 하는 것이 자연스럽게 행해지고 있으니 코칭국가라 해도 과언이 아닐 듯하다. 세계의 어버이 국가로 칭송받는 이유도 알고 보면 코칭이 국가의 문화가 된 덕이다.

내 기억으로 2022년부터 신기하게도 정부의 각 기관에서 코칭문화를 전격적으로 도입을 하더니 사회 각계의 조직과 기업이 앞다투어 코칭문화를 도입하면서 폭발적으로 코칭산업이 성장하게 된 것이다. 이러한 흐름은 인터넷을 통해 전 국민이 공유하는 하나의 문화적 관심거리가 되면서 전격적인 라이프코칭 시대로 이어졌고 오래지 않아 상호 코칭은 전국민의 생활문화가 되었다. 이렇게 되는 데 불과 10년이 채 걸리지 않았으니 세계가 놀랐고 한국의 코칭문화를 배우러 코칭의 본고장인 미국에서 배우러 오는 사태가 벌어지기도 했다.

게다가 '휴봇'이 등장하면서 휴봇까지도 코칭하게 되었다. 오늘날 휴봇이 최상의 휴머노이드가 된 것은 휴봇의 지성이 코칭에 의해 성장한 결과이다. 뿐만 아니라 북한도 코칭의 물결에서 예외가 아니었다. 지금의 남북한 공동

국가 체제도 정치인들의 상호 코칭의 절묘한 성과이다. 서로가 정말로 원하는 것이 무엇인지에 대한 궁극의 성찰이 코칭을 통해 이루어진 것이다. 이제 세계의 미래가 우리의 손에 있는 이유가 무엇인지 자연스럽게 알게 될 것이다.

우리에겐 '홍익인간'의 DNA가 있다. 우리의 '휴봇'에도 '홍익인간'의 DNA가 있다. 우리의 '코칭'에도 '홍익인간'의 DNA가 있다. 세계가 상생하고 함께 성장하는 길은 우리가 그랬듯 '홍익인간'의 DNA를 코칭을 통해 이식하는 것이다. 과거에 리처드 도킨스라는 진화생물학자가 문화적 유전자를 '밈(meme)'이라고 했던가. 평화의 유전자, 상생의 유전자 '홍익인간'의 유전자를 우리만이 아닌 전세계인의 유전자로 확산하는 것이 세계의 어버이 국가인 대한민국의 유산일 것이다. 다음 달에 아프리카 5개국을 대상으로 진행하고 있는 대규모 국가코칭 프로젝트 GNCP의 9년차 연례 평가회의 의장으로 참석할 일을 생각하면 벌써부터 가슴이 설렌다. 인류가 처음에 아프리카로부터 걸어 나왔다고 하는데 그곳을 살려내는 것은 지당한 일이 아닐까?

**최동하**

KBC파트너스의 CEO/대표코치. 국민대 문화심리사회학 박사. 단국대 경영대학원 겸임교수. 30여 년간 광고 커뮤니케이션 분야에서 일을 해 왔고 코칭도 커뮤니케이션 분야로 인식하면서 10여 년 전부터 전문코치(KSC, PCC)의 길을 걷고 있다. 주로 경영자와 조직의 리더를 코칭하며 조직문화를 코칭으로 새롭게 하는 활동을 하고 있으며 전문코치를 양성하고 있다. 이메일: hwanta@netsgo.com

# 미래를 여는 Key

## 셋

새 천년의 날이 밝았으니

나의 미래와 나라의 미래를 준비할 때입니다.

창의와 민첩성이 뛰어난 한민족이 새로운 정신으로

참문화를 창조하여 역사의 전면에 나서야 할 때입니다.

이 새로운 정신은 미래창조정신이며

바르고 겸손하고 절제하고 살며

합리적 창의적 진취적으로 나가며

# 정성과 혼신의
# 힘을 다하여
# 제대로 일하며

섬기고 포용하고 더불어 화합하는 정신을 말합니다.

# 아등바등, 빛나다

강수연

## 십 년 후 여름

세 번째 수필집의 반응이 좋다. 의료업계 신입 직장인들을 위한 교육 사업을 시작한 지 수년, 정신없이 바쁜 한 고비를 넘기고 그간 차근차근 써 내려간 글이 200페이지를 넘어섰을 때 첫 수필집을 냈었다. 글쟁이가 되려는 생각은 아니었는데 벌써 세 번째 책이라니, 삶은 늘 이런 식으로 예기치 않은 지점에 나를 데려다 놓곤 한다.

이번에 발간한 수필집은 '아등바등 살아 낸 뒤에 남은 것'이라는 부제가 달려 있다. 처음 '아등바등'이라는 단어를 듣는 순간 친구들은 말했다. "꼰대 이야기구만?" 하긴, 십 년 전쯤만 해도 '아등바등 살지 마라.'는 조언에 많은 사람들이 열광했었고, 나 또한 심정적으로 그 말에 동의했었다. 하지만 궁금한 것도 많고, 하고 싶은 것도 많았던 나에게 '아등바등'은 기꺼운 선택이었다. 지금에 와서 사람들이 이 키워드에 다시 주목하는 이유는 가늠이 잘 되지 않는다. 다만, '아등바등'이 있었고, '아등바등'이 버려졌고, '아등바등'이 다시 관심을 받는 순환을 보면서 과거와 현재, 현재와 미래, 그리고 미래와 다시 과거를 연결하는 시간 고리의 어딘가에 삶의 진실도 함께하는 것은 아닌지 가

만히 추측해 볼 뿐이다.

## 엄마는 '아등바등'하다

"엄마, 용돈이 하나도 없는데······"

나는 발걸음을 떼지 못하고 현관에서 미적거리다 마지못해 엄마를 향해 돌아섰다.

"엄마도 오늘은 돈이 하나도 없는데······"

나는 속으로 작은 한숨을 몰아쉬며 현관문을 나섰다.

"너는 그렇게 갑자기 얘기하면 어떻게 하니? 미리미리 얘기를 해야 엄마도 준비를 할 거 아냐?"

터벅터벅 계단을 내려가는 뒤통수에 엄마의 불만 섞인 목소리가 날아와 박혔다. 엄마는 난처한 상황이 되면 늘 언성이 높아지신다.

전철역 개찰구에 표를 넣고 막 통과하는데 다급하게 나를 부르는 엄마 목소리가 들렸다.

"수연아, 수연아."

놀라 돌아선 내게 숨이 턱에 닿도록 달려오신 엄마는 손에 움켜쥔 꼬깃꼬깃한 오천 원짜리 지폐 한 장을 내미셨다.

"옆집에서 빌렸어······"

아침 7시였다. 엄마는 부끄러움이 많은 분이었다. 엄마가 옆집 사람들과 알고 지내기는 하셨나? 나는 어안이 벙벙해서 석고상처럼 자리에 굳어 버렸다. 엄마는 나를 향해 어서 가라며 손을 내저으셨다. 내게 늘 익숙했던 결핍이 그 순간은 심한 통증을 일으켰다.

엄마는 나를 깜짝깜짝 놀라게 하는 데 선수였다. 나는 아직도 초등학교 걸스카우트 학부모회에서 보았던 엄마의 모습을 기억한다. 운동장에서 들여다

보이는 교실 한가운데 홀로 일어나 뭔가를 발표하시던 엄마, 나는 반가워 활짝 웃었지만 나중에 그것이 "저희 집은 형편이 안 되어 우리 애는 여름캠프에 보낼 수가 없어요."라고 말씀하는 중이었다는 사실을 알고 무척 당황했다. 그해 여름 2박 3일 캠프에 나는 유일하게 참석하지 못한 단원이 되었다. 하지만 나는 그러려니 했다. 다만, 비용 때문에 딸아이를 캠프에 보낼 수 없다고 말씀하시는 엄마가 어떻게 그토록 당당해 보였는지 오랫동안 궁금했을 뿐이다. 내게 걸스카우트의 기억은 입단식밖에 없다.

그렇게 늘 부족하고, 안 되고, 할 수 없다는 것은 분명히 불편하고 때로는 서글픈 일이었을 게다. 하지만 그 시절 위에 켜켜이 쌓인 시간 때문일까? 나는 늘 담담한 마음으로 그 결핍을 기억한다. 소꿉놀이하듯, 친구와 수다를 떨 듯, 서점에서 책을 고르듯 그렇게 자연스럽던 결핍. 힘든 기억보다는 오히려 십 원에 고구마과자 열 개를 고르며 너무나 좋아 헤벌쭉 웃던 순간의 감정이 더 생생하다.

곰곰이 생각해 보면 그것은 그 모든 결핍의 장면들에 항상 등장하는 엄마의 모습 때문인 것 같다. 때로는 무릎을 꺾으며, 때로는 믿을 수 없을 만큼 당당하게 결핍 한가운데를 묵묵히 지나가던 엄마. 내가 발이 걸려 넘어질 때마다 한 걸음 바로 앞에 먼저 넘어졌다가 일어나 먼지를 툭툭 털어 내는 엄마가 있었다. 내가 인생에서 가장 처음 본 '아등바등'은 벼랑 끝에 매달린 애처로운 모습이 아니라 매달린 손을 결코 놓지 않는 강인함이었다. 나는 운이 좋았다.

### '아등바등'은 뜨겁다

아침까지 맑던 하늘이 갑자기 어두워지더니 거센 비가 내리기 시작했다. 일찍 외근을 나간 영업사원들이 생각나 나도 모르게 사무실 창문가로 다가

갔다. 모두들 우산을 챙겨가지 않았을 텐데, 갑작스런 비에 쫄딱 젖어 거래처 처마 밑에서 오들오들 떨고 있는 건 아닐까 걱정이 되었다. 창문가를 한동안 서성이다가 나는 이내 가슴 한쪽이 뻐근해 오는 걸 느꼈다. 내가 우리 영업사원들을 진심으로 사랑하고 있구나. 그들이 특별히 좋은 사람들이었던가? 모르겠다. 그들이 특별히 나에게 잘해 주었던가? 모르겠다. 그들에게 특별히 배울 점이 있었던가? 그것도 모르겠다. 발을 동동 구르는 일방의 애정 공세는 그들이 어떤 사람이어서가 아니었다. 그냥 나의 DNA였다.

나는 제약회사에서 업을 시작했다. 처음에 동기들보다 예닐곱 살이나 많은 나를 마케팅부서에 채용한 뒤 회사는 긴가민가 고민했다고 했다. 주변 사람들은 한 번 지켜보자는 심산이었다고 했다. 나중에는 나의 열심에 놀라 미친 사람이 입사한 것 같다고 수군거렸다고 했다. 나는 아무리 힘들고 어려운 일이라도 '저 사람들에게 도움이 된다면' 기꺼이 내 몫으로 삼았다. 일주일치 교육 자료를 혼자 만들어도 즐거웠고, 따라오지 못하는 영업사원은 팔꿈치 옆에 앉히고 과외선생을 자처하였다. 우리 팀이 시범적으로 만들어진 터여서 내일이 불투명하다는 게 나를 절실하게 만들었을지도 모른다. 하지만 그런 노력의 결과, 현장의 어려움을 조금씩 극복하면서 영업사원들이 전문가로 성장하고 성공의 기쁨을 누리는 걸 보는 게 너무 기뻤다. 사람 때문에 웃고, 사람 때문에 울고, 아침에 눈을 뜨면 회사로 달려가 만나야 할 사람이 있어서 행복했다.

함께 일하는 동료들 때문에 불구덩이에 들어갈 수 있을까? 그때 내가 나 자신에게 물어본 질문이다. 나는 기다릴 것도 없이 '예스'라고 대답했다. 그러고는 나 자신에게 내가 화들짝 놀라버렸다.

나는 내 분야에서 나의 전문성과 경험이 최고조에 이르렀을 때 회사를 그만두었다. '이제 더 이상 나 또는 우리 가족의 먹고사는 것을 위해 일하지 않겠다.'는 당돌한 결심을 했고, 남편은 정말 쿨하게 내가 하고 싶은 것을 하면서 살라고 말했다. 외국인을 대상으로 한국어를 가르치기 시작했다. '아등바등'의 방향이 바뀌었다. 2시간 강의를 위해 10시간도 넘게 준비를 했다. 교안을 쓰고, 플립차트와 교구를 만들고, 더 쉽게 더 명확하게 설명하기 위해 온 힘을 다했다. '한국음식'이 주제인 날에는 실습을 하면 수업효과가 높아질 것 같아서 식재료, 조리도구와 화기까지 직접 준비하여 수업시간에 한국음식을 만들어 보게 했다. 떡볶이와 잡채를 만들며 눈이 초롱초롱 빛나던 학생들, 어학원의 조교까지 놀라서 구경을 왔다.

그 이야기를 들은 친구들은 혀를 끌끌 찼다. "오버야, 오버." "왜? 왜 그렇게까지 해?" 그러게, 왜 그랬을까? 이유를 설명하긴 힘들다. 다만, 수업이 끝난 뒤 정말 고마웠다며 연신 고개를 숙이는 학생들의 진심 어린 미소, 그러면 된 것 아닌가? 그래서 아등바등했다. 비 오는 날 동료들이 걱정되어 창가를 서성이며 발을 동동 굴렀던 그 마음 그대로였다.

가슴에서 폭발하는 열정이 엔진처럼 내 삶을 밀어붙였다. 뜨거운 화로를 품에 안은 듯 매일의 삶이 지나가고 있었다.

## '아등바등'은 차갑다

세상살이가 너무 팍팍하다고 느껴질 때가 있었다. 남들은 다 편안하게 사는데 나만 힘들고 어려운 길을 가는 것 같아 부아가 치밀어 올랐다. 그 즈음 TV 프로그램에서 중증근무력증에 걸린 두 아이의 엄마를 보았다. 8년 동안 고된 투병을 해 왔고, 이제 어느 순간 삶의 끈을 놓게 될지 알 수 없다는 그분. 몇 마디 하지도 못했는데 숨이 헉헉 차고, 송골송골 이마에 땀이 맺힌다. 방송 녹화는 수시로 중단되었다. 하지만, 놀랍게도 정작 당사자는 방송 내내 참 잘 웃고, 농담까지 건네면서 즐거운 표정이다. 세상을 떠나기 전 두 아이들에게 좋은 추억을 남겨주기 위해 방송에 나와 노래를 부르고 싶었다고 했다. 가쁜 숨소리를 숨기지 못하고 띄엄띄엄 노래를 이어 간다. 분명히 삶의 한쪽 끝 모퉁이로 내몰린 것이 분명한데 그분은 온몸으로 웃고 있었다. 나는 방송을 보면서 몇 번이나 코를 풀어야 했다.

하도 울어서 퉁퉁 부은 눈으로 설거지를 하려고 부엌으로 갔다. 고무장갑을 끼고는 싱크대 모서리를 잡고 한참을 서 있었다. 갑자기 가슴에서 주먹만 한 덩어리가 올라와 나는 고무장갑을 거칠게 벗어 싱크대 벽면에 휙 집어던졌다. 나에게 말했다.

"미친 것, 너, 세상 살면서 한 번만 더 힘들다고 말하면 죽여 버린다."

그때부터였나 보다. 욕심을 내려놓기 위해 아등바등하기 시작한 것이.

나는 늘 허둥지둥했다. 마음먹은 대로 되지 않을까 봐, 후회할까 봐, 행복하지 않을까 봐 조바심을 냈다. 평온하면 평온이 오래 가지 않을까 봐, 평온하지 않으면 그것이 오래 갈까 봐 걱정하는 식이었다. 어렸을 때는 그런 초조함을 피하고 싶은 마음에 걱정거리가 생기면 간절하게 반복해서 외곤 했다. 그러면 그 걱정이 해결될 것이라는 엉뚱한 믿음이 있었다. 나중에는 지각을 할 것 같은 날에도 '지각하면 안 되는데, 지각하면 안 되는데……'를 간절히 몇 번이고 되뇌었다. 그런 날 나는 지각을 면하여 아슬아슬하게 교문을 통과하였다. 내가 바라고 원하는 삶의 모습에서 벗어나는 것은 언제나 두려웠다.

하지만 숨을 헐떡이지 않고 노래 한 소절을 부를 수 있는 것만도 누군가에게는 평생의 소원이라는 것을 깨닫게 되면서 나는 내 걱정들의 꺼풀을 벗겨 보았다. 그 걱정의 알맹이는 욕심이었다. 욕심과 현실의 차이만큼이 걱정이었고, 걱정에서 벗어나고자 욕심에 더욱 집착하는 형국이었다. 삶의 구석구석에 박힌 욕심을 덜어 내야 했다. 있는 힘을 다해야 가능한 일이었다. 다행인 것은 나 자신에 대한 욕심도 내려놓을 수 있게 되었다는 사실이다. 나 자신도 누군가로부터 위로와 도움을 받아야 할 부족한 존재라는 것도 그제야 깨달았다.

'아등바등'은 내려놓는 것을 포함한다. 온 힘을 다하여 내려놓는 것이 온 힘을 다하여 얻으려고 하는 것보다 몇 배는 더 힘들다. 인생 뭐 있냐고 아등바등하지 말라고 하지만 기실 인생에는 너무나 많은 욕심거리가 있어서 더욱 아등바등해야 한다. 그걸 얻기 위해서가 아니라 허튼 것을 냉정하게 내려놓기 위해서 말이다, 내 것만 내 것이라고 말하기 위해서 말이다. 내려놓기 위한 아등바등은 내게 여전히 진행 중이다.

## 십 년 후 가을

오늘 강의 참석자는 절반 이상이 신입사원들이라는 인사부장의 설명을 듣고 조금 부담이 되었다. 교육이 아니라 내 책에 대한 나눔의 자리였기 때문이다. 하지만 한 편으로 젊은 친구들은 '아등바등하다'라는 말을 어떻게 받아들일지 궁금하기도, 흥미롭기도 했다. 감사하게도 강의 내내 열띤 관심과 호응이 있었고, 강의는 예정된 시간을 한참 넘기고서야 끝났다. 복도로 나가니 인사부장이 얼른 뛰어나오며 꾸벅 인사를 한다.

"선생님, 강의가 정말 흥미진진했습니다. 배울 점도 많았고요."

"그렇게 생각하셨다니 제가 더 감사합니다."

"그런데, 정말 대단하신 것 같아요. 어떻게 그렇게 열심히 사실 수가 있어요? 저더러 그렇게 하라고 했으면 저는 엄두도 내지 못했을 것 같아요."

나는 보조를 맞추어 걷던 걸음을 잠시 멈추고 고개를 돌려 인사부장을 향해 미소를 지었다.

"……제 삶이니까요."

"부장님, 저희 집에 난 화분이 있어요. 아무리 날씨가 뜨거워도, 제가 물 주는 것을 잊어버려도, 어떤 때는 눈길 한 번 주지 못해도 때가 되었다고 생각하면 단단한 꽃대를 세우고 꽃을 피워 내요. 누가 보든 보지 않든 말예요. 꼭 '제가 난입니다.'라고 자신을 입증하려는 것 같아요. 사람도 마찬가지라고 생각해요. 우리는 자신의 삶을 통해서 내가 나라는 것을 증명할 수 있어요. 아무리 부족하더라도 난 화분보다는 열심이어야 할 것 같아서 제가 열심히 살아요." 나란히 걷던 인사부장의 발걸음이 조금씩 느려지는 게 보인다.

회사 로비로 나오니 통유리를 통해 삼면에서 빛이 환하게 들어온다. 눈부시다. 따뜻하다.

그렇구나! 나는 항상 내 삶이 터널을 지나고 있는 중이라고 생각했다. 터널이 끝나는 곳에 빛이 있고, 그래서 아등바등 그 빛을 향해 나아가야 한다고 믿었다. 하지만 어쩌면 나는 항상 빛 가운데 있었을지도 모른다. 충분히 밝고, 충분히 아름다운 빛이 늘 내 삶을 비추고 있었는데도 나만 그것을 몰랐던 것일지 모른다. 나는 빛 가운데에 있다. 빛 가운데를 다시 걸어간다.

이젠 삶이 제대로 보인다.

### 강수연

바이오기업인 (주)셀리드에서 전무로 재직 중이다. CJ제일제당 제약사업본부를 거쳐 (주)한독, (주)종근당에서 연구와 임상개발, 마케팅, 학술 및 기획 분야의 임원으로 일한 경력이 있다. 2006년 작은 신문기사 한 조각이 계기가 되어 홀린 듯이 코칭에 입문하였고, 공익코칭, 비즈니스코칭, 라이프코칭에 경험이 풍부하다. 코칭을 통해 더 좋은, 더 재미있는 세상을 만들 수 있다고 믿으며, 세상의 모든 일은 사람에서 시작하여 사람으로 마무리된다는 철학을 가지고 있다. 사람을 사랑하는 일이 특기다. 이메일: callaksy@naver.com

# 홀가분하게, 간결하게, 에센스로

김경화

## 잠시 멈추고 되돌아보는 하프타임

나는 경자생 쥐띠다. 2020년은 경자년 쥐띠 해. 육십갑자로 따져 보면 환갑이 된다. 그동안 환갑에 대해 별다른 의미를 두지 않았지만 곰곰 생각해 보니 어쩐지 좀 특별한 느낌이 든다. 인생 수레바퀴를 한 바퀴 돌리고 다시 새로운 첫 걸음을 떼는 기분이랄까? 책의 한 챕터를 넘기고 다음 페이지를 펼쳐 든 기분이랄까. 아무튼 뭔가 매듭을 짓고 새로 시작되는 느낌이다.

인생의 절반쯤에 이르렀을 때 사람들은 잠시 멈춰 서서 자신을 돌아보고 삶의 방향을 고민하게 된다. 내가 원하는 삶의 모습은 어떤 모습인지 그것을 원하는 나는 어떤 존재인지 생각이 깊어진다. 지금까지 성취와 업적, 책임과 의무 위주로 살아왔다면, 이제는 자신이 진정으로 원하는 삶, 가치 있는 삶에 주의를 기울이게 되기 때문이다.

밥 버포드는 지금까지 살아온 여정을 다시 한번 돌아보고 앞으로의 방향을 재설정할 수 있는 시간, 자신의 내면에 귀 기울일 수 있는 가장 적절한 시기를 '하프타임'이라 말했다. 전, 후반전이 있는 운동경기의 하프타임에서 감독과 선수들이 휴식하며 재점검하듯 말이다. 그런데 인생의 하프타임은 스스로 정할 수밖에 없다. 42.195km 마라톤의 40km 지점일 수도 있고, 해발 2,000m 산의 700m 지점일 수도 있다.

나의 '하프타임'은 바로 지금 아닐까? 육십갑자를 한 바퀴 다 돌리고 온 지금, 그동안 살아온 삶, 그중에서도 나의 선택으로 살아온 시간을 돌아보고 앞날을 그려 보기에 참 적절한 타이밍이다.

"우리들은 어떤 식으로든 세상의 미래에 참여하고, 어떤 흔적을 남기고, 우리가 살았기 때문에 무엇인가 달라졌다는 사실을 확인하고 싶어 한다." 최근 읽은 책에서 인상 깊었던 구절이다. 이미 인생의 절반을 훌쩍 넘어선 나도 잠시 걸음을 멈추고 생각해 본다. 내가 남긴 흔적이 무엇이고, 그래서 무엇이 달라졌는지, 그리고 무엇을 달라지게 할 것인지.

## 방전될 때까지 올인한 1라운드, 후회는 없지만

대학을 졸업하고 첫 직장 생활을 잡지사에서 시작했다. 기자가 되고자 했던 나는 몇몇 신문사와 방송사 공채에서 고배를 마신 뒤 잡지사로 방향을 바꿨다. 당시 여러 종의 잡지를 발행하며 잡지사관학교라고도 불리던 J사에 입사했다. 차선이었지만 결과적으로 잘된 일이었다. 앞선 트렌드와 정보를 먼저 접하고 대중에게 전달하는 일, 깊이 있는 인터뷰로 사람을 만나고 알아가는 일들이 잘 맞았다. 지금과 같은 '일인 미디어'는커녕 신문, 방송, 잡지 등 미디어 매체가 많지 않던 그 시절엔 잡지의 구독률이 높았고 그만큼 영향력도 컸다.

이후 신문사마다 잡지 창간의 붐이 일었고, 해외 유명 잡지들이 라이선스 형태로 잇달아 국내에 소개되면서 잡지 시장은 전성기를 구가했다. 잡지사 수습기자로 시작한 나의 이력도 신문사 출판 기자, 잡지편집장 등으로 이직과 승진을 거듭하며 성장해 갔다. 잡지계는 일반 직장보다 훨씬 자유로운 분위기였고 성차별도 거의 없었다. 기획에서부터 인터뷰, 취재, 화보 진행, 기사 작성, 편집까지 힘든 줄도 모르고 신나게 일했다. 젊은 날의 열정과 에너지를 쏟기에 충분히 멋진 일이었다.

쉼 없이 달려온 20년, 그동안 기자에서 편집장, 관리자가 되었고 한편으론 결혼도 하고 엄마도 되었다. 역할이 달라지고 많아질수록 신경 쓸 일은 늘어났고, 이리저리 치이는 일도 생겼다. 일과 삶의 밸런스 따위는 사치였다. 어느 날 문득 정신 차리고 보니 배터리가 모두 방전된 무기력한 내가 있었다. 2002년 9월, 월드컵 열기로 온 나라가 환호할 때 난 마침내 20년 직장 생활을 마감했다. 처음 얼마간은 무거운 지게를 벗어던진 듯 홀가분했다. 일 독 빼는 것만도 몇 년은 걸린다며 여유도 부렸다.

그런데 이게 웬일인가. 사표만 던지면 만사형통일 줄 알았는데, 그게 아니었다. 점점 '아무 일도 안 하고 있다'는 생각에 초조해졌다. 주위는 모두 달려나가는데 나만 제자리, 아니 뒤로 가는 것 같았다. 누군가 나를 앞서갈 때 평정심으로 내 페이스를 유지하기엔 아직 설익었던 시절. 수십 년 굴려온 바퀴를 갑자기 멈춰 세운다는 것은 생각보다 어려운 일이었다.

## 가슴 뛰는 인생 2라운드, 다시 달리기

뭐든 다시 시작해야겠다는 생각이 올라왔다. "뭘 하지?"라는 막연한 질문으로는 답이 안 나왔다. "내가 하고 싶은 일, 잘 할 수 있는 일은 뭐지?" "내 경력을 어떻게 살릴 수 있지?" 구체적으로 파고들어갔다. 20여 년 간 나를 대변했던 기자, 편집장 명함 대신 새 이름표를 만들어내는 것, 쉽지 않았지만 가슴이 다시 뛰기 시작했다.

주위에 자문을 구하고 자료조사도 하면서 두 번째 커리어 설계를 시작했다. 그 동안의 실무경험을 담은 커리큘럼을 만들어 몇몇 대학 평생교육원에

'잡지기자 양성과정' 강좌 개설을 제안했다. 당시에는 잡지기자가 여대생들에게 특히 인기 직종이었다. 실무경험자로서 현장에서 요구하는 취업 준비를 제대로 시키고 싶다고, 취업준비생들에게 꼭 필요한 과정이라고 담당자를 설득했다. S여대 평생교육원에서 내 제안을 채택, 강의가 개설되었다. 실무 위주의 강의에 수강생들은 모여들었고, 현직에 있는 후배 기자, 편집장들과 연계한 특강도 주효했다. 학생들의 만족도가 높아지면서 강좌는 인기를 끌었고, 나중에는 학생들 취업까지 연결해 주는 예상 밖의 성과도 생겼다.

이 과정을 진행하며 '내가 배우고, 가르치는 것을 좋아하고 잘 한다'는 사실을 깨달았다. 대학 때 교직을 이수하고 교사자격증까지 따 두었지만, 기자가 되는 바람에 장롱면허가 된 지 오래였다. 긴 안목으로 봐서 강사로 머무를 게 아니라 교육 사업을 해야겠다 싶었다. 직장생활만 해 온 내게 큰 도전이었다. 독일 유아교육 시스템을 도입한 유아교육기관을 열었다. 미취학 아이들에게 창의력과 리더십 교육을 하는 놀이학교였는데, 아이들과 함께 하는 시간은 뜻밖에 즐거웠다. 대여섯 살 천사 같은 아이들이 주는 기쁨은 '손익을 따져야 하는 사업'이라는 사실을 잊게 할 만큼 놀라웠다. 정작 내 아이 키울 때는 일에 치여 친정어머니 손을 빌렸는데, '인생사 총량의 법칙'인지 뒤늦게 아이들을 키우고 가르치는 재미에 푹 빠졌다.

## 코칭을 만난 3라운드, 언제나 진행형

8년 정도 운영하다가 이런저런 사정으로 놀이학교를 접었다. 조기 영어교육으로 돌아선 유아교육 트렌드를 따라잡지 못했고, 사업가와 교육자 사이의 간극을 메우지 못한 탓도 컸다. 놀이학교를 그만 두고 교사관리, 학부모 상담 등을 위해 책으로 만났던 코칭을 본격적으로 공부하기 시작했다. 처음에는 교육이나 코칭 모두 다른 사람의 성장을 위해 헌신하는 것이므로 같은

게 아닌가 싶었다. 그런데 아니었다. 코칭은 가르치거나 훈계하는 대신에 상대방의 잠재력을 믿고 스스로 해법을 발견하고 실행해 나갈 수 있도록 돕는 과정이었다. 인간 존재에 대한 온전한 인정과 신뢰, 정말 멋지지 않은가.

처음 코칭 실습을 할 때는 상대방의 애기를 온전히 듣기보다 판단하고, 비판하고, 가르치려 든 적도 많았다. 문제 해결이 최선의 코칭이라 여기고 정답 찾기만 몰두하기도 했다. 그러나 점차 진정한 코칭은 문제 자체가 아니라 그 뒤에 있는 '사람'을 봐야 한다는 것을 깨달았다. 사람은 누구나 남과 다른 유일한 존재이고, 가치관과 성격, 개인의 역사가 각자 다른 가치와 깊이를 지니고 있기에, 같은 문제라도 그 배경은 완전히 다르기 때문이다.

그렇게 많은 시행착오를 거치면서 나는 점점 '코치'로 성장해 나갔다. 전문 코치가 되는 훈련을 받으며 누구보다 내가 가장 큰 혜택을 받았다. 강력한 코칭 질문 앞에 나 자신을 세우고 나름의 답을 찾아 가면서 나를 성찰할 수 있었다. 이전에 코칭을 알았더라면 방전된 채 도망치듯 회사를 그만두거나 사업을 하면서 그렇게 힘들어하지 않았을 거라는 아쉬움도 컸다.

"10년 후 당신은 어떤 모습입니까?"

코칭을 하며 상대에게 자주 하는 질문이다. 그럴 때 사진을 보듯이 명료하게 묘사하는 사람이 있는가 하면 도무지 상상이 안 된다며 답을 못하는 사람도 있다. 당장 내일 일도 모르는데 10년 후를 어떻게 알겠냐며 어이없어 하는 사람도 있다. 이 질문은 왜 하는 걸까? 처음 이 질문을 받았을 때 난 마치 드론이 이륙하듯 하늘로 몸이 쓰윽 떠오르는 느낌을 받았다. 상자 속에 들어앉아 있다가 밖으로 성큼 걸어 나온 기분이기도 했다. 그것은 나를 또 다른 눈으로 볼 수 있게 했다. 미처 보이지 않던 부분이 보이고, 관점이 달라졌다. 미래 시점으로 순간이동을 했을 때의 마법이다. 나를 있는 그대로 바라보고 인정하는 순간 삶을 괴롭게 만드는 열등감으로부터 자유로워진다. 미래로 시점을 바꿔 보면 있는 그대로의 자신을 알아차리는 게 쉬워진다.

과거로부터 미래가 시작되고, 미래는 어느덧 현재가 되며 또 순식간에 다시 과거가 되어 버린다는 당연한 순리를 새삼 깨닫는다. '오래된 미래'라는 아이러니한 구절이 이제는 이해된다. '미래'는 핑크빛도 잿빛도 아닌 한없이 투명한 색이라는 생각이 든다.

## 이제 천천히, 나를 바라보며 숨 고르기

60년 한 바퀴 삶을 돌아본다. 그동안의 나는 내 몸의 리듬보다 시계 바늘에 맞춰진 일상을 살았다. 내 잣대보다 타인의 잣대를 더 신경 썼다. 나를 제치고 앞서 나가는 사람을 보며 초조해했다. 결과에 연연하며 과정을 무시하기도 했다. 돌아보니 부끄럽게도 맘에 들지 않는 부분이 많다. 잘 해 온 것보다 부족한 부분이 먼저 떠오른다. 그러나 지금 살아가는 모습이 내가 원하는 모습이든 아니든 최선을 다한 것임은 틀림없다. 때문에 지금까지 살아온 모습을 과소평가하지는 않겠다.

살아온 날을 리셋할 필요는 없다. 성공은 성공대로 축하할 일이며, 실패는 실패대로 훌륭한 자양분으로 만들면 된다. 불운과 행운이 꼬리에 꼬리를 물고 이어지는 게 삶이다. 우리가 보는 세상이 전부가 아니며 끝난 것 같아도 끝이 아니라고 하지 않는가. 계획대로 되지 않아 불안하지만 그래서 희망적이기도 하다. 이렇게 한번 멈춰서 살아온 순간들을 들여다보고, 나아갈 방향을 조정할 수 있으니 다행이다.

미래는 나이와 함께 온다. 어떻게 나이 들어갈 것인가에 대한 답이 미래를 어떻게 만들어 갈 것인가와 흡사하리라. 나이 들어가는 일은 매뉴얼대로 되는 것이 아니기에 그저 나답게 살아가는 것이 정답이다. 그렇다면 나답게 산다는 것은 무엇이며, 어떻게 해야 나답게 살아갈 수 있는지 계속해서 질문이 꼬리를 문다.

시간표를 벗어나 나의 몸과 마음으로 느끼는 시간을 살아 보는 것은 어떨까. 나의 마음을 살피지 못하고 때론 무시하면서까지 치열하게 달려온 속도를 조금 늦추면 어떨까. 속도보다 방향 아닌가. 더 이상 불필요한 일과 소중하지 않은 것에게 시간과 체력을 낭비할 필요가 있을까. 이제야말로 선택과 집중을 해야 할 때가 아닌가. 달려야 할 때 달리고, 멈춰야 할 때 멈춰 설 줄 알아야 하지 않을까. 이런저런 생각들이 이어진다.

그동안의 삶이 무엇이 되고자 하는 '비커밍(Becoming)'이었다면 이제부터는 무엇으로 사는 존재 '비잉(Being)'에 방점을 찍어야 할 시점이다. 미흡했던 일들을 하나씩 정리하고 치워나가며 가볍고 유연해져야겠다. 홀가분하게 군더더기 없는 에센스로 존재하기 위해서다.

## 있는 그대로 온전하게, 자연스럽게

다른 사람의 삶에 영향을 미친다는 것은 두려운 일이다. 상대방을 돕는다는 명분으로 나의 판단과 나의 방식을 얼마나 많이 강요하는가. 힘들어할 때 그저 옆에 있어 주는 것만으로도, 이야기를 들어 주는 것만으로도 충분할 텐데 말이다. 내 삶은 공동체에 속해 있다. 다른 사람과의 관계를 빼놓고 나를 언급할 수는 없다. 그러나 관계가 구속이 되거나 폭력이 되어서는 안 될 것이다.

이제 나는 사람들의 말을 온전히 들어 주는 사람이 되어야겠다. 코치라는 이름으로도 좋고, 가족, 친구라는 이름으로도 좋다. 누군가 나를 찾아왔을 때 나는 그의 말을 정성껏 듣고 공감하고, 있는 그대로 바라봐 주어야겠다. 그것만으로도 내 역할은 충분하리라.

그럴수록 말은 더 줄여야 할 것이다. 힘은 더 빼야 할 것이다. 지나친 존재감은 피로감을 불러온다. 웅변보다 속삭임이 더 깊숙이 다다른다. 가볍게 스치는 에센셜오일의 은은한 향처럼, 문득 시선을 잡아끄는 햇살 한 조각처럼, 적절한 자연스러움, 그게 딱 좋다. 내 인생의 후반전, 아름다운 미래의 내 모습으로는.

## 김경화

에듀코칭포럼 대표, 사회적코칭협회아카데미 원장, 신문사와 잡지사에서 기자, 편집장으로 취재하고 글 쓰며 잡지 만드는 일에 20여 년간 종사했다. 퇴직 후 평소 관심 있던 교육사업 분야로 진출, 유아교육기관을 운영하며 코칭을 접하게 되었다. 현재 KPC, CPC 전문코치로서 기업과 학교에서 여성 커리어, 리더십, 생애설계, 책 쓰기 코칭과 강의를 하고 있다. 칼럼니스트로 활동하며, 저서로 공동 번역서 『코칭의 역사』와 공저 『평생명강사』가 있다. 이메일: hwa3230@hanmail.net, 블로그: https://blog.naver.com/happycoach7

# The 버킷리스트

김소이

## 꿈을 향해 돌진하는 우주선을 탄 모험가

거울에 비추어진 흰 얼굴의 꿈 많은 소녀는 태평양 바다를 품었다. 소녀는 그 바다에 세상의 모든 것을 다 담을 줄 아는 큰 마음을 가졌다. 우주의 공간에 무엇인가를 기록하고픈 야망으로 가득했던 소녀는 세모난 모양, 네모난 모양을 다 안을 줄 아는 아량을 가졌다. '나는 태평양 바다니까'라는 말을 늘 되새기며 살았다. 그런 소녀의 꿈을 알아 챈 부모는 소녀가 훗날 큰 사람이 될 것이라는 믿음을 가졌다. 소녀도 그런 부모의 마음을 이해하고 부모의 기대에 어긋나지 않는 사람이 되겠다고 수도 없이 스스로 다짐했다. 큰 마음을 품은 소녀의 행동은 또래의 여느 소녀들과는 달랐다. 모든 것을 수용하고 이해하려고 노력했다. 모든 마음가짐을 긍정적으로 하려 부단히 애를 썼다.

소녀는 자존감도 남달리 강했다. 그래서인지 그 흔한 연예인 사진도 한 장 갖고 있지 않았다. 애초에 그런 것에는 별 관심이 없었다. 소녀는 항상 꿈을 향해 돌진하는 우주선을 탄 모험가를 꿈꾸었다. 그래서 늘 우주를 탐험하는 상상을 하며 살았다. 부모와 더불어 할아버지와 할머니를 생각하는 마음도 극진하였다. 그래서 소녀는 자신이 탐험가라는 꿈을 이루어 부모와 조부모

미래에게 묻고 삶으로 답하다

를 기쁘게 해드리고 싶다는 생각을 하였다. 물론 부모나 조부모를 기쁘게 해드리는 것보다 스스로의 꿈을 키우는 데 더 큰 의미를 부여하였다. 소녀는 일상에서도 늘 생각을 키우고 꿈을 키우는 데 무게중심을 두었다.

밤하늘의 별을 세어 보는 일도 많았다. 셀 수 없이 많은 것이 별이라는 사실을 소녀는 잘 알고 있었다. 하지만 현실이야 어떠하든 소녀는 꿈을 키우기 위해 틈만 나면 별을 헤아렸다. 별을 세며 꿈을 키우는 시간이 소녀에게는 너무도 행복한 시간이었다. 소녀는 이제 나이가 들어 중년의 모자를 썼지만 그래도 아직 어린 시절에 키웠던 그 꿈을 접지 않았다. 언제라도 날개를 활짝 펴 창공을 향해 날아오를 수 있을 것 같다. 아직 꿈을 꾸고 있고, 그 꿈을 키워 가고 있으니 나이와 상관없이 아직도 소녀라는 생각을 가지고 살아가고 있다. 그 꿈을 손에서 내려놓는 순간 인생은 무의미해진다는 것을 잘 알고 있다.

## 승승장구 행복했던 삶, 그런데

요즘은 결혼 적령기가 자꾸 늘어나 여성도 30세가 되기 이전에 결혼을 하는 일이 흔치 않다. 오히려 30세 이전에 결혼을 하면 주위에서 "뭐가 그리 급해서 결혼을 일찍 하느냐"며 성화를 한다. 내가 결혼을 할 당시에는 여자 나이 20대 후반은 결혼하기에 조금은 늦은 나이라는 시각이 보편적이었다. 다소 늦은 나이였지만 깊은 사랑에 빠져들었다. 무엇 하나 흠 잡을 데 찾기 어려운 배우자를 만났다. 그래서 행복했다. 하루하루의 삶이 순탄했고, 그런 만큼 만족스러웠다. 가끔은 원하지 않는 결혼을 해서 불행하게 살아가는 주변인들을 보았지만 대개는 행복하게 살아가고 있을 것이란 생각을 했다. 하지만 나중에 알고 보니 내가 유별나게 행복한 삶을 살았던 것이다.

결혼을 하면서 곧바로 직장생활을 접었다. 그리고는 사업이란 것을 시작했다. 경험도 없고, 세상 물정도 잘 모르는 상태였지만 겁 없이 뛰어들었다. 사업을 몰랐지만 하는 일마다 순탄하게 진행되었다. 전략직이지도 못 했고, 민첩하게 상황에 대처한 것도 아니었는데 벌인 사업은 들불처럼 커져 갔다. 돈의 가치도 제대로 모르던 젊은 시절이었지만 자고 일어나면 내 수중에 천만 원 단위의 돈이 들어왔다 빠져 나가기를 반복했다. 그러면서 사업의 재미에 푹 빠져들었다. 내가 뭔가를 이루어 내고 있다는 사실이 즐거웠고, 성취감도 느낄 수 있었다. 그러면서 사업에 매진했고, 나의 존재감을 사업을 통해 찾으려는 마음도 생겨났다. 조금씩 조금씩 사업과, 사회에 눈을 뜨기 시작하였던 것도 이 무렵이었다.

그러나 너무 순탄하게 진행되는 사업은 내 마음의 평정심을 잃게 했고, 위험한 순간이 다가와도 브레이크를 작동할 수 없는 지경에 이르게 했다. 내가 벌인 사업이 성공가도를 달리며 돈과 사람이 더욱 빠른 속도로 내게 몰려들었다. 하지만 그 많은 사람 가운데는 나를 유혹하고 판단을 흐리게 하는 흡혈귀 같은 사람도 있었다. 모든 것을 믿고 맡기는 나의 성격이 화를 자초하였다. 더 큰 돈을 벌 수 있다는 유혹에 빠져 적지 않은 금액을 투자해 새로운 일에 참여했지만 결과는 참혹했다. 더구나 관리하던 직원들은 나의 기대를 송두리째 앗아갈 만큼 큰 상처를 남기고 떠나갔다. 외부의 사람, 내부의 사람 모두에게 큰 상처를 받았다. 너무나 쉽게 사업이 일어서자 판단력과 평정심을 잃었던 것이다.

철저하게 짓밟혔다. 나는 진정 선한 마음으로 그들을 대했지만 그들은 내게 배신이란 깊은 상처를 안겼다. 인생을 되돌아보고 세상을 다른 눈으로 볼 수 있게 된 계기가 되었다. 믿었던 사람들에게 당한 일은 큰 상처가 되었다. 충격의 크기도 컸다. 막다른 골목에 이르고 보니 세상 사람들이 무서워지기 시작했다. 대체 왜 이런 시련이 내게 왔는지 받아들여지지 않아 고통스러운 시간을 보내야 했다. 그때 어린 시절 할아버지께서 해 주시던 말씀이 뇌리를 깊게 자극했다. 할아버지는 늘 "머리에 든 지식은 도난당하지 않지만, 돈은 사람도 잃게 하고, 종당에는 돈도 잃게 된다."는 말씀을 하셨다. 시린 가슴으로 하루하루를 살았다. 이제 지난 일이니 가볍게 이야기하지만 당시는 받아들이기가 너무 어려웠다.

배신의 상처가 깊고, 절망감이 엄습해 힘겨운 나날을 보냈지만 하루 속히 가정과 자신을 찾아야겠다는 생각을 했다. 하루라도 빨리 상처를 씻어내는 것이 나를 위해서 좋다는 생각을 했지만 나약한 인간이기에 그것이 그리 쉽지는 않았다. 그래서 당시 내가 선택한 길은 세상과의 단절이었다. 세상이 싫었고 무서웠으며 세상에 나설 용기가 없었다. 하루 빨리 상처에서 벗어나야 한다고 생각을 하면서도 결국 내가 선택한 길은 은둔이었다. 지금 생각하면 어린 나이였다. 그래서 상처를 더욱 아프게 받아들였던 것 같다. 지금의 나이만 같아도 한결 더 대범하게 세상과 부딪혔을 것을 당시의 나는 너무 작고 미약했다.

## 상처를 극복하고 다시 삶을 리셋하다

한참의 은둔생활을 마친 후에야 나는 비로소 세상에 나설 수 있었다. 세상에 나설 준비를 하며 가장 먼저 시작한 것은 회계공부였다. 회계를 시작하면서 나의 삶은 다시 리셋되었다. 이후 17년이란 결코 짧지 않은 시간 동안 회계와 관련된 일을 하였다. 이 기간 서서히 나의 삶을 원위치시키며 꿈을 꾸는 삶으로 되돌리게 되었다. 그래서 멈추었던 대학공부를 다시 시작했고, 가정을 챙기는 주부로, 집안을 꾸리는 며느리로, 아이를 돌보는 엄마로, 배우자를 아끼는 아내로 서서히 자리를 되찾았다. 아픈 만큼 성숙해진다고 했던가. 아픔을 딛고 되돌아 온 나의 자리 하나하나는 모두 소중했다. 그래서 더욱 충실히 주부로, 며느리로, 엄마로 아내로서의 역할에 충실을 기할 수 있었다.

공부도 하고, 가정도 보살피고, 직장인으로 전문성을 높여 가면서 나의 존재감은 다시 살아났다. 자신감도 회복해 당당하고 무서울 것이 없었다. 하루하루 성취감을 맛보며 살아가는 시간이 나를 성장시켰다. 나를 사랑해 주는 사람과 내가 사랑해야 할 사람을 생각하며 사는 하루하루는 즐거웠다. 그들과 춤을 추기 위한 새로운 무대를 준비하였다. 인생의 리셋은 그렇게 서서히 이루어졌다. 꿈을 이루기 위해 내 마음 속에 공연의 무대를 하나씩 만들었다. 조명도 세우고 음향도 갖춰 나갔다. 차츰차츰 버킷리스트를 작성하기 시작하였다. 무대 위에서 온 몸을 불살라 나의 꿈과 끼를 발산해 주인공이 되는 삶을 살아야 한다는 강한 욕구가 밀려왔다.

영국의 전 총리 마가렛 대처는 "사회는 전혀 존재하지 않으며 개인인 남자와 여자, 그리고 그들의 가정이 존재할 뿐이다."라는 말을 남겼다. 자신의 존재감을 발견하고 나에게 매진하는 삶이 모아질 때 이 사회는 비로소 원활하게 돌아간다는 말이라고 생각했다. 나 자신을 리드할 수 있는 셀프리더가 되어야 한다. 좋은 습관을 기르고자 노력했다. 특히 순간순간 메모하는 습관을 몸에 익히고자 노력했다. 그러한 작은 변화와 습관 길들이기는 나의 삶을 내가 개척하는 진정한 리더로서의 생활로 나를 인도했다. 늦은 나이에도 불구하고 성공의 전략과 계획을 세우기 시작하였다.

## 살아 있기에 접을 수 없는 꿈, 배움과 봉사

인생의 정답은 없다지만 내가 원하는 길을 가는 것이 정답에 가까운 길이라고 생각했다. 무려 17년 동안 직장생활을 하는 도중에 주말 시간을 이용해 포럼과 공부를 위한 공간모임이라는 곳을 매주 넘나들면서 배우고 듣고 석사와 박사 학위를 취득했다. 22년이란 시간을 돌이켜보면 내가 무엇을 위해 왜 그토록 기나긴 여정을 거쳐 왔는지 허탈한 마음이 들 때도 있다. 하지만 살아 있기에 내 꿈을 접을 수 없었고, 그래서 한 발 한 발 내일을 향한 걸음을 디뎠던 것이다. 백세시대가 더 이상 꿈이 아닌 현실로 다가왔다. "늦은 나이에 공부를 해서 무엇 할 것이냐?"고 물었던 이들은 지금 후회를 하고 있어야 한다. 백세시대는 이제 시작이다. 앞으로는 보다 원대하고 큰 꿈을 품는 사람들이 세상의 주인이 될 것이다.

프랑스 전 대통령 조르주 퐁피두는 다섯 가지를 할 줄 아는 사람이 되어야 한다고 하였다. 그 다섯 가지는 △구사하는 외국어 △즐길 줄 아는 스포츠 △다룰 줄 아는 악기 △누구에게 대접할 수 있는 요리 △약자를 도우며 살아갈 수 있는 봉사활동이다. 외국어를 할 줄 알아 여행을 즐기며 글로벌한 세상을 보고 느낄 줄 알아야 한다는 뜻으로 생각하고 싶다. 스포츠는 건강도 챙기면서 함께 어울릴 수 있는 여유를 가지라는 의미로 들린다. 요리는 초대하여 나누는 배려의 마음을 갖추라는 뜻으로 읽힌다. 악기는 마음의 수련이자 남과 어울릴 수 있는 공동체의 삶을 살라는 주문으로 들린다. 봉사활동은 도우며 더불어 살아가는 삶을 주문한 것으로 보인다. 이 모든 것이 중류층 이상의 삶을 살아가는 데 진정 필요한 것들이라는 데 공감한다.

2007년 5월 18일 아침 출근 중 발생한 교통사고로 인해 큰 시련을 겪었다. 8시간의 수술과 6개월을 목 깁스라는 고통스러운 시간을 보냈다. 이 고통의 시간에도 나는 많은 것을 배웠다. 세상이 모두 나를 위한 교육장소라는 사실을 알게 되었다. 세상의 어떤 치료법도 세월을 이길 수는 없다. 8시간이 소요되는 수술을 단숨에 할 수도 없거니와 6개월이 걸리는 깁스 치료를 어떤 방법으로도 앞당길 수는 없지 않은가. 세상엔 시간만이 해결해 주는 일들이 너무도 많다. 그것을 알지만 대부분의 사람들은 조급함에서 헤어나지 못한다. 반년 동안의 불편한 깁스 치료를 받으며 세월이 주는 교훈을 온몸으로 체득하였다.

퇴직 후 안정된 생활과 즐겁고 일하는 행복한 노후를 위해 월 500만 원의 수입을 올려야 한다고 생각했다. 그 목표를 계획하여 부동산 재테크를 시작했다. 10년 동안 1년에 하나씩 오피스텔과 작은 아파트를 전세를 끼고 사서 월세로 전환하는 방식의 재테크를 반복하였다. 목표한 대로 계획을 현실로 실현시켰다. 아들에게도 스스로 혼자 살 수 있는 재테크의 길을 일러 주었다. 계획된 삶을 살아갈 수 있도록 많은 대화를 통해 경제 개념을 심어 주고자 노력하였다. 경제활동을 접고도 노년을 편안하고 즐겁게 살고자 하는 꿈이 실현되고 있다. 이제 마음을 나눌 사람들과 더불어 배우고 봉사하는 삶을 살아가고자 한다.

## 나는 아직도 꿈꾼다, 그래서 존재한다

삶은 꿈을 실현시켜 나가는 과정이라고 할 수 있다. 누구나 실현 가능한 계획을 세우고, 계획 아래서 목표를 향하여 한 발 한 발 나아가다 보면 자아성취를 이룰 수 있다. 성공은 크고 원대한 것만은 아니라고 생각한다. 성공은 만족하는 삶을 살아가는 것이다. 실현할 수 있는 만큼의 목표를 잡고 그것을 성취해 나가는 하나하나의 과정이 행복한 삶이고 성공의 길이다. 성공을 멀고 큰 이야기로만 생각하고 실현할 구체적 계획을 세워 나가지 못하면 영영 성공과 행복은 나의 손에 잡히지 않을 수 있다. 꿈이 꿈으로 남아 있으면 행복도 성공도 아니다. 꿈이 실현되고 현실로 내 손에 잡힐 때 충만한 행복을 경험할 수 있다. 그것을 일찍 깨달았다는 것은 내게 더 없는 행운이었다.

요즘 나의 생활에서 중요한 키워드를 찾는다면 라이온스 활동, 청소년 선도, 급식 봉사, 탈북민 돕기 등이다. 이들 활동은 참여하는 매순간 나를 성숙시킨다. 나를 돌아보게 하고 겸손하게 만든다. 세상엔 남을 위해 살아가는 사람이 너무도 많다는 사실도 세삼 깨닫게 된다. 봉사가 주는 카타르시스를 경험한 이들은 봉사에 중독되는 경우가 많다고 한다. 이해할 수 없던 그 말도 내가 직접 봉사에 참여하며 조금씩 이해하게 되었다. 나는 아직도 꿈을 꾸고 있다. 아직도 우주로 항해하는 탐험가의 꿈을 접지 않고 살아가고 있다. 나는 꿈꾼다. 그래서 존재하고 있다. 영웅은 자기 자리에서 최선을 다하며 책임감 있는 삶을 살아가는 사람이라고 말하고 싶다. 참 행복하다. 세상은 김소이와 행복한 동행을 한다.

## 김소이

국제청소년교류연맹상임이사, 인성교육진흥원, 건국대학교미래지식원에서 갈등해결&셀프리더십지도자과정 운영. 서울사회복지대학원대학교(청소년교류전문지도자)주임교수. 서부지검청소년선도위원, 초·중·고등학교, 군대에서 생명존중, 학교폭력, 김소이 "행복동행"(행복이란, 갈등해결, 동행, 행복이란) 넓게 세계를 보라. 자유롭게 생각하라. 세계를 리드하라 강의. 각 기관, 관공서 등에서 시니어 강의, 심리상담, 사각지대에 있는 여학생들에게 생리대 나눔 봉사활동 등을 하고 있다. 이메일: soy2189@naver.com

# 환경전문가의 길, 은인을 만나다

김임순

## 환경에 눈 뜨며 열린, 다양한 길

대학에서 화학을 전공하고, 졸업을 앞두고 있었다. 지도교수님이 부르시더니 대학원을 권유하셨다. 화학을 전공했으니 연세대 환경관리학과에 진학하라는 것이다. 화학을 한 경우 응용분야인 환경을 공부하는 것이 필요한 시기라는 것이다. 그 당시 환경 분야는 아직 떠오르기 전이었다. 언니처럼 자상하게 말씀해 주시는 눈빛에서 진심이 느껴졌다. 대학원 합격통보를 받을 때까지도 나에게 새로운 길이 나타나리라고 생각하지 않았다. 보건대학원 환경관리과에서 산업보건을 전공하며 환경에 대해 눈이 뜨이기 시작했다.

박사과정에서는 환경영향평가제도를 중심으로 논문을 준비했다. 동시에 여러 대학에서 강의를 시작했다. 환경공학과, 환경보건과, 환경공업과 등에서 공중보건학, 환경보건, 환경영향평가 등을 강의했다. 환경영향평가제도 박사논문 1호라는 찬사에 이어, 광운대학교 전임교수발령이 거의 동시에 찾아왔다.

광운대학교의 상징은 '비마'이다. 날개 달린 말. 나도 날개를 달았다. 강의와 연구는 물론이고 여러 사회활동 기회가 주어졌다. 환경부와 한강유역환경청에서 환경영향평가와 사전환경성검토 활동을 했다. 경기도청에서는 도시계획위원회, 서울시 건설기술심의위원회, 보건복지부 활동 등 다양한 기회가 찾아왔다. 공저와 단독저서로 대학교재를 출간하고, 공무원 시험문제 출제 기회도 찾아왔다.

환경대학원 초기부터 주임교수로 재직하면서 340명 이상의 석사가 배출되었다. 직접 논문을 지도하거나 심사한 제자는 점점 늘어났다. 환경정책론, 환경생태론, 환경영향평가, 건강영향평가 등을 주로 강의했다. 학부에서는 생활 속의 과학, 환경문제의 융합적 이해 등을 강의했는데, 대학생들을 가르치는 것은 매우 효과가 빨랐다. 한 학기 강의가 끝나면, 가치관이 바뀌고 행동이 바뀌는 놀라운 현상을 경험하곤 했다. 입학사정관으로 위촉되어 자기소개서를 평가하고 면접관으로 활동한 것도 내겐 중요한 경험이었다.

교수로 임용된 다음 해에 지도교수인 유은아 교수님이 전화를 주셨다. 대학원을 추천해 주신 분이다. 올해 신입생 오리엔테이션에 참석하면 좋겠다고 권유하셨다. 수천 명의 제자를 가르쳤는데 듣고 따르는 학생은 많지 않았다며, 당신의 말을 따르고 성공한 제자라고 후배들에게 소개해 주셨다. 신입생들과 경험을 나누는 시간은 참으로 즐거웠다. 눈을 반짝이며 듣는 후배 신입생들, 소중한 시간이었다. 교수님은 진심으로 제자를 사랑하는 분이셨고, 나의 은인이다. 나도 닮고 싶었다.

## 코칭으로의 초대

광운대학교에는 교수학습센터가 있다. 교수의 성장을 위해 다양한 프로그램을 제공한다. 나는 신임교수를 위한 워크숍에 처음으로 참석했다. 참 의미있는 시간이었다. 이후에는 강의가 겹치지 않으면, 워크숍에 참석하여 새로운 세상을 만났다.

교수를 가르치는 교수학습센터는 급변하는 시대에 맞추어 새로운 기법을 배우고, 연구할 수 있게 지원한다. 강의를 위한 매체활용 워크숍을 중심으로 스토리텔링 프레젠테이션, 학습동기유발을 위한 액션러닝 전략 등 교수의 창의성을 깨우는 교육이 많았다. 밥파이크 교수의 창의적 교수법, 블랜디드 러닝 활성화를 위한 워크숍, 디자인 씽킹(Design Thinking)도 유익했다. TBL(Team Based Learning)과 문제중심학습(PBL)을 배우면서, 강의에 도입하기도 했다. 온라인강의 콘텐츠인 e-class 기반 강의도 적극 활용했다.

더 좋은 교육을 하기 위한 열정과 호기심은 나의 무기였다. 2011년 1월에 한국리더십센터에서 진행한 코치형 교수 양성을 위한 코칭클리닉(The Coaching Clinic Training Progrem) 프로그램에 참여했다. 코칭을 만난 것이다. 1년 후인 2012년 코칭역량강화를 위한 코칭 클리닉 심화과정(Creative Training Techniques)에 참가하게 되면서 다시 코칭을 접했다. 참 좋았지만, 해야 할 일에 밀려 시간 속에 묻히고 말았다.

2013년 6월 15일 코칭포럼에 초대받았다. 연구실이 같은 층에 있어서 가끔 뵙는 교수님이다. 이분도 나를 코치로 성장할 수 있게 기회를 주신 은인이다. 이번에는 이만의 환경부장관의 코칭 퍼포먼스이니, 환경전문가로서 꼭 참석하면 좋겠다고 하셨다. 한국정책방송(KTV) 환경부장관 편에 직접 패널로 출연한 인연이 있어 마음이 기울었다. 참석하기로 했다.

높은 천장의 화려한 크리스털이 빛을 발하는 연회장에는 활발한 에너지가 넘쳤다. 원탁테이블에는 70명 정도 도착해 있었다. 일식도시락으로 식사를 하고, 도산아카데미 CEO코칭포럼이 시작되었다. 대표의 인사말이 끝나고 코칭퍼포먼스가 이어졌다. 코칭은 탁월한 질문을 통해, 원하는 목표를 달성하고 성과를 얻는 과정이다. 심화코칭이 끝나고 플로어에서 질문을 받는 순간이었다. 손을 번쩍 들었다. 환경에 대한 신념과 가치는 그분의 삶에 어떤 의미가 있는지 묻고 싶었다. 3가지 질문은 의미가 있었다. 장관님은 질문을 정확히 인지하고, 명쾌한 답을 하셨고, 열기로 가득 찬 코칭포럼은 성황리에 끝났다. 나는 그날 코칭에 매료되었다.

새로운 세계와의 조우. 코칭을 만난 지 몇 년 후에, 묻어 두었던 싹이 나오는 순간이었다. 코치인증과정을 학습하고, 시험을 보았다. 드디어 코칭을 할 수 있는 자격을 갖추어 코치가 되었다. 코칭은 사람들을 격려하고 동기를 부여하여 성장하도록 하는 과정, 삶을 변화시키는 성장의 에너지 등으로 표현된다. 인간에게는 무한한 가능성이 있으며, 문제의 해답은 자신 안에 있다. 코치는 질문을 통해 함께 존재하면서, 잠재능력을 발견하여 해결방안을 찾게 만드는 역할을 한다. 라포 형성이 되면, 먼저 다루고 싶은 주제를 정한다. 현실상황과 장애요인을 자각하고 여러 가지 대안을 도출하게 된다. 최종적으로 대안을 선택하고 첫 행동을 결정하는 것이다. 그 과정에서 인정칭찬은 매우 중요하다.

## 생애재설계, 인생2막

교수지원과의 연락을 받았다. 전체교수회의에서 정년퇴임 인사를 하면 좋겠다는 내용이었다. 그러겠다고 대답을 하고, 선배교수님들은 어떤 인사를 했는지 기억을 더듬어 본다. 많은 경우, 대과없이 잘 끝났다는 표정과 인사말이었다. 나는 새로운 날이 시작된다는 메시지를 전하고 싶었다. 정년퇴임은 최선을 다해 잘 살았다는 것이며, 교수로서 자랑스럽게 졸업하는 것이며, 자유인이 되는 것이다. 인생후반전은 더 가치 있는 일을 하고 싶다는 이야기로 마무리했다.

평생교육원에서 사회교육을 해 달라는 제안을 받았다. 센터장은 서늘한 미인이다. 반듯한 이마에 고르고 하얀 이, 그늘 한 점 없는 맑은 웃음은 만날 때마다 기분이 좋아진다. "교수님 지난 학기에도 강의제안서 안 보내셨던데, 이번 학기에는 꼭 강의해 주세요." 하며 하얗게 웃었다. 몇 번째 부탁이었다. 회의를 마치고 돌아오는 길. 맞은편에서 걸어오는 센터장을 마주친 순간, 강의를 하게 될 거라는 느낌이 왔다. "이번 학기에는 강의해 주실 거죠, 어떤 콘텐츠로 하시겠어요?" 나는 대학생들과 진행했던 진로코칭이 가능하다고 말했다. 센터장은 배시시 웃으며 말했다. "생애설계 코칭하면 좋겠어요." 생애설계코칭? 나에게는 생소했다. 5060세대가 대량으로 은퇴하면서 정책적으로 지원하고 있다고 차분하게 설명해 주었다. 코칭에는 진로코칭 외에도 커리어 코칭, 학습코칭, 비즈니스 코칭, 시니어코칭 등 다양한 분야가 있으나, 기본스킬은 같다.

"좋아요, 생애설계코칭으로 강의할게요." 곧바로 대형서점으로 향했다. '생애설계'를 검색하니 다양한 책들이 있었다. 내용이 알찬 몇 권의 책을 샀다. 인터넷 자료, 저서, 관련자료 등을 찾아 강의안을 만들기 시작했다. 인생 2막, 100세시대, 재무설계, 비재무 설계, 전반전과 후반전 등. 처음 만나지만, 낯설지 않은 새로운 단어들이 나를 둘러쌌다. 점점 생애설계코칭에 빠져들었다. 새로운 것을 알아채기 시작한 것이다.

사회인이 되기 위해 30년 정도 준비한다. 성공적으로 사회에 진입하고 사회인으로 일하는 기간은 30~40년. 그리고 정년 이후, 또 다른 30년이 기다리고 있다. 인생후반전에 생애재설계가 필요한 이유이다.

40년 정도 직장생활을 한 경우 근로시간이 8만 시간이고, 은퇴 후 수면과 식사를 제외한 자유시간이 8만 시간이라는 자료를 보았다. 평생 일한 시간만큼 은퇴 후 자유시간이 주어진다는 것이다. 충격을 받았다. 전반전보다 더 성공적인 후반전이 준비되어야 한다는 것을 인지하게 된 것이다. 좀 더 자신에게 집중하고, 자신이 하고 싶은 일을 중심으로 새로운 선택을 해야 한다.

준비되지 않은 노후는 예상하지 못한 문제에 부딪친다. 대부분의 사람들은 급격하게 수입이 줄어든다. 경제적인 문제에 봉착하게 되는 것이다. 대인관계 단절에서 오는 정신적인 외로움의 문제도 있다. 신체적인 건강 문제도 준비되어야 한다. 사회적으로는 역할이 줄어들면서 삶의 목표를 잃을 수도 있다. 삶의 마지막이 아름다워야 한다는 자각이 생겼다.

생애설계 강의를 제안해 준 센터장도 은인이다. 나에게 새로운 세계를 열어 주었다. 김형석 교수님은『백년을 살아 보니』저서를 통해 3가지는 꼭 실천하라고 조언하신다. '즐겁고 행복한 일을 찾아라, 평생 공부하라, 평생 일하라.'

은퇴를 부정적으로 받아들이는 경우 어려움은 더 크다. 은퇴를 긍정적으로 받아들여야 한다. 해 보고 싶던 일에 도전할 수 있는 기회가 되기도 한다. 가족, 친구들과 여유 있게 더 즐거운 시간을 보낼 수도 있다. 건강한 식사와 규칙적인 운동으로 더 건강해질 수도 있다. 삶에서 더 가치 있는 일을 선택할 수 있는 계기가 되기도 한다. 자신을 성찰할 수 있는 여유도 생긴다. 중요한 것은 자신의 상황을 받아들이고 새로운 선택을 하는 것이다.

성숙한 삶의 지혜를 얻고 자신을 새롭게 알게 되는 시기이기도 하다. 은퇴는 자신이 성장할 수 있는 새로운 기회로 만들어야 한다. 성공적인 노화는 Positive Aging(긍정적 노화), Aging Well(건강하게 늙기), Vital Aging(활력 넘치는 노화)가 포함된다.

끊임없이 배우고 가르치는 선생님이 되는 게 어린 시절 꿈이었다. 배우고 가르치며, 선인들의 지혜를 깨닫는 것이다. 교직을 이수하고 교사자격증을 취득하고도 선생님이 되지 못했는데, 대학교수의 삶을 살게 된 것은 은인들 덕분이다. 참 감사하다. 나 또한 받은 것을 돌려줄 수 있기를 바란다.

코칭으로 후배 교수님들에게 생애재설계를 해 줄 수 있으면 좋겠다. 교수들은 전공영역이 있으니, 마음을 열면 가능할 것이다. 삶에서 만난 은인들께 감사드린다. 나 또한 누군가에게 고마운 사람이고 싶다. 평생 공부하고 평생 강의하는 선생님이 되고 싶어, 빅데이터 배우러 오늘도 길을 나선다.

## 김임순

한국여성환경정책포럼 대표, 도산아카데미 도산CEO코칭포럼이사. (주)글로빛 논문지도박사. 광운대학교 환경공학과 교수로, 교수학습센터 코칭프로그램을 접하고 코치자격을 취득했다. 광운대학교 입학사정관으로 위촉되고, 진로코칭을 진행했다. 보건학 박사로 건강코칭, 생애설계코칭, 환경보건코칭과 강의 등을 하고 있다. 환경부 사전환경성검토위원회 위원, 보건복지부 민원제도개선협의회 위원, 식품의약품안전처 유해오염물질분과 위원, 경기도 도시계획위원회 위원 등으로 활동했다. 학회활동으로는 한국환경영향평가학회 감사역임 이사, 대한환경·위해성보건과학회 부회장 활동을 하고 있다. 서울특별시 건설기술심의위원회 위원, 한국창직협회 이사로 활동 중이다. 이메일: imsoon99@hanmail.net

# 한낮의 등대

윤순옥

## 첫 페이지: 어린 시절

나의 부모님은 동갑내기로 같은 동네에서 살았다. 엄마가 16살이었던 어느 해 겨울, 몇 달만 지나면 정신대로 가야 하는 나이가 되었는데, 이를 피하고자 외할아버지께서 동네에서 알고 지내던 할아버지와 술자리에서 만나 바로 혼사를 결정했다. 남아선호사상이 가득했던 그 당시에, 종갓집의 셋째 딸로 태어난 나의 등장은 출발부터 환영받지 못했다. 할머니는 딸을 낳은 엄마에게 미역국조차 끓여 주지 않았다. 엄마는 새벽부터 밤늦게까지 일을 해야 했으므로 고모와 언니가 나를 돌봤다.

내가 두 살이 되던 어느 날 물놀이를 갔는데, 둘이서 정신없이 놀다가 그만 나를 잃어버렸다. 뒤늦게 이 사실을 발견한 고모는 한참만에야 강 아래쪽으로 둥둥 떠내려 가는 나를 발견했다고 하니, 하마터면 나는 이 세상에 태어나지도, 살아남지도 못할 뻔했다. 여자라고 차별받고 존재감 없이 살던 어린 시절은 참 지루하고 느리게 지나갔다. 가끔 삶이 힘들거나 살기 싫다는 생각이 들 때, 만약 엄마가 아버지와 결혼하지 않았더라면, 혹은 고모가 물에 떠내려가는 나를 찾지 못했더라면…… 하는 상상으로 지루함을 달랬다.

## 11페이지: 변화의 시작

초등학교 4학년 때 뜻밖의 전기가 찾아왔다. 실과시험 보는 날, '떡잎이 일주일이 되면 키가 몇 센티 자라는가?'라는 문제가 나왔는데 아무리 생각해도 답을 알 수가 없었다. 다른 것은 공부하지 않아도 적당히 풀 수가 있었는데, 이 문제만은 도저히 답을 생각해 낼 수가 없었다. 시험이 끝나자마자 책을 들추어 보니 문제의 답이 책에 그대로 있었다. 시험공부를 해야 한다는 것을 몰랐던 나에게 그것은 큰 발견이었다. 그때부터 공부를 하기 시작했고, 그러자 성적이 쑥쑥 올라갔다. 성적이 올라가니 친구들의 부러움의 대상이 되었을 뿐만 아니라, 선생님의 관심도 독차지하게 되어, 마치 내가 아주 중요한 사람이 된 것 같았다. 존재감 없던 나에게 드디어 존재감이란 게 생긴 것이다. 그때부터 공부에 대한 집착이 시작되었다.

관심과 부러움의 대상이 되면서 외면적으로는 존재감이 어느 정도 생긴 듯했으나, 내면적으로는 여전히 자존감이 낮았고 그래서 더 공부에 매달리게 되었다. 그 당시 나의 가장 큰 바람은 빨리 시간이 지나 어른이 되는 것이었다. 어른만 되면 자신감도 생기고 삶의 모든 문제가 다 해결될 것만 같았다. 문득 대학생 때 특이한 기쁨을 맛본 기억이 떠오른다. 누군가 나를 '아줌마'라고 불렀는데 굉장히 기분이 좋았던 것이다. '드디어 내가 어른이 되었구나!' 어른에 대한 나의 이런 바람은 성장에 대한 갈망으로 변해 갔다. 어릴 때는 단지 나이나 키, 경험과 지식이 커지는 성장을 바랐다면, 점점 삶의 지혜, 영성, 깨달음 등 다방면에서 성장을 갈망하는 것으로 변화되어 갔다.

## 45페이지: 코칭과의 첫 만남

내 삶의 모토는 '어제와 다른 오늘, 오늘과 다른 내일'이다. 성장에 대한 갈망이 낳은 모토랄 수 있겠다. 이는 자연스럽게 자기계발에 관심을 갖게 했고 마침내 내 삶의 전환점이 되는 씨앗을 만나는 데까지 이르게 했다. plus3h. com—온라인 자기계발게임, 2000년대 초반 신문광고를 통해 접하게 된 이름도 생소한 이것은 온라인게임을 통해 자기계발을 성취해 나가는 방식으로, 늘 성장을 꿈꿔 오던 내게 '유레카'를 외치게 했다.

이 사이트에서 활동하는 동안 많은 성장이 일어났다. 규칙적인 기상, 아침묵상, 시간관리, 독서, 운동, 성공일기, 용서와 칭찬이라는 7가지 습관을 실행하고 나서, 그날 밤 10시까지 습관 항목을 클릭하면 각 습관항목에 초록불이 켜지게 된다. 아침에 기상하자마자 로그인을 하면 기상에 초록불이 켜지고, 책 제목과 그날 읽은 책의 페이지 수, 그리고 한 줄 내용을 입력하면 독서항목의 초록불이 켜지게 되는 시스템이다. 7개의 초록불을 다 밝히게 되면 포인트가 부여된다. 이렇게 쌓인 포인트로 강의도 수강하고 책도 구입할 수 있었는데, 아직 스마트폰이 등장하기 전이라 재미있는 에피소드도 많았다.

그날 밤 10시까지 7개의 초록불을 다 켜기 위해서, 회사의 회식 중간에 몰래 빠져나와 PC방에서 초록불을 클릭해야만 할 때도 있었다. 단 몇 분의 짧은 일탈, 그것은 혼자만의 은밀한 '즐거움'을 주곤 했다. 자기계발에 게임을 접목한 이 방식은 지금은 일반화된 게이미피케이션의 시초라고 볼 수도 있다.

온라인게임 외에 오프라인모임으로 '플러스리더십코스'라는 프로그램도 있었는데, 매주 토요일 오후 3시간씩 10주간 운영되는 프로그램이었다. 10대부터 60대까지 다양한 사람들이 모여 각자의 자기계발활동을 나누고, 응원과 격려를 주고받는 가운데서 서로 벤치마킹하는 방식은 요즘의 그룹 코칭과 비슷하다고 할 수 있다. 현재 활동 중인 코치 분들 중에서는 이 사이트에서 함께하던 분들도 여러 분 계신다. 이것은 새벽 기상과 같은 좋은 습관을 지속함으로써 하루에 3시간을 플러스한다는 취지의 게임인데, 나의 경우,

아침 일찍 일어나 30분 달리기로 시작한 운동습관이 마라톤으로까지 발전해서 14번이나 완주하는 성취감도 맛보았다. 그러나 시간이 지나가도 뭔가 해소되지 않는 갈증은 여전히 계속되었다. '이렇게 자기계발해서, 그 다음은 뭐지?'라는 생각이 들기 시작한 것이다.

그 즈음에 모 리더십센터의 프로그램을 들으면서 코칭에 대한 정보를 알게 되었고, 2004년 '제1회 대한민국 코치대회'에 참가하게 되었다. 코치대회는 한국코치협회에서 코칭 문화의 발전과 보급, 또 코치 상호간의 학습과 정보교류를 통해 회원의 능력향상과 상호이익을 위한 목적으로 매년 개최하고 있다. 코치대회에서 코칭 강의를 듣고 나서, 코칭이야말로 자기계발이라는 구슬을 꿰어 주는 실이라는 것을 깨닫게 되었고, 지금까지 개발해 온 나의 구슬들을 하나하나 꿰어 아름다운 보석으로 만들어 보겠다는 꿈을 꾸게 되었다. 때마침 도입된 주 5일 근무제는 주말을 이용해 코칭을 공부할 수 있는 절호의 기회가 되었고, 꿈을 향한 디딤돌이 되었다. 직장에서는 더 이상 성장이나 비전을 찾지 못하던 나에게 코칭은 하나의 힐링이자 돌파구였다.

처음에는 코칭 대상자가 주로 'plus3h.com'이라는 온라인자기계발 사이트에서 만난 사람들이었는데, 자기계발과 성장에 대한 의지가 높은 사람들이 대부분이어서인지 코칭이 잘 풀려 나갔다. 마치 내가 코칭을 잘해서인 것만 같았다. 그러나 시간이 지나고 전문코치(KPC)가 되었는데도 자신감은커녕 코칭이 점점 더 어려워지기 시작했다. 학습과 코칭 실습이라는 두 날개가 균형을 이루어야 하는데, 자신감을 보완하고자 학습 노마드가 되어 과다하게 배움에만 치중하고 있었다. 배우는 것은 일단 쉽고, 시간을 헛되이 보내지 않았다는 위안을 주면서, 뭔가를 했다는 만족감 때문에 우선 선택하게 되는 것 같다. 거기다, 어려서부터 형성된 공부에 대한 집착도 한몫했을 것이다.

## 52페이지: 셀프이미지 발견과 삶의 변화

어느 워크숍에서의 일이다. 셀프이미지를 그림으로 그려 보라고 했는데 고심 끝에 등대를 그렸다. 어두운 밤, 바다 한가운데서 불을 밝혀 주는 등대가 없다면 배는 어떻게 될까? 갈 곳을 찾지 못하는 배의 이미지와, 삶에서 방향을 찾지 못하고 있는 사람들의 모습이 교차되면서, 등대야말로 나의 정체성을 가장 잘 설명해 주는 이미지라는 생각이 불현듯 들었다. 순간, 심장이 두근거리고 가슴이 설레기 시작했다.

하지만 그런 설렘도 잠시, 며칠이 지나자 한 가지 고민이 생기기 시작했다. 등대가 밤에는 바다를 밝혀 주지만, 낮에는 무엇을 하는가라는 생각이 들면서 갑자기 정체성의 혼란이 왔다. 반쪽 역할만 하는 등대라니, 반쪽짜리 정체성은 받아들일 수가 없었다. 며칠동안 등대의 정체성은 무엇일까를 찾는 고민에 휩싸였다. 그러다가 바다와 모래사장, 구름만 있는 바다풍경은 참 밋밋하다는 생각이 들면서, 등대야말로 바다의 풍경을 완성해 주는 화룡점정이라는 생각이 들었다. 등대는 존재 그 자체만으로도 가치 있는 것이라는 데까지 생각이 미치자, 나의 정체성도 곧바로 회복되기 시작했다. '나도 이 세상이라는 거대한 화폭에서 꼭 있어야 할 존재지. 그래, 나는 내 존재 자체만으로도 충분히 소중해.'

나 역시 등대와 같이 존재 그 자체만으로도 소중한 존재라는 걸 깨닫고 나서, 자신을 있는 그대로 온전히 수용하게 되었다. 그때서야 비로소 '있는 그대로의 존재 가치'를 깨닫게 된 것이다. 그 후, 삶에 많은 변화가 찾아왔다. 무엇보다 완벽주의에서 벗어나게 되었으며, 결과보다는 과정을, 속도보다는 여유를 중요하게 여기게 되었고, 작은 일상의 아름다움을 찾아내고 감사하는 태도를 가지게 되었다. 그러자 점차 삶의 행복도도 증가하기 시작했다.

사람은 누구나 인정받고 관심받기를 원하고 자신이 중요한 사람이라 여기고 싶어 한다. 고객이 가지고 있는 이슈가 아니라, 이슈를 가진 고객 자체에 온전히 집중하여, 존재 그 자체로 인정해 줄 때, 고객은 자기 삶을 활짝 꽃피우는 존재로서 살아가게 된다. 코치가 하는 일은 결국, 상대에게 관심을 갖고, 상대의 말을 경청하고, 있는 그대로의 존재 자체를 인정해 주는 것이다. 존재감 없던 내가, 존재감을 찾아가는 삶의 여정을 통해, 이제는 다른 사람들이 존재감을 찾을 수 있도록 돕는 일을 하고 있다.

코칭을 통해 스스로 성장하고 또 다른 사람의 성장을 도울 수 있게 된 것은, 존재감을 느끼지 못했던 나의 아픈 과거가 있었기에 가능한 일이었다. 나의 과거는 바꿀 수 없더라도, 과거에 대한 나의 관점은 바꿀 수 있는 것이다. 그러기에 과거에 연연하여 힘들게 살기 보다는, 현재 내가 내리는 결정이 나의 미래를 결정할 것이므로, 미래를 향해 열심히 살면 되는 것이다. 지금 이 순간, 내가 무엇을 하고, 어떤 선택을 하는지가, 내 삶과 미래를 결정하는 것이다. 자기변화는 이러한 생각에서부터 시작되는 것이라고 생각한다.

외부 모임에서 나 스스로를 '성장코치'라고 소개한다. 그러면 "아이들 키를 성장시키는 일을 하느냐" 혹은 "무슨 운동을 가르치는 코치냐"는 질문을 받곤 한다. 코치는 질문을 통해 사람들이 스스로 깨닫도록 하고, 더 좋은 자신으로 성장할 수 있도록 돕는 역할을 하는 사람이다. 그러기 위해서는 코치 자신이 끊임없는 공부와 성찰을 통해 스스로가 성장해 가는 평생학습자가 되어야 한다. 그 성장은 자신만을 위하는 것에서 끝나는 것이 아니라, 상대방이 존재감을 갖고, 자신을 사랑하며, 성장하도록 도와주는 것이기에, 그 의미와 가치가 크다. 성장코치는 저마다의 삶 속에서 '낮에 서 있는 등대'의 가치 재발견을 통해, 자기 정체성을 확립하여, 내면적 평안을 누리게 하는, 삶속의 나침반과 같은 존재라는 데 자긍심을 갖고 오늘도 성장을 향해 한 걸음 나아간다.

## 마지막 페이지: 성장으로 가는 중

이 책은 미래를 향해 열심히 살아가는 어느 순간에 끝날 것이다. 몇 페이지로 끝날지는 중요한 것이 아닐지도 모른다. 좀 더 염두에 두어야 하는 것은, 매 페이지마다, 진정으로 스스로를 인정하고, 사랑하면서 살아나가는 것이 아닐까. 미래는 결국 현재로 구성되니 말이다.

"모든 시련은 결국은 축복이 되기 마련이다" - 리처드 바흐

### 윤순옥

성장코치연구소 대표. 30여 년간 은행에서 근무하였고 일찍이 코칭에 입문하여 조직에서의 인간관계, 소통, 성과, 인생설계, 리더십에 관한 코칭을 해 오고 있다. 신한대학에서 코칭을 강의하였고 양성평등교육진흥원에서 여성리더 대상 소통리더십을 강의하였다. PCC, KPC로서 한국코치협회 코치인증심사위원 및 프로그램 심사위원으로 활동하며 바인그룹 임원코칭과 일반인 대상 라이프코칭을 하고 있다. 이메일: miryang57@gmail.com, 블로그: https://blog.naver.com/miryang60

# 남에게서 나에게로

이수미

## 현희 아줌마의 흰색 플레어스커트

가끔 생각이 난다. 그 당시 현희 아줌마는 한양대 영문과 4학년 재학 중이었다. 아빠의 친척여동생이어서 우리에게는 아줌마뻘이다. 아빠는 중학교 1학년, 3학년인 언니들에게만 초록빛깔의 기초영문법 책으로 과외를 시켜 줬다. 언니들이 너무나 부러웠다. 아빠는 내가 중학생이 되면 영어 과외를 받게 해 준다고 하셨다. 나는 그때 빨리 중학생이 되어서 현희 아줌마에게 영어 과외 받을 수 있기를 간절히 바랐다. 그러다가 내가 중학생이 되었고 어느 날 현희 아줌마는 어떤 아저씨를 데리고 우리 집에 인사를 왔다. 그 아저씨랑 결혼할 거라고 했다. 현희 아줌마는 결혼 후 아주 먼 곳으로 가게 되었고 현희 아줌마와의 영어 과외는 그렇게 물 건너갔다.

나는 커서 음악가가 되고 싶었다. 피아노학원은 큰언니만 다녔다. 엄마 아빠는 언니더러 잘 배워서 동생들을 가르쳐 주라고 했다. 큰언니는 얄밉게 1~5번까지의 손가락 번호와 악보에 적혀 있는 숫자의 의미만 설명하고 악보대로 치라고 했다. 나는 언니가 알려 준 손가락 번호와 악보번호를 왔다갔다 비교하면서 바이엘을 시작했고 그 후로도 같은 방법으로 체르니, 모차르트,

베토벤까지 독학으로 쳤다. 라디오에서 나오는 노래만 들으면 자동으로 오른손 멜로디, 왼손 반주까지 피아노로 칠 수 있었다. 나중에 그것이 절대음감이라는 것을 알았다.

초등학교 4학년 때 담임 선생님이셨던 이현재 선생님이 내가 초등학교 졸업할 때 예쁜 손글씨 엽서를 보내주셨다. 그 엽서에는 이렇게 적혀 있었다. "어엿한 음악가가 되어 다시 찾아올 날 기다려도 되겠지?"라고…… 나는 그 엽서를 수천 번은 읽고 또 읽으며 음악가의 꿈을 키워 갔다.

그러나 고등학교 3학년 초 만성후두염 진단을 받으면서 음악가의 꿈은 산산조각이 났다. 나는 그때 '이번 생은 망했다'고 생각했다. 꿈도 희망도 목표도 없이, 어쩔 수 없이 대입준비를 하게 되었다. 좌절감, 패배감, 초조함이 나를 열등감에 사로잡히게 만들었다. 다른 방법이 없다고 판단한 나는 울면서 대입준비를 했다. 나의 의지와 상관없이 영문과에 진학하게 되었다. 나는 지금도 우리 집 마루를 지나 건너 방으로 들어가는 흰색 플레어스커트를 입은 현희 아줌마의 모습이 선명하게 생각난다. 현희 아줌마의 흰색 플레어스커트는 나의 로망이 되었다. 그 결핍을 채우려는 나의 노력과 몸부림은 그 후로도 계속되었다.

## 오준이의 '악마의 유혹'

종종 질문을 받는다. '당신이 가장 잘하는 게 무엇이냐?'라고. 난 이런 질문을 받으면 서슴없이 '시험점수를 가장 잘 올려 준다'라고 자신 있게 대답하곤 했다. 실제로 나는 지역에서 알아 주는 족집게 영어선생이었다. 공교육과 사교육을 넘나들며 해마다 수능 예상문제를 적중해 냈다. 나에게 수업을 받으려면 6개월 이상 대기해야 할 때도 있었다. 광고를 한 번도 해 본 적이 없고 간판도 달지 않았다. 오픈하자마자 마감되었기 때문이다. 한두 번만 수업을 해 보면 누가 몇 점인지 다 맞출 수 있다. 이번 시험에서 몇 점을 맞을지도 오차 없이 맞출 때가 많다. 내가 오준이를 만난 건 그 때쯤이었다. 영어가 33점이라고 했다. 학교에서 친구들이 영어가 33점이라 삼맹이라고 놀린다고도 했다.

도와주고 싶었다. 오준이를 받아 주는 곳이 아무 곳도 없다는 말을 듣고 나는 오준이를 도와주고 싶은 맘이 들었다. 아니 도전해 보고 싶었다. 그때, 그러니까 10년 전 그날, 심마니가 산삼을 발견했을 때 '심봤다!'를 세 번 외치듯, 내가 자기주도학습의 기적을 발견하고 자기주도학습의 "심봤다!"를 외치지 않았다면 나도 여느 선생들처럼 오준이를 거절했을 것이다. 그 당시 세상이 변하고 교육이 변하고 입시가 변하고 모든 것이 빠른 속도로 변화할 것이라고 직감했다. 그리고 자기주도학습만이 살 길이라고 판단했다. 그때부터 나는 모험을 위험이 아닌 기적으로 만들기 시작했다. 33점 맞던 오준이는 정확히 한 달 뒤 87점이라는 점수를 받았다. 고2까지 그런 점수는 난생처음 받았다며 나에게 '악마의 유혹(카페라테)'을 사다 주었다. 지금도 시원하고도 달콤한 맛을 잊을 수 없다.

이 작업은 '동기'가 없이는 불가능하다. 그 전까지 오준이의 동기(이유)는 '혼날까 봐서'였다. 답지 베껴 온 걸 내가 알아차렸을 때 이유를 묻자 오준이는 "혼날까 봐서요……"라고 울먹거렸다. 그동안 숙제를 안 하면 엄마한테도 혼났고, 선생님께도 혼났다. 이번에도 나한테 혼날까 봐 답지를 베껴 왔다고 했다. 나는 절대로 혼내지 않을 테니 정직하자고 했다. 고개를 끄덕이는 오준에게 할 수 있는 만큼만 하자고 했다. 오준이의 동기가 '혼날까 봐서'에서 '할 수 있는 만큼'으로 바뀌었다.

## 사공이 많으면 배가 산으로 간다

지난주 대학동창 모임에 갔다. 자녀의 씀씀이가 커진 것을 어떻게 해결할지가 그날의 화제였다. 워킹맘이라 아이들 간식을 손수 챙겨 줄 수 없다. 엄마가 주는 용돈으로 간식을 사 먹기에는 부족해 보인다. 이것이 안쓰러운 아빠가 체크카드를 준다. 중학교 2학년 딸의 씀씀이가 커져 간다. 처음 맛있는 간식을 사 먹으라는 취지와는 다르게 쇼핑이나 유흥경비로 이어졌다. 다달이 결제금액이 점점 커져만 간다. 한도가 없는 체크카드를 중학생은 개념 없이 쓰고 있다. 이제 와서 카드를 다시 회수할지 아니면 다른 좋은 방법이 없을지 아빠는 고민이다.

영어 속담 중에 'Too many cooks spoil the broth.'라는 속담이 있다. '요리사가 많으면 스프를 망친다.'라는 뜻으로 '사공이 많으면 배가 산으로 간다.'는 우리말의 속담과 일맥상통한다. 나는 이 속담을 'Too much love spoil the children.'으로 바꿔 보았다. '절제 없는 무분별한 사랑이 아이를 망친다.'는 뜻이다. 내가 교육에서 가장 중요하게 생각하는 것은 다양성과 한계의 절충안이다. 즉, 다양한 도구와 방법으로 재미를 더하되 한계를 분명히 긋는 것이다. 말처럼 쉬운 작업은 아니다. 나는 2만 명의 코칭사례를 바탕으로 프로그램을 만들었고 이것을 모형으로 만들어서 적용시키고 있다. 자기 자신이 인생의 주인공이 되도록 놓아 주어야 한다. 문제해결의 방향과 주도권을 자기 자신이 가져야 한다.

이 문제의 핵심은 문제해결 방향과 주도권이 아빠에게 있다는 것이다. 아이에게 선택권을 주었다면 어땠을까? 아빠가 어떻게 도와주면 좋겠냐고 물었다면 어땠을까? 중학교 2학년 딸이 한도 없는 아빠의 체크카드를 내어 달라고 했을까? 우리는 모든 관계와 문제에서 스스로 선택하게 하되 리밋 (limit)을 분명히 할 필요가 있다.

워킹맘은 마음 한 편에 전업주부 엄마들처럼 아이들을 직접 돌보지 못하고 챙기지 못한다는 아쉬움을 갖고 있다. 가까운 미래에 첨단기술이 융합되어 혁신적인 변화가 일어나면서 우리는 절대적 시간부족이라는 한계에 부딪

히게 될 것이다. 많은 갈등을 하게 되고 무기력해질 수 있다. 그렇다고 집을 부수고 새로 지을 것인가? 집의 일부를 리모델링해야 한다. 빠른 변화의 시기에 집을 부수고 새로 지어야 한다면 얼마나 걱정되고 두렵고 시간과 에너지는 얼마나 많이 들까? 불가능한 일이다. 가능해도 낭비다.

벽지만 바꾸거나 집 안의 등을 갈거나 창문에 블라인드를 바꾸는 정도의 변화면 된다. 학교에서는 학교건물을 새로 짓는 것이 아니라 작은 교구를 활용한 재미요소를 도입할 수 있다. 사교육현장에서는 학습자 스스로 성취감과 자기효능감을 맛볼 수 있는 장을 마련해 줄 수 있다.

나에게 미래준비란 내가 오늘도 내 인생의 주인공이고 내일도 모레도 내 인생의 주인공이란 변함없는 진실, 그리고 그 진실의 고마움을 알도록 돕는 것이다. 나에게 미래준비란 각자 어떤 리모델링으로 무기력으로부터 탈피하고 스스로 동기부여할 수 있는지 진단하고 처방해 주는 일이다. 이러한 경험을 계속 쌓아 가는 것이다. 나의 작은 노력이 세상을 바꿀 수 있다는 희망으로 이러한 헌신과 노력은 계속될 것이다.

우리의 자녀를 위해서, 100년 후, 1,000년 후 인류를 위해서 내가 할 일은 사랑하되 리밋을 함께 계획하도록 돕는 것이다. 비행기가 이륙하면 점점 땅에서 멀어진다. 결국 땅에서는 거대한 빌딩이 점들로 보이다가 사라진다. 멀리 떨어져서 보면 가장 높은 점 하나에 지나지 않듯 한 사람의 인생도 긴 역사로 볼 때 점 하나에 지나지 않을 수 있다. 나는 과연 어떤 점을 찍을까? 모두를 알 필요는 없지만 변화 속에서 우리가 할 수 있는 것! 고쳐 쓰기 위해 리밋을 분명히 하자! 나는 제대로 된 줄긋기 작업에 일조하고 싶은 일인이다.

### 무민이의 리밋(limit)

5년 뒤 나에게 '가장 잘 하는 게 무엇이냐?'고 묻는다면 나는 최고의 동기부여가다'라고 자신 있게 대답할 것이다. '사람은 고쳐 쓰지 못한다'는 말을 종종 듣는다. 자기합리화다. '맞아 고쳐서 못 써'라고 맞장구치는 속마음에는 "내 잘못이 아니야"라는 핑계가 숨어 있다. 어떻게 해서든지 다른 이유를 찾아낸다. 타인주도의 교육에 익숙해진 우리는 내 탓은 없고 남 탓하기에 익숙하다. 나 자신의 공부와 일에서조차 "엄마가 하지 말라고 해서……" "선생님이 하지 말라고 해서……" "과장님이 하란 말 안 해서……"라고 한다. 설마 하지 말라고 했을까?

불확실한 미래가 의미하는 것은 무엇일까? 무엇을 준비해야 할까?

자기주도력이다. 동기도 자기주도력에서 나온다. 타인주도의 삶을 살게 되면 수동적이고 돌발상황에 대처하는 능력이 떨어진다. 타인주도이기 때문에 문제가 생기면 내 탓이 아니다. 피해의식이 생길 수 있고 불평불만이 생긴다. 자녀교육의 책임을 부모 자신보다 학교선생님 탓, 학원선생님 탓, 과외선생님 탓으로 돌리는 분위기가 만연해 있다. 무엇이 가치 있을지 모르는 상황에서 물질적인 보상만을 바라보며 나를 헌신하기에는 불안불안하다. 나 자신에게 투자를 해야 한다. 무인도에서 살아남을 수 있는 자생능력을 키워야 한다.

공부는 하기 싫지만 좋은 성적은 받고 싶다
운동은 하기 싫지만 살은 빼고 싶다
일은 하기 싫지만 돈은 많았으면 좋겠다
청소는 하기 싫지만 깨끗한 환경이면 좋겠다
기타는 치고 싶지만 연습은 하기 싫다

엄청나게 빠른 속도로 변화하는 4차산업혁명시대에는 위와 같은 현상이 점점 더 늘어난다. 이러한 무기력에 어떤 해답을 제시할 수 있을까? 대충 살 수 없는 '무민' 세대는 '대충 살자'에 위로받는다. 무민 세대란 없을 무(無)에 의미하다의 민(mean)을 합친 신조어다. 남들이 보기에 무의미한 일들 속에서 행복을 찾는 사람들을 가리킨다. 경쟁 사회의 회의감에서 벗어나기 위해 현실에 지친 사람들을 위로한다. '무민'에서는 느낌만 있을 뿐 창의가 빠져 있다. 요즘 트렌드 키워드인 소확행만으로 행복해질 수 있을까? 소비만으로는 자신의 정체성을 찾을 수 없다. 그렇다면 무기력으로부터 어떻게 탈출할까?

타고난 재능을 갈고닦아 강점으로 만들고 그 강점을 발휘하여 사회에 가치 있는 일을 함으로써 생기는 자기효능감을 갖는 것이다. 이 두 가지를 통합하는 것이다. 두 가지는 뗄래야 뗄 수 없다는 것을 알아야 한다. 50점에게 한 달 만에 100점을 맞으라고 할 수 없다. 현재 연봉 1,000만 원인 사람에게 갑자기 내년에는 연봉 1억을 벌라고 할 수 없는 것과 같다. 딱 10점만 올리자! 그러기 위해서 무엇을 감수할 것인지 리밋을 정하도록 하자. 무민 세대는 하기 싫은 걸 시키니까 억지로 혹은 혼날까 봐 해 왔다. 그래서 무기력하다.

이들이 언제까지 남 탓만 하게 둘 것인가? 무기력한 채로 방치할 것인가? 자기 자신이 진짜로 원하는 게 무엇인지 알고 내가 먼저 다가가야 한다. 나는 나의 고객들이 자신이 좋아하는 것을 발견하고 목표와 역경의 리밋을 정하고 도전하도록 돕고 있고 앞으로도 도울 것이다. 무엇을 원하는지, 그것을 위해서 무엇을 감내해야 하는지 동기부여하기 위해 부단히 노력 중이다. 다양성과 리밋의 통합이 우리가 겪고 있는 불안감과 무기력을 상당부분 해결해 줄 것이라고 나는 믿는다. 그렇지 않으면 우리가 사는 이 세상은 머지않아 로봇(AI)에 의해 점거될지도 모르기 때문이다.

**이수미**

(주)이수미학습코칭 대표이사. (사)한국코칭학회 상임이사. (사)한국강사협회 상임이사로 20여 년간 진로학습코칭을 해왔다. 연세대 학습코칭 전문가과정 책임교수로 활동했으며, 대한민국 명강사 경진대회에서 대상을 수상했다. (주)휴넷 자기주도학습법, 건국대학교 글로컬캠퍼스 Learning Channel 강사, '이수미tv'의 유튜버로 활동하고 있다. 저서로 『강사트렌드코리아 2019』『자기주도학습개론』『입이 뻥 뚫리는 영어 35』외 다수. 이메일: debbieee@naver.com, 인스타그램: isumi938

# 인생을 걷다

이영실

## 걷기에 반하다

'올레길 걷기', '둘레길 걷기', '트레킹' 등이 유행하며 걷기 열풍이 한창이지만, 나는 걷는 것을 그다지 좋아하지 않았다. 운전이 습관이 된 나는 짧은 거리도 되도록 차를 타고 이동했다. 그랬던 내가 산책을 즐기고 동네를 돌면서 사색을 하고 걷기의 매력을 제대로 맛보고 있다. 요즘 나는 시간을 내어 일상에서 걷기가 주는 소소한 행복을 누리고 있다. 걷기를 통해 인생에 대한 통찰을 얻고 평범한 일상이 주는 평안함을 깨닫기 시작했다.

대단한 순례자의 길을 걷거나 건강을 위한 운동 목적이 아닌 '일상 속의 걷기'를 발견하고 있다. 말하자면 나는 지금의 나에게 맞는 걷기를 재발견하고 있는 중이다. 걷기를 통해 나의 몸과 내면의 소리를 들으면서, 생각이 정리되고 난생 처음으로 걷기가 주는 안정감을 느낄 수 있었다. 걷기는 삶의 자세와 방향을 세우는 유익함이 있다. 특별한 기술이나 장비 없이 몸과 마음, 시간과 공간만 있으면 쉽게 걸을 수 있다. 걷기가 주는 느림의 미학은 점점 더 나를 매료시킨다.

일찍이 사람들은 걷기가 철학적 행위이자 정신적 경험이라고 하였다. 고

대 철학자들도 걷기에서 철학의 해답을 찾았었다. 니체와 같은 철학자들은 고통의 순간에 오로지 걷고 또 걸었다고 한다. 칸트도 매일 시간을 정해서 걸었다. 철학자들은 느리게 걷고 깊이 사유하며 인생을 자유롭게 통찰하고자 하였다. 그러나 무조건 걷는다고 해서 우리의 생각과 사유가 풍부해지는 것은 아닐 것이다. 걷고 사색하며 삶이 풍요로워지기 위해서는 무엇이 필요할까?

걷기는 몸과 마음의 커뮤니케이션을 통해 사유로 연결된다. 도저히 풀릴 것 같지 않은 복잡한 문제도 걷다 보면 해답을 얻을 수 있다. 또한, 화를 다스리거나 마음을 진정시키기 위해서도 걷기를 활용할 수 있다. 걸으면서 지나온 과정을 돌아보고, 현재를 점검하면서, 앞으로의 삶을 조망할 수 있다. 걷기는 사람이나 현상에 대한 주관적인 관점을 객관적인 관점으로 바라볼 수 있도록 시야를 확장시켜 준다. 몸을 움직이고 주변의 자극을 받아들이면서, 삶을 환기시킬 수도 있다.

나는 운동의 필요성과 중요성은 익히 알고 있었지만, 건강을 위해서 혹은 다른 목적으로도 운동에 시간을 투자하지는 않았다. 그러나 멘탈코치로서 운동선수들을 코칭하기 시작하면서 그들을 진심으로 돕고 싶었다. 신체의 움직임을 활용하여 성과를 내고, 몸을 단련하는 그들의 삶과 노력을 직접경험을 통해 조금이라도 이해하고 싶었다. 운동선수가 느끼는 몸의 감각을 통해 전해지는 마음의 변화와 생각들을 알고 싶었다. 지금까지 내가 그들을 머리와 가슴으로 이해하였다면, 이제는 몸의 움직임을 통해서 경험하여 그들이 느끼는 몸과 마음의 감각을 아주 조금이라도 진심으로 이해하고 싶었다.

멘탈코치로서 나는 그들의 삶을 진심으로 응원한다. 그들이 현역에서 이루고자 하는 목표뿐만 아니라, 각자가 귀중한 한 존재로서 살아갈 수 있기를 기도하며 그들을 응원한다. 나는 일반인에게 조금은 생소한 멘탈코치라는 직업으로 일하고 있다. 멘탈과 코칭을 연구하고 있으며 특히, 스포츠 선수들과 일반인들의 마음을 코칭하고 있다. 현재는 스포츠 지도자를 위한 멘탈코칭 프로그램을 연구하면서 멘탈 전문가로도 활동하고 있다. 멘탈코치로서 다양한 연령, 직종, 가치관을 품고 살아가는 사람들을 만나게 된다. 누군가는 나와의 만남에서 삶의 유레카를 발견하였다고 하고, 삶을 되돌아보며 자신의 생각을 정리하면서 위로를 받고 용기를 얻는 기회가 되었다고 한다.

그러나 정작 나도 내 인생의 중요한 순간 앞에서는 불안감과 두려움이 밀려온다. 나의 불안이나 긴장감을 감지한 사람들은 별 생각 없이 이렇게 말을 건넨다.

"멘탈코치 아니세요? 멘탈코치신데 본인의 멘탈 관리를 잘 하셔야죠."

솔직하게 말하면 이런 말을 들을 때 너무나도 창피하고 부끄럽다. 그러다 보니 섣불리 누군가에게 나의 답답함을 토로할 수 없을 때도 있다.

박사학위 취득을 위해 멘탈코칭과 관련된 논문을 쓰면서 수많은 생각들이 떠올랐다가 사라졌다가를 반복하였다. 마음 한구석은 늘 답답했고, 무엇을 해야 할지 어떻게 써야 할지 아무것도 생각나지 않았다. 논문이 막바지를 향해 가고 있을 무렵, 말로 표현할 수 없을 만큼 심장이 조여 오고 불안한 마음으로 아무것도 할 수 없을 때도 많았다. 심지어 내가 지금 무엇을 위해 이것을 하고 있는지도 몰랐다. 아무것도 알 수 없었던 나는 그날부터 그냥, 걷기 시작했다.

이런저런 생각을 하기도 하고 때로는 아무런 생각을 하지 않으며 그냥 걸었다. '인생이란 길을 걷는 것과 같다'라는 생각이 들었다. 우리는 인생의 길에서 다양한 사람을 만나고 다양한 상황을 마주하기도 한다. 운명처럼 예견된 만남도 있었고, 스쳐 지나가는 만남도 있었으며, 유익한 만남도 있었고, 씁쓸한 만남도 있었다.

인생의 길에서 만나는 모든 사람들은 나에게 삶을 가르쳐 주는 안내자였다. 모든 안내자들이 내 편은 아니었으며, 모두가 나에게 긍정적인 영향을 준 것은 아니다. 하지만, 어떤 이들은 말로는 다 표현 못할 정도의 좋은 영향으로 인생의 값진 선물을 주었고, 어떤 이들은 아픈 기억의 상처를 남겨 주기도 하였다. 그러나 이들은 모두 나의 성장에 도움을 준 고마운 사람들이다. 그들은 모두 어떤 면에서 나에게 인생의 교훈을 가르쳐 준 삶의 안내자였다. 걷다 보니 답답했던 마음은 온데간데없이 사라졌다.

나에게 걷기란? 나의 모습을 발견하고, 알아차리고, 부끄러워하기도 하고, 진실로 원하는 것을 깨닫는 과정이다. 일상을 새로운 눈으로 바라볼 수 있도록 깨달음을 주기도 한다. 내가 걸을 수 있다는 것이 너무나도 감사하다.

## 일상을 걷다

인생을 긴 여정이라고 본다면 나는 지금 인생의 절반 즈음을 걸어왔다. 걷는 동안 많은 사람들을 만났다. 코치로 일하면서 이전보다 더 다양한 사람들을 만나고 있다. 함께 걸어가는 인생의 길목마다 만난 사람들은 자신의 소중한 인생 이야기를 나에게 들려 주었다. 나는 편견 없이 그들의 이야기에 집중을 하고 그들의 이야기 속으로 빠져들어 같이 울고 웃었다. 나는 들어 주기만 했을 뿐인데, 그들은 자신의 길을 너무나도 잘 찾아간다. 자기 안에 있는 지혜로운 자신과 만난다. 그들의 답은 자신 안에 있는 것이다. 나는 그들이 답을 찾아갈 수 있도록 존중하는 마음으로 그 시간에 함께한다. 그들이 지금까지 삶의 여정을 잘 걸어왔으며, 앞으로 걸어갈 그 길을 진심으로 믿고 응원한다.

걷기는 내면의 소리에 온전하게 집중하도록 도움을 준다. 멘탈코치로서 '어떻게 들어 주면 좋을까?'에 대한 힌트도 발견하도록 도와준다. 걷기는 복잡한 생각이 심플하게 정리되도록 안정감을 준다. 나의 걷기는 일상의 소소한 행복이면서 동시에 사고의 성장을 가져다 주었다. 나의 몸과 마음은 전보다 더 튼튼해지고 있었으며, 나를 둘러싼 세상과 내면을 오롯이 바라볼 수 있는 통찰의 기회가 되었다. 걸으면서 나는 내가 살아온 삶과 살아가야 할 삶, 이루고 싶은 목표, 앞으로 걸어가야 할 길을 인생의 로드맵으로 그려 본다.

나는 걸으면서 나의 인생을 천천히 되돌아보았다. 내 기억이 나를 데려갈 수 있는 어린 시절의 흐릿한 기억부터 차근차근 나의 삶을 따라가 보았다. 한 걸음 한 걸음 삶을 되짚어 보았다. 그리고 그 시절 내가 느꼈던 감정, 사고, 의도와 마주하였다. 과거의 나 자신과 대화도 나누었다. 내가 나를 위로하고 격려도 해 주었다.

나와의 대화를 마친 후, 현재 걷고 있는 주위로 나의 시선을 돌렸다. 되돌아보니, 목표를 분명하게 정해놓고 걸었던 길도 있었고, 아무런 목표도 없이 그냥 걸었던 길도 있었다. 그 길에는 성공도 실패도 있었다. 꿈을 이루기도 했고, 꿈이 좌절되기도 했다. 10대에는 학생으로, 20대에는 증권회사의 직장인으로, 30대에는 전업주부로, 40대에는 코치로 인생의 길을 걷고 있다. 앞으로 50대, 60대, 그리고 그 이후에 나는 또 어떤 모습으로 인생의 길을 걷고 있을까?

걷기는 나의 삶을 되돌아볼 수 있는 '여유'라는 선물을 주었다. 내비게이션을 검색하면서 조금이라도 빨리 도착할 수 있는 효율성을 중시하던 내가 이제는 여유롭고 편안한 마음으로 걸을 수 있다는 것이 인생의 가운데 지점에서 발견한 너무나도 값진 선물이 되었다. 목표에 조금이라도 일찍 도달하기 위해서 힘겨워하는 내가 아니라, 그 길을 가는 과정에 충실한 삶을 살고 싶다. 하는 일에 치여서 나를 돌아보지 못하고 사는 것보다, 조금은 늦더라도 나만의 보폭으로 한 걸음씩 걸을 때 더욱 의미 있게 살 수 있음을 깨달은 것이다.

## 걷고, 느끼고, 들으며

걷기가 일상이 된 요즘의 나는 그동안 삶의 속도가 너무나도 분주하여 내 삶에 숨어 있는 소소한 행복을 놓칠 수 있다는 것을 깨달았다. 그래서 모든 순간 나의 삶에 숨어 있는 특별한 의미들을 온전히 누릴 수 있도록 점점 속도를 줄이려고 한다. 그리고 계속 걷고 느끼고 들으면서 살아갈 것이다. 때로는 혼자서도 걷고, 함께 걸으면서 나에게 맡겨 주신 그 길을 산책하는 마음으로 천천히 걸을 것이다.

짧지 않은 인생의 길에서 설레는 봄, 열정적인 여름, 탐스러운 가을, 혹독한 겨울을 여러 해 지나왔다. 어느 해든지 간에 내 인생에 찾아 왔던 바람과 비와 햇살, 이 모든 것들은 그 자체로 내 인생의 자양분이 되었다. 홀로 걸어가는 길에서 느꼈던 두려움과 외로움도 있었고, 함께 걸어가면서 맛보았던 즐거움과 행복감도 있었다.

걸어온 길을 뒤돌아보니 '언제 이만큼이나 걸어왔지?'라는 생각이 들며 내가 대견스럽다.

나는 인생의 후배들에게 이렇게 말해 주고 싶다.

언젠가 삶을 되돌아보았을 때,

'그것을 해 볼 걸……'

'그것은 하지 말 걸……'

이라고 후회하지 않도록 마음껏 해 보고 싶은 일은 도전해 보라고.

그리고 먼 훗날 자신의 인생을 되돌아볼 기회가 왔을 때, 자신을 질책하거나 크게 후회할 일만 만들지 않았으면 좋겠다고.

나는 이제 조금 더 덤덤하게 걸으면서 단호하고 객관적인 자세로 나 자신을 바라보기로 했다.

그리고 가장 높은 차원의 나, 최선의 나를 성취하는 데 기여하지 않는 모든 것들을 내려놓는 연습을 시작하고 있다. 그분이 나에게 주신 따뜻함과 성실함, 현실을 비교적 잘 수용하는 나의 강점을 발휘하고, 반면에 나의 취약점인 꾸역꾸역 참는 것, 쉽사리 변하지 않는 은근히 센 고집을 내려놓는 연습도 하고 있다. 나의 삶의 참된 주인이신 그분과 함께 걸으면서 나의 강점과 약점, 행동 패턴들을 조금씩 비추어 본다.

이제 나는 나를 최대한 객관적으로 평가하되 열심히 살아온 나를 비난하지는 않으려고 한다. 지금까지 지나온 길들은 나의 성장을 위한 기회가 되었다고 간절한 마음으로 감사의 기도를 하면서 나는 오늘도 걷는다.

## 이영실

멘탈코칭센터 대표코치, KPC, PCC, 교육학박사. (사)한국심리코칭협회 자문위원. 2018년 평창동계 올림픽 은메달리스트 여자 컬링팀과 2018년 아시안게임 금메달리스트 볼링선수의 멘탈코치로 활동하였다. 현재는 국가대표 및 프로 선수와 지도자를 위한 멘탈코칭 프로그램을 연구하고 운영하고 있으며, 선수와 팀을 대상으로 1:1 코칭과 그룹코칭을 하고 있다. 이메일: inoleeys@naver.com

# 생존, 그 이상의 의미

전창표

## 나는 어떻게 한 직장에서 오랫동안 버텼나

대부분 사람들은 젊은 시절을 직장, 혹은 개인 사업을 하며 지낸다. 나도 대학 졸업 후 시작한 직장생활이 어느덧 28년의 세월이 흘렀다. 한 차례 이직 이후, 현재의 직장에서 25년째 근무하고 있다. 그야말로 청장년의 시간을 온전히 바친 셈이다.

가끔 후배들이 묻곤 한다. 어떻게 그 오랜 세월 동안 한 직장에서 일할 수 있는가?

요즘처럼 이직이 잦고 평생직장이라는 개념이 퇴색한 시류에 견주자면, 나의 모습이 낯설게 비춰질 만도 하리라. 대체로 부러움 섞인 물음이다. 한편 씁쓸한 단정이 담겨 있기도 하다. 현실에 지나치게 안주한 탓일 거라는 단정 말이다.

한 조직에 오래 몸담는 것은 결코 만만치 않다. 생존, 그 이상의 의미를 담고 있다. 즉 조직에서 요구하는 자질과 능력을 인정받았다는 방증이다. 조직의 안녕과 발전에 기여해 왔고, 위기와 갈등 속에서 돌파구를 찾기 위해 몸부림친 결과이다. 그러므로 25년의 세월은 나의 긍지요, 자랑이다. 그 비결은 무엇인가. 나는 서슴없이 세 가지를 꼽곤 한다. 첫째, 최선을 다한 노력. 둘째, 참고 기다리는 인내. 셋째, 변화에의 적응이 그것이다.

## 노력에 대한 나의 경험을 나누다

현재 외국계 기업의 부사장으로 근무하고 있다. 입사 초기를 돌아보면, 자질이 특출 났거나 업무 능력이 탁월하지도 않았다. 오히려 외국계 기업의 입장에선 부적격자에 가까웠다. 일례로 당시 부끄럽게도 영어를 한 마디도 제대로 구사하지 못했다. 제출한 영문이력서는 미비했고, 짧은 경력 역시 딱히 회사가 요구하는 바와 거리가 멀었다. 회사에 열정을 바치겠다는 남다른 각오조차 없었다. 그럼에도 불구하고 입사 관문을 통과했다.

인생은 때로 알 수 없는 누군가의 도움으로 길이 활짝 열리기도 한다. 나의 경우가 그러했다. 입사 실무를 맡고 있던 분이 바로 그 누군가였다. 그분은 나의 영문이력서를 직접 수정, 교정하여 다시 제출하도록 도왔다. 영국인 CEO와의 인터뷰까지 동석해 통역으로 합격을 거들었다.

첫 출근을 하며 각오한 바가 있었다. 최선을 다해 노력하자. 이유는 분명했다. 나를 믿고 도와준 그분의 기대를 가슴 깊이 새긴 까닭이었다. 기대에 부응할 수 있는 직장인으로 성장하고 싶었다. 그때부터 영어공부를 위한 도전과 고난의 대장정이 시작되었다.

새벽 회화반, 주말 영어번역반, 작문반, 일대일 개인교습, 전화영어, 심지어 숙식을 겸한 특별 영어교육반 등등 엄청난 시간과 비용을 투자하며 영어공부에 매진했다. 특히 영어회화가 크게 향상된 계기는 외국인 CEO의 업무 파트너로 4년간 매일 두세 시간씩 일대일로 업무를 처리하던 기간이었다. 인사부서장으로서 외국인상사, 그리고 수많은 외국의 동료들과 이메일을 주고받으며 영어작문도 급격히 성장했다. 지금은 맡겨진 업무를 처리할 수 있는, 불편하지 않는 수준에 이르렀다. 그러나 여전히 도전과제로 삼고 노력 중이다.

목표를 이루기 위해선 당연히 노력이 필요하다. 자명한 이치로, 대부분 자신의 분야에서 전력을 다해 노력한다. 하지만 모두 소원한 목표를 이루진 못한다. 노력이 부족해서가 아니다. 노력을 지속할 수 있는 동력의 차이 때문이다. 결국 지속력이 핵심이다.

지속력의 원천은 무엇인가. 관점의 문제이다. 직장생활을 통해 목격한 바에 따르면 오로지 나에게만 초점에 맞춘 노력은 머지않아 한계에 맞닥뜨린다. 누군가에게 선한 영향력을 미칠 수 있다는 확신이 지속력을 이끌어 낸다. 내가 입사 후 지금까지 긴 세월 지속적으로 노력할 수 있었던 힘은 무엇보다 가슴에 아로새겨진 그분의 영향이었다. 그분처럼 누군가를 위한 브릿지 빌더가 되고 싶었기 때문이다.

## 두 번째 키워드는 인내

삶의 여정 속에는 어려움, 고통, 절망의 돌부리가 도사리고 있다. 때로는 용케 피해 가기도 하고, 때로는 걸려 넘어져 다시는 일어설 수 없다는 느낌에 사로잡히기도 한다. 직장생활에서의 돌부리는 다양하다. 업무에서 비롯된 오해, 동료와의 소통, 승진을 둘러싼 갈등, 상사의 무리한 요구 등등. 직장이라는 특수한 상황에서 곧장 맞부딪혀 해결하기에는 한계가 있다. 이때 발휘해야 될 것이 인내이다. 기다릴 줄 알아야 한다. 이 또한 지나가리라는 믿음의 인내가 필요하다.

그렇다고 무작정, 대책 없이 인내하자는 의미는 아니다. 미래에 대한 소망을 껴안지 못한 인내는 무모한 버팀에 불과하기 때문이다. 헛된 수고일 따름이다. 꿈이 있어야 인내할 수 있다. 꿈을 간직한 인내만이 자기 성장을 이른다.

꿈은 저절로 손에 잡히는 선물이 아니다. 먼저 꿈의 밑그림을 그릴 줄 알아야 한다. 밑그림에 덧칠할 기회를 놓치지 말아야 한다. 나는 그 기회를 배움에서 찾았다. 아는 만큼 보인다고 하였던가. 아는 만큼 성장할 수 있었고, 꿈을 향한 구체적 계획을 세울 수 있었다.

"어둠 속에 빛이 동그랗게 비쳐진 면적이 클수록, 그 환한 부분을 둘러싼 어두운 경계선의 길이도 늘어난다."

영국의 철학자요 신학자인 프리스틀리의 말이다. 동의한다. 지식이 쌓일수록 무지함도, 다시 말해 알고픈 지적 호기심도 확장된다. 호기심은 삶의 활력소이다. 호기심이 사라진 순간 삶은 무기력의 나락으로 떨어지고 만다. 살아가는 것이 아니라 살아지는 인생을 따름이다. 직장생활에서도 마찬가지다. 꿈이 있어야 오늘의 시련을 인내할 힘을 얻고, 결국 이겨 낼 수 있다. 과연 그렇다. 인내키 위해선 꿈이 있어야 한다. 또한 꿈을 위해선 끊임없이 배우고 익히겠다는 결단과 각오가 필요하다.

## 변화와 적응을 향한 자세가 긴요하다

회사공동체는 살아 있는 유기체에 가깝다. 생존과 발전을 위해 끊임없이 요동친다. 25년간 10명의 CEO 및 상사 곁에서 일해 왔다. 리더가 바뀔 때마다 변화를 꾀하려는 다양한 시도가 뒤따랐다. 회사의 비즈니스 포토폴리오가 변했다. 회사의 정책도 여러 차례 수정되었다. 전략과 집중하는 분야가 달라졌고, 조직의 재정비도 늘 진행되었다.

대체로 올곧은 방향을 좇는 변화였지만 때로는 어긋난 시도 또한 있었다. 방향이 어느 쪽이든, 조직 구성원으로서 변화와 맞닥뜨리는 것은 결코 만만치 않았다. 업무 하중이 지나치게 무겁게 느껴지곤 했다. 종종 감당치 힘든 시련도 있었다.

그동안 변화에 발맞추지 못하고 경우를 목격해 왔다. 아예 직장을 떠나는 동료들이 있었다. 불만에 가득 찬 상태에서 우격다짐 업무에 임하는 이들도 적지 않았다. 이유는 분명했다. 변화를 단순히 개인의 득실 차원으로 이해한 탓이었다. 적응하려는 노력보다 거부하려는 자세를 앞세운 때문이었다. 변화에 걸맞은 태도를 갖추지 못한 점 역시 간과할 수 없었다.

나는 그동안 숱한 변화의 소용돌이를 헤쳐 나왔다. 때로는 견뎌야 할 순간도 있었다. 그러나 돌이켜 보면 대체로 변화의 순간을 즐기며 누려 왔다. 그렇다. 견딤이 아니라 누림이었다. 변화를 긍정적으로 받아들이려 애썼기에 가능했다.

변화는 발전을 겨냥한 기대이자 분투이다. 변화는 현실의 한계를 뛰어넘을 대안을 새롭게 모색하려는 결단이다. 변화는 나와 조직 안에서 최고의 것을 찾아 내려는 몸부림이다.

그러므로 무작정 거부하고 저항할 일이 아니다. 오히려 먼저 갖춰야 할 덕목이 있다. 바로, 적응이다. 적응을 거친 다음 비로소 적절한 대책을 모색해야 한다. 나는 이러한 원칙과 기준으로 변화에 적응해 왔다. 가혹한 경쟁의 틈바구니에서 자신의 위상을 지켜온 이유였던 셈이다.

원칙과 기준 없이 변화에 적응한다면, 상명하달의 굴종에 가깝다. 변화를 통해 아무런 의미와 가치를 찾지 못하게 된다. 원칙과 기준이 선명할 때, 변화에 대한 시각이 달라진다. 변화를 즐길 수 있고, 변화 속에서 가치와 의미를 찾을 수 있다.

## 감사일기로 만들어 가는 행복한 공동체

그러나 나 역시 변화에 적응치 못했던 적이 있었다. 직장에서의 성공에 도

취되었던 시기였다. 그간 최선을 다해 왔다는 이유로 변화와 도전을 멈췄다. 내일을 기대하는 대신 오늘에 안주했다. 결국 현재 상태에 매몰되어 일상적 업무 속에서 은퇴만을 바라보았다.

어느 교육 프로그램에 참석했다. '배움이 멈추면 꿈도 멈춘다.' 꾸벅꾸벅 졸고 있던 내 어깨를 내려친 죽비 같은 경구였다. 스스로를 돌아보았다. 변화는 배움으로부터 시작될진대, 스스로 그 기회를 저버리고 있었다. 통렬한 깨달음이었다. 나는 그날 이후 배움을 변화의 기회로 삼았다. 마치 릴레이 주자처럼 코칭, 에니어그램, 감사경영, 버크만 등등의 배움 바통을 이어가고 있다.

감사경영, 특히 하루에 다섯 가지 감사한 일을 기록하는 감사일기는 놀라운 변화를 이끌어 주었다. 행복이 나로부터 비롯된다는 점, 행복의 근간이 감사라는 사실을 실감하였다. 어느덧 감사일기는 나에게는 빼놓을 수 없는 소중한 일과가 되었다. 감사일기가 나를 넘어 가족으로 전파되길 기대한다. 나아가 내가 속한 조직으로까지 들불처럼 번져 결국 행복한 공동체가 되기를 소망하고 있다.

나는 조직 내에서 개인의 성장 덕목으로 노력, 인내, 적응을 꼽았다. 더불어 공동체의 의미를 짚어 보려 한다. 앞서 밝혔듯이 나의 현재는 누군가의 도움에 힘입은 바 크다. 그 때문이었을까, 직장생활을 하면서 줄곧 누군가를 위해 디딤돌이 되고 싶었다. 도움이 필요한 이들에게 좋은 영향력을 미치기를 애써 왔고, 세상을 향한 선한 꿈을 꿔 왔다. 이러한 바람은 결국 공동체에 대한 인식을 변모시켰다. 나아가 삶의 태도 역시 긍정적인 방향으로 이끌어 왔다고 믿는다.

내일은 오늘보다 분명 나아질 것이라는 믿음으로 우리는 살아야 할 것이다. 미래의 비전은 내가 속한 조직과 내가 살고 있는 사회공동체에 행복을 더해 가는 역할을 하여 향상되고 발전된 행복이 가득한 조직과 사회공동체를 만들어 가는 것이다.

조동화 시인의 시를 들어 내 마음을 옮겨 본다.

나 하나 꽃피어
풀밭이 달라지겠느냐고
말하지 말아라
네가 꽃피고 나도 꽃피면
결국 풀밭이 온통
꽃밭이 되는 것 아니겠느냐

## 전창표

헨켈코리아(유) 인사부문 부사장. 국내 회사의 인사, 총무팀을 거쳐 현재의 헨켈코리아에서 25년간 인사부문에서 근무하며 채용, 인재개발, 조직관리 등 인사 관련 전문가로서의 현장 경력을 지니고 있다. 사내 다양성 부서의 아시아 지역 대표를 역임하며 여성인력의 계발과 사회적 역할 증대에 관심을 갖고 도움을 주는 활동에 참여하고 있다. 코칭에 관심을 가지고 코칭을 통한 인재개발과 조직관리의 실현을 추구하고자 한다. 임직원의 행복한 직장생활을 돕기 위해 '행복나눔125'를 접하고 '행복경영사'의 자격취득 과정을 수료, '감사를 통한 행복경영'의 전사적 도입을 계획 중에 있다. 이메일: chris.chun@henkel.com

# 미래를 여는 Key

## 넷

새 천년의 날이 밝았으니

나의 미래와 나라의 미래를 준비할 때입니다.

창의와 민첩성이 뛰어난 한민족이 새로운 정신으로

참문화를 창조하여 역사의 전면에 나서야 할 때입니다.

이 새로운 정신은 미래창조정신이며

바르고 겸손하고 절제하고 살며

합리적 창의적 진취적으로 나가며

정성과 혼신의 힘을 다하여 제대로 일하며

# 섬기고 포용하고
# 더불어 화합하는

정신을 말합니다.

# 삶의 기적은 어디에서 올까

권영애

축복 blessing은 프랑스어 blesser과 어원이 같다. 축복을 셀 때 상처를 빼고 세지 말아야 한다.

-『좋은지 나쁜지 누가 아는가?』류시화, p.41

초등교사 근무 7년 차, 운동회 연습 중 장난친 한 아이를 앞으로 나오게 해 체벌했다. 두려운 아이는 피하려다 허리를 맞았고, 다음 날 병원에 입원했다. 학교를 발칵 뒤집은 이 사건은 무엇보다 나름 좋은 선생으로 산다고 믿었던 나의 자존감을 무너뜨렸다. 교사로서의 내적 동기는 무너졌고, 급기야 '이 직업이 하루하루 너무 힘들다'고 친구에게 털어놓고, 목 놓아 울었다. 방학이 되자마자 친구는 나를 걱정하며 5박 6일 프로그램에 꼭 가야 한다고 나를 안내했다.

나중에 알고 보니 게슈탈트 요법의 집단상담이었다. 한 여자 분의 고통 이야기에 모두 손 잡고, 안아 주고 울어 줄 때 나는 눈물이 나지 않았다. '잘못한 사람이 왜 위로를 받으려 하지? 참 나!' '우는 사람들은 뭐야?' 내 이야기는 풀어 놓지도 못했고 불편한 맘으로 집에 왔다. 그 후 며칠 간 잠이 오지 않았다. '이 사람들이 이상한 건가? 왜 나만 안 울지?' 이런저런 고민이 이어졌다.

내가 이상한 사람이 아니라는 답을 얻고 싶었다.

그렇게 시작된 '나 공부', MBTI, PET, NLP, 에니어그램, 미술치료, 비폭력대화, 감정코칭, 최면치료, 마음챙김 등을 만나며 내 안의 나를 만났다. 열등감도 많고, 아픔도 많고, 친밀감에 대한 두려움 등 그동안 보지 않았던 나를 만났다. 그림자를 품고 동시에 빛을 품은 나였다. 내 삶의 전환, 내 인생의 축복은 가장 잊고 싶은 사건, '체벌 입원'이라는 상처 보자기에 싸여 다가왔다.

공부 잘해 실패 없이 대학을 가고, 또 곧바로 발령을 받다 보니 그 '잘하는 모습의 나'를 나로 알았다. 실패하는 나에 대한 수치심, 두려움을 직면하지 않았으니 실수한 사람의 마음을 진심으로 이해하고 공감할 수 없었다. 몇 년의 심리학 '나 공부'로 만난 이들을 통해 삶에 대한 깊은 통찰이 왔다. 엄마 없이 사는 한 아이, 중학생이 되어 손목을 긋고 죽으려다 다시 일어날 수 있었던 건, 한 사람이 되어 주신 담임 선생님 때문이었다는 한 청소년상담사의 고백을 들었을 때 나는 펑펑 눈물이 났다. 청소년을 살리는 일을 하시는 그분의 삶이 얼마나 빛나게 느껴졌는지…… 내가 매일 만나는, 고통을 겪는 아이들의 삶이 그대로 가슴으로 느껴졌다. 사람의 삶은 누구나 고통의 총량이 있고, 그걸 지나며 큰 성장을 한다는 통찰은 내 교육철학을 바꾸었다.

할머니가 키우는 아이의 무기력한 눈빛, 오랜 병으로 아이를 돌보지 못하는 엄마를 둔 산만한 한 아이를 볼 때 내 해석은 달라졌다. '사랑받아야 할 나이에……, 저 어린 것이 벌써 고통의 총량을 받았구나. 아홉 살짜리가 한 사람이 있어야 건너갈 텐데……' 나를 힘들게 하는 골칫덩어리, 문제아는 피울 꽃을 품은 한 존재로 느껴졌다. 호랑이 학부모가 언제 교무실로 들이닥칠지, 또 아이들이 서로 싸우고 난리를 피울까 봐 3월 첫날부터 아이들을 엄격하게 몰아가던 나를 바꿔 놓았다.

'1년 동안 가장 마음이 아픈 아이 5명을 안아 주자.' '그 아이가 자기 꽃을 피우기도 전, 꽃을 꺾어 버리지 않게 내가 단 한 사람이 되어 주자.' '20년간

100명 아이 꽃을 살리는 꽃샘이 되자.' 학교를 떠나고 싶을 정도로 마음이 루저가 되었던 나는 꽃샘으로 다시 일어났다.

## 어떤 순간에도 루저는 없다

몇 년 후, 내 인생도 쓰나미 같은 고통의 강을 만났다. 건강하던 남동생은 갑자기 위암으로 하늘나라로 갔다. 1년 후, 친정아버지의 음주 뺑소니 교통사고, 아버지는 뇌병변 장애로 식물인간이 되셨고 충격으로 친정어머니까지 쓰러지셨다. 함께 고통을 헤쳐 나가던 남편마저 큰 사업 실패로 쓰러진 후, 신도시 요지에 있던 몇 개의 건물들이 경매로 넘어가고, 10여 년을 넓은 집에서 입주아주머니가 해 주는 밥을 먹고 살던 내 삶은 투룸으로 추락했다.

지독한 쓰나미가 내 인생에 몰아쳐 피할 새도 없이, 강물이 목까지 차올라 죽을 것 같던 그 강을 건너며 나는 울었다. '생명, 재산, 건강…… 소중한 것들도 이렇게 쉽게 떠날 수 있구나, 우수수 낙엽처럼 모두 부서져 내린 이 혹독한 삶의 겨울, 나는 어떻게 살아야 하나?' 아침에 일어나면 하루가 너무 힘들어 죽음을 상상하던 그 해, 나는 새 학교, 5학년 담임으로 전근을 갔다. 나도 힘든 상황인데 엎친 데 덮친 격으로 나에게 온 한 아이 서훈이는 심각한 정서장애 아이였다. 평균 10점 대 성적, 4년 내내 학년 꼴찌로 알려져 아이들에게 왕따 당해 온 아이는 모기만 한 목소리에 눈을 마주치지 못할 만큼 기가 죽어 있었다. '사필귀정은 없구나. 이제 꽃샘이고 뭐고 다 필요 없어! 그래도 꽃샘으로 살았는데……모든 것을 빼앗아간 하나님, 이제 나에게 꽃샘은 없어, 나도 힘든데 다 의미 없어.' 나는 아이는 고사하고, 받아들일 수 없는 내 삶에 절규했고 그 아이도 외면했다.

3, 4월을 절규하며 보낸 내 삶에 어느 날 그 아이 눈물이 보였다. 세상의 루저라 느낀 내가 그동안 보지 못한 한 어린 루저 아이의 눈빛이었다. 어느 순

간 그 눈빛은 뜨거운 눈물이 되어 내 가슴 얼음 속에 웅크리고 있던 빛을 끌어냈다. '언제 죽을지 모르는 나, 그래도 저 아이 하나만큼은 살리고 싶다.' 그게 시작이었다. 눈 맞춤부터 시작한 아이와의 연결, 한 마디 대화로부터, 놀이까지…… 내가 할 수 있었던 건 정성뿐이었다. 아이는 2학기 첫 중간고사에서 평균 70점이 넘었다. 너무나 기뻐서 아이를 업고 교실을 한 바퀴 돌고, 반 아이들과 피자파티를 했다.

이 소식을 들은 한 선생님이 찾아와 더 심각한 전교 꼴지, 전따 아이가 4학년에 있다고 알려 주셨다. 나는 두려웠지만 이 일이 기적인지, 우연인지 궁금했다. 그 아이를 한 번 더 맡게 해 달라고 하나님께 기도했다. 기도는 응답을 받았고, 4년 간 전교 꼴찌, 전따로 외롭게 지내던 경진이를 만났다. 첫날 아이들이 대놓고 비난하는 데도 아무 반응이 없던 경진이를 살리기 위해 부모님을 불렀다. 내 눈에는 아이가 죽어 가고 있는데 부모님은 경진이 상태를 이해하지 못하셨다. "아버님, 하루하루 죽어 가는 아이를 보는 게 너무 힘들어요. 내 아들도 아닌데 왜 이렇게 눈물이 나는지 모르겠어요."라며 눈이 퉁퉁 붓도록 울었다.

그 해 가을 서훈이처럼 경진이도 친구관계가 회복되고 성적도 70점을 맞게 되었다. 2년 연속 기적이 일어난 거였다. 그 해에 아이들과 헤어지는 마지막 날, 서로에게 편지를 쓰는 시간에 나는 한 아이로부터 '우주최고 선생님상'을 받았다.

"위 선생님은 초능력을 발휘해 모든 선생님이 포기할 만한 아이를 성장시키셨고……"

'초능력을 발휘해' 그 대목에서 내 눈물샘이 터졌다. 인생 쓰나미 강을 건너온 시간 속 나만 아는 피와 땀, 눈물의 순간이 스쳐 지나갔다. 눈물이 멈추지 않아 나는 그냥 펑펑 울었다. 아이들이 앞으로 나와 눈물을 닦아 주고, 나를 안아 주었다. "나도 우리 선생님, 상장 줄 거야." 그날 나는 서로 다른 '우주최고 선생님 상'을 30명에게 받았다. 상장을 본 같은 학년 선생님들도 울고 가족들도 울었다. 나는 그날 딸에게 말했다. "딸, 엄마가 하늘나라 가는 날, 이 상장을 엄마랑 꼭 함께 묻어 줘."

나는 이 세상에 와서 마지막 순간에 왜 이 상장을 가져가고 싶었을까? 나는 '쓰나미 강'이라는 상처 주머니에 담긴 축복을 만나 내 존재의 답을 찾았다.

인생의 가장 어두운 순간, 불어난 강물이 목까지 찬 그때 내 몸 하나 건너기 힘든 순간, 내 어깨에 올라타 있던 어린 생명들, 전교 꼴찌, 전따, 왕따로 힘든 아이들과 나는 그 강을 건넜고 함께 살아 나왔다. 내 자신이 더 많이 배우고, 더 빛나고, 안정되었을 때가 아니라 배움을 다 내려놓고, 가장 어둡고, 가장 불안정한 그 순간에 더 어려움 많은 아이들을 품어 준 늘 꿈꾸던 '진짜 꽃샘'이 되었다. 신은 그 강물에 가려진 두 생명을 보내, 그 아이들을 살리게 하며 나를 살렸다고 믿는다.

나는 자본주의 세상에서 '루저'가 되었지만, 어떤 순간에도 내 존재의 힘은 '루저'가 아니라는 것을 가슴 깊이 깨달았다. 그 생각을 하면 내 영혼이 울린다. 가슴 벅찬 뜨거움이 올라온다. 나는 사랑의 빛을 품은 '상처 입은 치유자, 운디드 힐러(wounded healer)'로 다시 태어났다. '교실마녀' 별명이 '사랑천사'로 바뀌며, 오랜 시간 어린 영혼들을 사랑할 수 있었다. '어떤 어둠의 순간에도 나는 원래 사랑의 빛을 가진 존재였구나.'라는 내 존재의 힘을 믿게 되었다.

## 삶의 기적은 어디에서 만들어질까?

교육부 출장에 동행한 한 교사가 헤어지며 "부임 후 5년간 배운 연수들보다 오늘 선생님과 나눈 대화로 제 교육철학이 바뀌었어요. 후배들 위해 꼭 책 써 주세요."라고 했다. 이후 비슷한 이야기를 계속 듣다 보니 글쓰기에 두려움이 많던 내가 용기 내 15쪽의 원고를 완성할 수 있었다. 하지만 예상과 달리 동료들에게 보여 주니 "너무 비현실적인 교육이야기라, 오히려 왕따 되겠다."라는 말에 나는 바로 15쪽 원고를 던져 버렸다.

1년이 지나고 그 일이 잊혀질 즈음 어느 비 오는 날 퇴근하는데 한 선생님께 전화가 왔다. 15년차 특수교사인 선생님은 "선생님, 책 포기하셨단 말 들었어요. 저는 연구회에서 선생님 만날 때마다 위로와 용기를 얻었어요. 장애아를 가르치는 저 같은 특수교사들을 위해 포기한 책 꼭 좀 써 주세요."

생각해 보겠다고 전화를 끊고 났는데. 가슴에서 뜨거운 뭔가가 올라왔다. 나는 용기를 냈고, 다짐했다. '책이 얼마나 팔린다고, 왕따 좀 당하면 어때, 특수교사 10명에게라도 힘을 주면 1,000명 장애 가진 아이들을 안아 주는 건데.' 그래서 용기를 내어 15쪽 원고를 300군데 출판사에 보냈다. 15쪽뿐이었는데 반응은 예상 밖이었다. 40군데 이상 폭발적으로 출간 희망, 또 놀라웠던 것은 "책이 얼마가 팔리든 이런 책을 만들고 싶었다." "100년 갈 책을 만들고 싶었는데 이 책이다." "내가 돈 버는 이유는 이런 책을 만들기 위해서다."라는 출판사 측의 반응이었다.

정말 나는 자본주의 세상에 이런 분들이 있다는 것에 놀랐다. 또 다른 기적의 서막이었다. 나오자마자 왕따는 당하지 않을까, 1쇄나 팔릴까 했던 한 무명교사의 책에게 세상은 뜨거운 눈물로 반응했다. 수많은 신문들과 'KBS 강연 100도씨', '생방송 토요일입니다' '생방송 정보쇼' '라디오 전국일주' SBS '한수진이 만난 사람' 등 방송에 출연했다. 나를 살린 고마운 아이들에게 5백만 원 이상 인세를 기부할 수 있게 해달라고 기도했는데, 곧 15쇄가 넘는 베스트셀러가 되었고, 기적은 이어졌다. 경제적으로 무너졌던 가장 고통스런 순간, 나는 7천만 원이라는 인세 전부를 고통 받는 어린 영혼들의 수술비, 주거비, 교육비로 기부할 수 있었다.

2016년 가을, 나를 찾아와 설득하는 교원연수원 담당자가 있었다. TV에

출연하며 변화된 일상에 부담이 컸던 나는 교원연수원 온라인 강의제작 요청을 단호히 거절했다. 강의 경험도 없는 내가 6개월은 걸린다는 교원직무연수 30강 개발은 불가능 그 자체였다. 같은 동료를 대상으로 한 강의이기에 더 부담이 되어 전혀 하고 싶지 않았다. 그런데 저작권 울타리가 명확한 한국버츄프로젝트 김영경 대표님의 답은 의외였다. "아이들을 살려 오신 선생님, 우리는 처음으로 선생님이 교사를 살리도록 버츄프로젝트 연수제작을 허락합니다." 나는 가슴이 뜨거워졌고, 눈물만 하염없이 흘렀다.

'내가 이걸 꼭 해야 된다는 신의 뜻인가?' 막막했다. 막다른 인생길, 어디로 가야 할지, 어떤 선택을 해야 할지 막막한 순간 나는 나에게 늘 물었었다. "내 인생이 6개월만 남아 있다면 어떤 선택을 할까?" '3개월은 가족과, 3개월은 위대한 존재, 교사 가슴에 원래 있는 사랑에너지를 깨우고 가고 싶다.'고 내 영혼이 답했다. 나는 '강의를 잘 못해도 괜찮다. 교사 1,000명에게 내 인생에서 만난 사랑에너지의 힘을 전하면 된다.' 가족, 동료들이 시간도, 경험도 없으니 쉽지 않다고 말렸지만, 나는 10일 만에 버츄프로젝트를 한국적 정서에 맞게 재해석한 30강 교안 100여 쪽을 개발했고, PPT 600장을 만들었다. 하루 8시간씩 나흘간 촬영까지 총 14일 동안 거의 밤을 새우며 지냈다. 하루만 밤을 새도 힘들어하는 내가 평소 같은 컨디션을 유지하는 불가사의한 체험을 했고, 또 다시 기적은 시작되었다.

전국교원직무연수로 론칭된 30강 온라인 강의는 올라가자마자 160개 강의 중 1위를 했다. 이후 약 3년이나 교사 추천 1순위 연수가 되었다. 담당자도 연수원 사상 전무후무한 후기를 읽고 또 읽는다고 감격해 울고, 나도 교사들의 뜨거운 전환, 변화 스토리에 울었다. 그리고 수만 명 교사들이 강의를 듣고 "30년 교육철학이 바뀌었다." "내 인생 최고의 전환" "사랑을 믿게 되었고, 근원적 변화가 일어났다."고 고백했다. 내 인생에서 만난 최고의 기적, 사랑에너지를 깨울 수 있는 한 존재에 대한 확신이다.

기적은 진행 중이다. 두 번째 책도 1년 만에 15쇄가 넘는 폭발적 반응이었다. 수많은 이들이 '내 안의 사랑에너지를 만나고 삶의 패러다임이 전환되었다'고 고백했다. 가슴이 뛰었지만, 학교 근무하며, 쏟아지는 강의, 상담, 집필, 논문연구, 프로그램개발 등 내 발등에 떨어진 일이 너무 많아졌다. 가슴 뛰는 일을 선별해 정성을 쏟아야 행복하기에, 느리고 심플한 삶이 필요했다. 나는 고민했다. 하지만 안정된 교직을 버리고, 학교 밖으로 나와 가슴 뛰는 일을 하는 것을 단 한 사람도 찬성하지 않았다. 나는 2017년 1년간 무급휴직을 하며, 나의 속도로 살아 보았다. 연봉은 학교 다닐 때보다 줄었지만, 가슴은 더 뛰고 행복했다. 교실에서 10년간 300명 아이를 살리는 것을 넘어, 더 많은 아이들을 살릴 리더, 교육전문가, 교사, 부모의 존재가 회복되는 사랑에너지를 깨우는 게 기뻤다. 모두의 만류 속에서 나는 2018년 2월 학교라는 안전지대에서 사랑에너지 하나 가슴에 품고, 세상 밖으로 나왔다.

## 내 인생, 내 존재의 답을 찾다

현재 나는 어린 영혼을 안아 주는 교사로 살아온 23년의 시간을 넘어, 수많은 리더, 코치, 교육자, 부모 등 더 많은 이들이 자기 안의 힘, 사랑에너지를 깨우도록 마음치유 및 성장에 함께 하는 삶을 살고 있다. 학교에서 나오던 2018년 1월, 재능기부로 오랫동안 가슴에 품었던 사랑에너지를 깨운 1004명의 교사 리더들을 양성하는 '사랑천사교사리더학교'를 열었다. 나는 천사 0호였다.

1학년 50명, 2학년 30명, 총 80명의 사랑천사교사리더가 탄생했다. 내 인생의 학교에서 나는 또 다른 기적을 꿈꾸고 있다. 소진된 교사, 부모, 청소년들을 살리는 교육 및 캠프를 열 것이고, 마음치유, 마음성장의 기적을 지속적으로 만들어 갈 것이다. 벌써, 사랑 넘치는 우리 학교 천사선생님들과 초록

우산 소외아동에 기부한 금액이 약 2,500만 원이다. 1년에 5명, 20년 100명 아이를 살리겠다는 꽃샘 비전은 1년에 20,000명, 5년간 100,000명의 사랑에 너지를 깨운 교육리더로 확장되었다. 현재 저서, 온라인연수, 오프라인 강의로 10만 명이 넘는 분들께 사랑에너지를 전했다.

어느 날, 제주, 이@리의 민박집 방송을 보면서 '저렇게 숲이 우거진 자연 속에 사랑에너지를 깨울 마음코칭센터가 있으면 얼마나 좋을까?' 그 소망을 다이어리에 적고 기도한 지 3개월 만에 또 기적을 만났다. 기다리는 교사들을 만나러 간 첫 제주 강의, 다음 날 한 교사가 자신의 소중한 땅 2,000평을 마음코칭센터 건립부지로 기부의사를 밝혔다. 그분은 그 땅을 사람을 살리는 일에 쓰고 싶은 소망이 이전부터 있었는데, 나의 강의를 들은 후 바로 확신이 왔다고 했다. 앞으로 제주 마음코칭센터에서도 수많은 이들이 치유, 성장을 경험하고 사랑에너지를 깨울 것이다.

2년 전 나를 설득해 30강 온라인강의를 기획한 PD님이 2019년 7월 다시 나를 찾아오셨다. 3년의 육아휴직을 앞두고 마지막 온라인강의 제작을 나와 하고 싶다 하셨다. 예정된 대학원 연구일정상 강의제작 시간이 전혀 없기에 거절했지만 교육자를 사랑하는 그분의 진심, 진정성이 결국 내 마음을 움직였다. 공부도 논문도 다 사람을 살리려 하는 것, 마음 아픈 교육자들 먼저 안아 주기로 결정했다. 결국 2019년 7월, 나는 3주 만에 심리치유프로세스, '마음코트'를 개발해, 30강 촬영을 마쳤다. 12월 오픈 예정이다. 어제 그녀는 나를 또 울렸다. "2달을 편집하느라 거의 매일 밤샘작업을 했는데 이상하게 힘들지 않았어요." "선생님 만난 게 제 인생 최고의 기적이에요." "사랑이 기적임을 믿게 되었어요."

삶의 기적은 어디에서 올까? 한 존재의 실존, 가장 강렬한 힘, 사랑에너지 회복에서 온다. 내 안에 사랑에너지가 흘러 넘쳐서 하는 일은 언제나 가슴이 뛴다. 그 일은 예상치 않은 순간 사랑의 존재들이 나타나 나를 돕는 등, 너무 쉽게 기적이 되었다. 나를 만난 수많은 이들이 사랑에너지를 회복함으로, 무너졌던 관계가 회복되었다고 눈물을 흘렸다. 또 지금 하는 일에서 삶의 의미와 소명을 찾았다고 고백할 때, 나는 전율했고, 사람만이 가진 가장 큰 힘, 사랑에너지의 기적을 느꼈다. 나는 수많은 이들의 삶에 기적을 만드는 마음교육전문가로 매일 가슴 뛰는 삶을 살게 되었다. 수많은 상처주머니에 담겨 온 축복을 만나, 나는 내 인생, 내 존재의 가슴 뛰는 답을 찾았다.

### 권영애

사람&사랑연구소(주) 소장, (사)한국버츄프로젝트 이사, 바인그룹(주) 교육이사, 버츄천사리더학교 대표, 전 초등교사, 가천대학교 교육심리상담 박사수료. EQ, 버츄프로젝트, 자존감향상, 마음치유프로그램 개발로 교육부장관상 4회, 전국현장연구대회 푸른기장상, 행복한교육실천상을 수상했다. 마음교육전문가로 KBS '강연 100도씨' '생방송 토요일입니다' '김홍성정보쇼' '라디오전국일주' SBS '한수진이 만난 사람' 등에 출연했다. 아이스크림원격교육연수원 '버츄프로젝트 30강' '자존감을 살리는 마음충전 30강'을 개발했으며, 저서로『그 아이만의 단 한 사람』『버츄프로젝트 수업』이 있다. 이메일: jjayy@naver.com, 블로그: https://blog.naver.com/jjayy, 블로그: https://blog.naver.com/jjayy, 페북: https://www.facebook.com/happyssam, 인스타: https://www.instagram.com/55happymentor

# 부모 자격증 시대를 기다리며

## 무지하고 어리석었던 부모

사회는 급변해 가고 있고 삶은 점점 더 녹록치 않게 되면서 성취주의가 더욱 기승을 부리는 사회가 되어가고 있다. 그러다보니 부모와 자녀 관계 역시 무조건적인 존중과 사랑의 관계가 아니라, 성취의 결과에 따른 조건부 사랑으로 변질되어 가고 있고, 점점 더 깊은 골이 패여 가고 있는 가정이 많다. 그 결과로 최근 자식이 자기 부모를 해치는 경우는 물론, 부모가 자기 자식을 아무런 죄책감 없이 해치는 일도 심심치 않게 벌어지고 있다. 가족 내부를 들여다보면 공패가족(빈 조개껍데기와 같은 가족)의 모습으로 사는 가정이 점점 늘어나고 있는 추세라고 한다.

이러한 현실 속에서 이제 '건강한 가정'이라는 말은 백과사전에나 나오는 이야기가 되어 버릴 위기에 처해 있다. 이런 안타까운 사회 현실을 바라보면서 지난 날, 아이를 나의 부속물로 여기고 부모라는 이름으로 온갖 횡포를 부리며, 자녀를 위한다는 명목으로 내가 이루지 못한 꿈을 대신 이루어 줄 희생양으로 만들어 버리려 했었던 나의 부끄러운 과거 모습이 떠올라 얼굴이 붉어진다. 나 역시 성취주의 사회의 희생양이었던 것이다.

고백하건대 나는 정말 무지하고 어리석은 부모였으며 '부모'라는 이름으로 불리기 부끄러운 사람이었다. 그렇다고 해서 지금은 내가 '참된 부모'라거나 자랑스러운 '좋은 부모'가 되었다고 말하려는 것은 아니다. 수많은 시행착오를 거치며 예전에는 인지하지 못했던 부모로서의 부끄러운 내 모습을 깨달았고, 그런 내 모습이 자녀에게 어떤 영향을 미치며, 어떠한 문제를 야기하는지를 깨달았을 뿐이다. 그리고 그 깨달음을 통해 앞으로 어떻게 해야 자녀에게 좋은 영향을 주는 부모가 될 수 있을지를 진지하게 고민하는 사람이 되었고, 예전처럼 파괴적이지 않고 온유하고 평화롭게 자녀와의 관계를 유지하게 되었기에 이 작은 기적을 함께 나누고 있을 뿐이다.

## 부모라는 이름으로 저지른 횡포

큰 아이의 나이가 벌써 서른이다. 돌이켜보면 까마득했던 '그 터널'을 어떻게 뚫고 나왔는지, 내가 변화되지 않았더라면 지금쯤 어떤 모습으로 살아가고 있을지, 지금 생각해도 간담이 서늘해지곤 한다. 부모가 되는 일에 아무런 사전 지식 없이 결혼을 하고 덜컥 부모가 되었던 스물여섯의 나는 시부모와 시동생들까지 모시며 신혼살림을 시작했다.

우여곡절 끝에 결국 1년 반 만에 시댁에서 탈출한 나는 불안정한 임신기간을 거친 덕에 뱃속에서부터 까탈스러움을 달고 나온 딸아이를 키우며 어떻게든 사회적으로 성공한 사람으로 만들기 위해 매달렸다. 잘난 아이가 되어 사회에서도 인정받고 시댁 횡포에서도 자유로운 여성이 되길 바랐던 것이다. 그래서 어린 시절 경제적인 이유로 내가 누려 보지 못했던 다양한 교육을 통해 아이를 번듯한 사람으로 만들고 싶었다. 그 때문에 아이를 영재교육은 물론이고 영어유치원을 거쳐 사립초등학교를 보내며 말 그대로 치맛바람을 일으키고 다녔다.

어린 딸에게 사랑을 듬뿍 주는 대신 글자공부, 수학공부, 영어공부, 피아노 레슨 등등을 시키며 최고가 되도록 닦달했다. 어떻게 하는 것이 정말 좋은 부모 역할인지 몰랐던 나는 아이가 잘 따라 주지 않을 때마다 아이를 다그치고 혼을 냈다.

아이는 초등 5학년 때는 어학연수도 다녀와 공부도 잘하고 영어도 잘하는 아이가 되었다. 그래서 엄마가 짜 놓은 로드맵대로 중학교 1학년 때부터 국·영·수를 위주로 열심히 공부만 하면 엄마가 원하는 대로 외교관의 꿈이 이루어질 것을 믿어 의심치 않았다. 아이는 보답이라도 하듯이 초등학교를 졸업할 때는 전교생 앞에서 '모범상'까지 받고 나왔다.

그러나 중학교에 입학을 하게 되니 걱정이 한두 가지가 아니었다. 더구나 특목고를 가려면 고삐를 조여야 했다. 그런데 정작 아이는 특목고에 대한 목표의식도, 성적을 잘 받으려는 욕심도 없어 보였다. 그때 나는 나의 기준이 정답이라고 생각했고 딸이 엄마의 욕심에 맞춰지고 있다는 생각을 하지 못했다. 특목고에 가면 본인한테 좋은 일이고 부모에게는 자랑스러운 딸이 되는 거고, 남들이 부러워하는 멋진 인생이 펼쳐질 텐데 조금 힘들다고 능력 발휘를 못하는 아이가 답답하고 이해가 되지 않았다.

아이는 월수금은 특목고 대비 영어 학원, 화목토는 특목고 대비 수학학원, 그리고 일요일은 부족한 문법을 들으면서 상상을 초월하는 많은 숙제를 해야 했다. 게다가 학교 숙제, 과목별 수행 평가 준비 등을 하려면 잠자는 시간을 쪼개야 했다. 그런데 그렇게 억지로 끌며 공부를 시켰는데도 성적은 시원치 않았다. 나는 더 다그치기 시작했고 제대로 하지 않고 게으름을 피우면 회초리를 들기도 했다. 그렇게 하고 나자 1학년 2학기 기말고사 성적이 놀랄 만한 성과를 보였다. 전교 2등을 한 것이었다. 나는 뛸 듯이 기뻤고 나의 '스파르타식 조련법'에 확신마저 들었다.

겨울 방학을 맞자 그냥 쉬는 시간은 한 시간도 아까웠다. 또 다시 특목고 대비반을 비싼 돈을 들여 끊고 '스파르타식 특훈'에 들어가야 했다. 그런데 고집은 좀 있었어도 지금까지 비교적 유순했던 아이가 1학년 겨울방학이 되면서부터 조금씩 달라지기 시작했다. 말투가 퉁명스러워 지면서 어미에 '~거든?'이 붙기 시작했다.

가부장적인 아버지의 영향 탓인지 나는 아이가 어른 말에 꼬박꼬박 말대꾸를 하며 불량스러운 어투로 대드는 것이 몹시 불쾌했다. 그래서 아이가 대들 때마다 힘으로 제압하기 일쑤였다. 지금껏 그래 왔던 대로 말로 안 되면 회초리를 특권처럼 휘두르면서…… 그런데 아무리 무섭게 해도 아이의 반항은 날이 갈수록 거세져 갔다. 엄마를 무서워하기는커녕 '어디 때릴 테면 때려 봐라' 하는 식으로 무섭게 노려보고 씩씩대는 모습을 자주 보였다.

게다가 겨울 방학이 끝나갈 무렵 학원에서 받아오는 성적은 점점 곤두박질을 치고 있었다. 설상가상으로 아이는 소위 문제아들과 어울리기 시작했다. 그 이후의 이야기는 길게 설명하지 않아도 짐작하시리라 믿는다. 결론적으로 아이는 자기를 억압하는 엄마에게 어떻게든 실망을 안겨 주기 위해 노력하는 아이가 되어 버렸다. 결국 중학교를 중퇴하고 부모 자녀의 관계는 최악을 치닫게 되었다.

## 벼랑 끝에서 만난 하나님, 그리고 부모교육

생각만 해도 가슴이 아프고 한스러워 잠도 깊이 들지 못하는 날들이 계속 되면서 가끔 죽음까지 떠올리던 어느 날, 이상하게 뜻하지도 않던 영상이 자꾸 떠올랐다. 바로 기도하며 우는 내 모습이었다. 그동안은 특별히 신을 찾을 일도 없었고, 그동안 보아 온 기독교인들의 이중적이고 이기적인 모습을 보면서 나는 절대 교회는 가지 않으리라 다짐했던 터라 너무나 생소했다. 그냥 잠시 스친 느낌이려니 했는데 마음이 힘들 때마다 계속 그 영상이 떠오르며 눈물이 나는 거였다. 마치 "내게 오라, 내게 오면 모두 다 치유받을 것이다." 하는 듯이 말이다.

어느 날 나는 마치 무엇엔가 홀린 듯 교회로 달려가게 됐고, 매주 교회에 나가서는 그저 울기만 했다. 기도가 뭔지도 모르고, 기도할 줄도 모르고, 주기도문도 잘 몰랐기에 기도하는 시간이면 눈을 감고 하나님만 외치며 평생 흘릴 눈물을 다 쏟아내듯 울기만 했다. 아빠랑은 크게 사이가 나쁘지 않아서인지 큰 아이도 간헐적으로나마 함께 교회에 갔다. 목사님을 통해 들은 하나님의 말씀은 신기하게도 매주 어쩜 그렇게 온전히 나에 관한 이야기, 우리 가정 상황에 대한 이야기인지 신기할 뿐이었다. 그러다 알파 제자 훈련이라는 훈련도 받으며 교회가 있는 수원역 근처 가정들을 방문하며 전도를 하게 되었다.

전도를 위해 여러 가정을 방문하면서 서기 2000년이 넘었건만 생각보다도 어려운 집들이 많다는 사실에 새삼 놀라게 되었다. 마치 내가 초등학생이던 1970년대 서울 달동네 모습과도 같은 곳들이 많았다. 몸이 불편하신 분들끼리만 사는 집, 허름하고 어두운 방에 장애우끼리 살고 있는 집도 있었고 다문화 가정도 생각보다 많았다. 같은 교회 교인 중에는 하루하루 넝마를 주워 팔며 연명하는 분도 계셨고, 정신적으로 문제가 있거나 희귀한 불치병을 앓고 있는 분도 계셨다.

아이 문제 말고는 경제적으로나 신체적으로는 전혀 어려움이 없던 나로서는 그분들을 보면서 '내가 갖고 있는 문제는 정말 배부른 자의 교만이 아니었을까?'라는 의문이 들기 시작했다. 교회를 다니고 하나님 말씀을 접하게 되고나서부터 그렇게 크게만 느껴졌던 아이의 문제가 그다지 심각하지 않게 느껴졌다. 뿐만 아니라 세상에는 너무나 큰 아픔을 가지고 사는 사람들이 정말 많았다. 처음 교회를 갔을 때는 그저 눈물만 났는데, 주위를 둘러보다가 점점 아이의 모습을 있는 그대로 바라보려 노력하게 되었다.

하나님은 눈물로 참회의 기도를 하는 내 모습을 계속 보여 주시면서 기도하면 너를 살려주겠노라고 하셨다. 그 말씀대로 나는 하나님께 달려갔고 서서히 죽음보다 깊은 절망 속에서 걸어 나올 수 있었다. 그런데 아마도 하나님은 불쌍하고 어리석은 나를 연단시키셔서 어딘가에 쓰실 계획을 갖고 계셨나 보다. 아니, 분명 나를 택하신 것이 틀림없었다.

하나님은 나에게 나와 내 아이가 겪었던 고통을 더는 다른 사람들이 겪지 않도록 부모교육 전도사로 살아가도록 이끄셨다. 하나님을 만나 조금씩 안정을 찾아가고 있을 즈음 친한 대학 후배가 용인 지역에서 부모교육 단체의 사무국장을 맡게 됐다고 연락을 해 온 것이다. 그곳에서 들었던 강좌 중 나에게 큰 영향을 미친 것은 '부모-자녀 행복한 대화법'이었는데, 나는 일주일에 한 번씩 선생님과 동료들을 만나면서 새로운 세계에 눈을 뜨기 시작했다. 바로 '지역사회교육운동'이라는 세계였다.

그때 만난 단체는 '한국지역사회교육협의회'였는데 1969년 1월에 고 정주영 현대 회장과 이화여대가 손잡고 '한 아이가 올바로 성장하기 위해서는 가정, 학교, 지역사회가 유기적으로 손을 잡고 함께 교육을 해야 한다'는 좋은 뜻을 가지고 설립한 단체였다. 무려 30여 년의 역사를 가지고 지역사회 내의 학교 등 유휴시설을 적극 활용하여 부모교육 및 사회교육운동을 펼치고 있는 곳이다. 신앙생활과 함께 부모교육은 하나님이 큰 아이를 통해 주신 또 하나의 큰 선물이었다. 하나님을 만나고 부모교육을 만난 엄마가 조금씩 달라지기 시작하자 아이도 서서히 회복되어 갔다. 큰아이는 중·고등학교 검정고시를 마치고 오히려 한 해 빠르게 원하던 미술대학에 진학을 하게 되었고, 이후 영국에서 석사과정을 마치고 돌아와 자신이 원하는 삶을 살게 되었다.

## 부모교육 전도사로 미래를 준비하다

부족한 나를 연단시켜 사용하기로 하신 하나님은 내 부족함을 채워 줄 크고 원대한 계획을 계속 마련하셨다. 내가 다시는 우매함에 빠지지 않도록 하기 위해, 일개 주부에 불과했던 나를 내 힘으로 아무리 노력해도 만나기 힘든 진성리더십아카데미 수장 윤정구 교수님을 만나게 하셨고, 부족한 나의 역량을 끌어올리기 위해 지금의 동료 서상훈 작가를 만나게 하셨으니 말이다. 두 분과의 만남을 통해 하나님은 교육 사업을 하면서 하나님이 이 길로 이끄신 목적을 잊지 않도록 하셨고, 내가 하고 싶은 이야기들을 엮어 세상에 펼쳐 내는 작가가 되도록 하셨으니 이보다 더 극적인 일이 있을까?

나는 부모교육에 확신을 갖게 되면서 다양한 일들을 펼쳐 나가기 위해 서상훈 작가를 비롯해 뜻 맞는 동료와 작은 교육 법인을 설립했다. 법인명은 수많은 고민을 거듭하면서 '한국 교육이 재미있고 즐겁게 이루어지면 좋겠다.'는 바람을 담아 '코리아에듀테인먼트(KOREAEDUTAINMENT)'로 정했다. 그리고 나의 멘토가 되어 주신 이화여대 경영학부 윤정구 교수님을 찾아 뵙고, 교육 회사를 설립하려 하는데 어떤 점을 유의해야 할지 귀한 말씀을 청해 듣고 싶다고 했더니, 회사의 핵심 정신을 '진북(True North)'으로 가져가면 좋겠다고 하셨다.

교수님은 모든 사람이 교육을 통해 '자신만의 진정한 북극성을 찾고 걸어가도록 돕는 교육 회사'가 되길 바란다고 하시면서 '우리는 행복한 차이로 세상을 선도한다.'라는 슬로건으로 회사의 정체성도 심어 주셨다. 그로 인해 우리 회사의 정체성은 '진북(ZINBOOK: 진짜 독서)을 통해 진북(True North: 진정한 북극성)을 찾는 회사'가 된 것이다.

그로부터 나와 동료는 교육의 3주체인 '청소년'과 '부모', '선생님'을 대상으로 전국을 뛰어 다니며 효율성 높은 교육 방법으로 일컬어지는 유대인의 교육법 하브루타를 베이스로 '진로코칭, 메타인지 학습코칭, 독서코칭, 부모자녀 대화법'등을 통해 우리 학생들이 '행복한 차이로 세상을 선도하는 인재'가 되도록 진정성 있는 교육을 하기 위해 노력하고 있다. 앞서 말한 대로 나는 너무나 부족하고 보잘것없는 사람이지만, 남은 생애 동안 하나님이 주시는 능력 안에서, 하나님이 주신 사명을 실천하며 살아가려 한다.

모쪼록 나의 부끄러운 고백이 많은 이들에게 타산지석으로 작용하여 부모가 청소년기 자녀의 특성을 이해하고 기다려 주며, 자녀를 그가 갖고 있는 특성대로 존중하고, 사랑과 격려로 가르치는 건강한 가정이 되는 데 작은 도움이 되길 바라며, 국가 차원에서 부모교육을 의무화하여 나 같이 어리석고 무지한 부모가 다시는 없게 되기를 바란다.

## 유현심

부모교육 전문가, 하브루타 독서토론 전문가이자 '한국형 하브루타 ZINBOOK 독서토론' 개발자로 하브루타 독서코칭 지도사, 메타인지 진로 학습코칭 지도사를 양성하는 (주)코리아에듀테인먼트, 진북 하브루타 연구소 대표를 맡고 있다. 큰 아이와의 사춘기 갈등을 신앙과 하브루타식 대화법으로 치유한 경험을 토대로 '부모의 변화', '우리나라의 교육 방법 변화'를 통해 '청소년이 행복한 나라'를 만들겠다는 힘찬 포부를 안고 전국을 뛰어다니며 교사연수, 학부모강좌, 청소년 교육 등에 매진하고 있다.

저서로는 『유대인에게 배우는 부모수업』 『하브루타 일상수업』 『진짜 독서를 위한 ZINBOOK 독서토론』 『메타인지 공부법』 『진로독서 인성독서』 『독서토론을 위한 10분 책읽기 1~2』 『진로독서를 위한 10분 책읽기 1~4』 『꿈에 날개를 달아 주는 창의독서』 『누구나 따라 할 수 있는 독서동아리』 등 10여 권을 썼다. 이메일: yhs2231@naver.com, 홈페이지: www.zinbook.co.kr, 카페: http://cafe.naver.com/zinbook

# 나눔을 향한 준비된 발걸음

장재섭

## 나이 들어가면서 케어받기보다 케어하며 살아가기

2019년 대한민국 평균수명은 82.7세이며 OECD 5위다. 40여 년 전 친구와 나는 자주 인생을 논하면서 70세까지 의미 있는 일을 하며, 케어하는 사람이 되자고 얘기하곤 했다. 1970년도 후반 당시 평균수명이 65세가 안 되던 때이다. 그 친구는 지금 대학교수로 정년을 눈앞에 두고 있고, 난 복지관 관장으로 다른 사람을 케어하는 일을 하고 있다.

지금 생각해 보면 젊은 시절 어떻게 그런 생각을 할 수 있었는지 신기하기도 하고 말의 힘이 얼마나 큰지 경험하고 있다. 60대 중반을 살고 있는 지금 지나온 날들을 돌아보니 나의 의지로만 살아온 것 같지 않다. 많은 굴곡과 고난의 시간을 지나오면서 나의 나 된 것은 전적으로 하나님의 은혜였음을 고백하며, 그 시간들을 잘 극복한 나 자신에게도 고마운 마음이 든다.

나는 지금까지 관계를 소중히 여기며 살아왔다. 삶의 여정에서 많은 분들의 도움을 받았지만 나에게 가장 큰 영향을 미친 세 분과의 만남을 잊을 수 없다. 그 세 분은 나의 아내, 아내를 통해 만난 하나님, 그리고 지금은 하늘나라에 계신 정정섭 회장이다.

청년시절 꿈밖에 없었던 내게 아내는 '교회 나가겠느냐?'는 질문을 하고 '그 렇게 하겠다'는 내 대답을 듣고 결혼했고 우리는 세 아이의 부모가 되었다. 아내를 통해 만나게 된 하나님은 '내 인생에서 최고의 소중한 만남'이라고 자 랑스럽게 말할 수 있다. 또한 30여 년 동안 안방을 개방하여 부부 성경공부 를 진행하셨던 정정섭 장로님을 통해 퇴직 후 인생 2막을 새롭게 시작할 수 있었던 것은 분명 하나님의 축복이었다.

## 회사가 전부인 줄 알았던 인생 1막 24년

나는 30대 대기업에 공채로 입사하여 기획, 관리, 회계 등 기업의 전반적인 업무를 경험하면서 내 일을 천직으로 생각하고 재미있게 일했다. 직장생활 은 시간외 근무가 무척 많았고 나의 성장을 이룰 수 있었던 소중한 시간이었 다. 기업문화가 가족 친화적이어서 회식이 잦았고, 그때마다 의례적으로 술 도 한잔씩 하고 고스톱을 치기도 하였다.

하지만 난 신앙인이 된 후 술을 마시지 않았고, 고스톱은 내 의지로 배우지 않았다. 당시에는 손해 보는 듯도 했지만 잘한 일이었다. 재직 중 막 수교가 이루어진 1992년에 중국 주재원으로 파견되어 5년간 해외생활의 경험도 했 다. 당시 본사에 복귀하여 회계팀 부장으로 근무하기 전 변화의 필요성을 느 껴 세무대학원에 입학하여 재충전의 기회를 갖기도 하였다.

회사가 전부인 줄 알았던 내게 시간은 너무 빨리 흘러갔고 50대 초반에 원 하지 않은 퇴직을 하게 되었다. 당시 회사규정에는 25년 근속하면 부상으로 부부 해외여행제도가 있었는데 1년이 모자라 기회를 갖지 못한 것이 가장 아 쉬웠다.

퇴직으로 두려웠던 시간을 뒤로 하고 새로운 삶을 살아온 지 13년이 되어 간다. 퇴직이 결코 나의 삶의 끝이 아니고 새로운 시작이었음을 곧 알게 되었다. 회사 생활을 마무리하면서 해외여행 기회를 갖지 못한 것이 아쉬웠지만, 하나님은 무려 40여 개 국의 선교현장을 돌면서 경영지도를 하도록 준비시켜 주셨다.

## 인생 2막으로 NGO 그리고 사회복지인의 삶

기독교정신을 바탕으로 1989년 설립된 우리나라 최초의 해외구호 NGO인 G단체는 선교사 500여 명을 해외에 파송하고 있었고, 국내에 많은 지역본부와 복지시설을 운영하고 있었다. 나는 이 단체의 감사실장으로 6년 여 동안 국내 시설과 해외 선교현장의 사역을 함께 점검하면서 여러 가지 경험을 할 수 있었다. 그중에서 잊을 수 없는 일이 한 가지 있다. 당시 A국에는 파송된 지 10~20년이 된 10여 가정의 선교사들이 사역을 하고 계셨는데 선교사들 간 갈등이 전해져 왔다. 나는 현지를 방문해 그날 밤을 새워 가면서 하나 되기 위해 함께 기도하며 회복의 시간을 가졌던 기억이 새롭다.

NGO에 근무하면서 사회복지사 자격증을 취득해 둔 것이 기회가 되어 지방의 장애인복지관 관장으로 발령받았다. 장애인을 섬길 수 있었던 것은 나에게 너무나 감사한 시간이었다. 조직의 리더로서 구성원의 성장에 관심을 갖고 직원 역량강화에 역점을 두었고, 장애인의 의식을 높이는데도 직간접적으로 많은 노력을 기울였다. 직원들과 함께 장애인들에게 친밀감을 갖고 마음으로 다가가길 애쓴 결과 그들의 밝아진 모습을 보면서 무척 행복했었다.

가족과 떨어져 주말에 서울을 오가면서 5년 반 동안 한 주도 빠지지 않고 아내의 목회에 함께 할 수 있었던 것에 감사한 마음이다. 그곳에 머무는 동안 대구대 사회복지대학원에서 사회복지정책을 전공하게 된 것도 의미 있는 시간이었다. 2018년 1월 서울의 종합사회복지관으로 이동하면서 복지수요가 많은 N구의 취약계층 복지를 경험하게 된 것도 나에게는 큰 자산이 되고 있다.

우리나라는 현재 복지 확장기에 있다. GDP 대비 복지지출은 2014년 기준으로 OECD 평균 21.6%인데 반해 우리나라는 10.4%로 아직 복지선진국에는 미치지 못하는 저부담 저복지국가에 속한다. 복지담론에서 보통 복지는 보편적 복지와 선별적 복지로 구분하여 진보와 보수정부에 따라 다른 정책으로 차이를 보인다.

보편적 복지는 건강보험, 무상급식, 아동수당, 보육 등에 비중을 두고, 선별적 복지는 기초생활보장제도와 같은 취약계층 위주의 정책에 역점을 둔다. 복지선진국인 유럽의 과잉복지와 중남미의 포퓰리즘으로 인한 정책이 국가 위기를 부른 것을 보면 결국 부담능력의 문제로 귀결되는 것 같다. 무상복지의 함정으로 자칫 의존형으로 바뀌어 일의 가치를 소홀히 하는 것을 경계하면서 경제적, 사회적 위험을 줄이는 복지정책에서 생애주기별로 다양한 욕구에 탄력적으로 대처하는 방향으로 바뀌어 가야 할 것으로 생각한다.

국민소득과 행복의 관계에 있어서는 '소득수준이 이미 국민 1인당 수만 불의 국민소득을 가진 선진국에서의 행복은 절대 소득의 크기가 아니라 상대적 개념인 소득의 격차가 얼마나 작고, 사회의 통합과 연대수준이 얼마나 높은지에 주로 좌우될 것으로 여겨진다'(『이상이의 복지국가 강의』, 2016.10.20., p184)고 보고 있다.

우리나라의 가장 큰 사회문제로 저출산과 고령화를 들고 있다. 최근 1인가구의 증가와 함께 한부모가정, 탈북가정 등 복지사각지대의 문제도 대두되고 있다. 이에 따라 정책적으로 여러 가지 돌봄 사업과 함께 커뮤니티 케어, 돌봄SOS센터 사업들이 새롭게 시행되고 있다.

## 코칭과 강의로 인생3막을 준비하다

많은 사람들이 100세 시대를 얘기하고 있고, 건강수명이 중요해진 시대가 되었다. 국가정책 측면에서도 기대수명과 건강수명의 차이 10여 년을 어떻게 줄이느냐는 노년의 삶의 질과 비용 면에서 매우 중요할 수 있다. 여러 가지 대안이 있겠지만 가장 중요한 것은 할 일을 갖는 것이라 생각한다.

나는 3년 전 '복지관 정년 후 80세까지 무엇을 하며 살 것인가?'라고 스스로에게 질문하면서 많은 생각을 한 적이 있다. 나에게 이런 생각을 갖게 된 강력한 동기는 청년시절 의미 있는 노년을 보내겠다는 생각도 있었지만 평소 다음의 3가지가 크게 영향을 미쳤던 것 같다.

첫째, 20여 년 전 밥 버포드의 『하프타임』이란 소책자를 통해 접하게 된 하프타임 개념이다. 인생의 전반이 자신의 성공을 추구하는 기간이라고 한다면 후반전은 하나님이 나에게 주신 달란트를 선용하는 것이며 자기가 잘 할 수 있고 좋아하는 일을 통해 다른 사람의 유익을 도모하는 것임을 다시 정리하게 되었다. 나는 전반전의 모든 삶은 후반전의 삶을 위한 좋은 재료이며 병행경력을 통해 어떻게 할 일을 만들어 내느냐는 각자의 준비와 노력에 달려 있다고 생각하게 되었다.

둘째, 심리학에서 통찰과 발달단계에 대한 이론이다. 한성열 교수의 심리학을 공부하면서 큰 영향을 받게 되었다. '성숙한 삶이란 완전한 삶이 아니라 내가 부족한 점을 인정하는 것이며 그것이 통찰이고 그때 변화가 일어난다.'는 것이다. 그리고 발달이 진짜 중요한 이유는 이를 성장으로 보면, 신체는 출생해서 청년기, 노년기, 죽음으로 이어지며 청년기 때 절정이 되고 이후 쇠퇴해 간다. 반면 우리의 마음과 지혜는 시간이 갈수록 커지게 되어 있으며 우리의 영성은 노년기로 갈수록 깊어지게 되며 신체, 마음, 영성이 평균을 이루게 된다. 그래서 모든 시기는 중요하며, 30년 노년을 지혜와 영성을 통해 풍성한 삶을 살 수 있다는 것이다.

셋째, 시그모이드 곡선의 경력 등고선이다. 프레디저의 경력관리 방법론에 경력등고선이 나온다. 경력등고선은 한 직종에서 시작하여 성장하고 절정에 이르다가 쇠퇴를 거쳐 소멸과정에 이르게 된다. 여기서 전직 내지 직종 변경을 위해서는 절정에 이르기 전에 새로운 일을 선택하게 되는데, 이전과 다른 분야인 경우에는 일반적으로 적응기간이 6개월에서 3년 정도 소요되는 것으로 알려져 있다.

나의 경험으로 봐도 상당히 공감이 가는 이론으로 생각하며 인생 3막을 준비하는 기간이 이번에는 그보다 길어지고 있음을 느끼고 있다. 나의 좋은 습관 중 하나는 40여 년 동안 책을 늘 가까이 해 온 것이다. 미래교육은 지식보다 학습능력이 더 중요해지는데 평생교육 시대에 재미있게 적응할 수 있게 된 것 같다.

어느 날 나는 매슬로우의 욕구 5단계 이론을 떠올리면서 마지막 5단계를 둘로 나눈 후 그 위에 나눔을 올리면 어떨까 생각해보았다. 그러자 내가 많이 부족함을 느끼게 되었다. 그 이후 필요한 부분에 시간과 비용을 투자하며 집중적인 공부를 시작하였다.

이러한 생각으로 후반전에 할 일을 구체적으로 설계하는 과정에서 코칭을 접하게 되었다. 코칭 준비를 위해 나는 우선 첫 해에는 코칭과 관련한 사명서, 미래서, 뇌과학, 리더십, 심리학, 코칭 서적 등 10여 가지 분야의 책을 집중해서 읽고 이해의 폭을 넓히면서 코칭을 직접 배웠다. 다양한 학습의 기회를 가지면서 느끼게 되는 것은 학(學)도 중요하지만, 지속적인 훈련을 통한 습(習)의 중요성을 깨달아 가면서 투자하는 시간을 늘려 가게 되었다.

최근에 인증코치로서 한국코치협회로부터 KPC를, 국제코치연합으로부터 CAMC 자격을 취득했다. 기계가 많은 부분을 대체하고 인간의 역할이 줄어들며 소외되는 4차 산업혁명시대에 코치의 역할은 더욱 커질 것이며 모든 부분에 잠재력을 일깨우는 중요한 도구가 될 것이라 생각한다. 한국코치협회의 코칭역량모델에는 코치다움과 코칭다움을 두고 있는데 코치로서 갖추어야 할 필수요소라 생각되어 발전시켜 나갈 부분이라 생각한다.

나는 코칭분야로 라이프코칭과 비즈니스코칭을 함께 생각하면서 NGO와 사회복지분야에 관심을 가지고 있다. 특히 사회복지 종사자들에게 코칭 확산을 열망하고 있다. 상담에서 코칭적 접근을 통해 이용자, 종사자, 그리고 지역사회 관계에 코칭문화가 확산되어 그들의 언어가 달라지고 태도가 달라지며, 행동이 달라지는 모습을 보고 싶다.

사회복지도 이제 복지경영시대가 도래했다고 생각한다. 한국보건사회연구원 자료에 의하면 복지경영의 탄생배경을 '매년 복지재정은 증가하고 있지만 복지 체감도는 낮고, 복지서비스 공급체계가 공급자 중심에서 수요자 중심으로 변화하고 있으며, 복지전문성에 경영마인드를 갖춘 복지경영인이 필요하다'고 보고 있다. 이에 따라 대학과 대학원에서 복지경영 과목을 개설하고 있다. 나는 경영과 복지를 함께 전공하고 경험한 사람으로서 기회가 되면 복지경영에 대한 강의를 하고 싶다. 이러한 준비를 위해 대학원 사회복지 최고위 강사양성과정에 등록하여 공부 중에 있다.

### 나를 필요로 하는 곳에서 희망과 미래를 얘기하고 싶다

나는 언젠가 셀프 코칭을 하면서 기도하는 중에 나와 하나님, 그리고 세상과의 3각 관계를 깊이 생각하게 되었다. 크리스천으로서 주님과의 온전한 관계가 회복될 때 진정한 나의 회복이 이루어지며 결국 세상과의 화평을 이루게 된다고 생각하게 되었다. 그래서 지혜의 왕인 솔로몬도 전도서에서 '일의 결국을 다 들었으니 하나님을 경외하고 그의 명령들을 지킬지어다. 이것이 모든 사람의 본분이니라'라고 얘기하고 있다. 천하보다 귀한 존재로 태어나서 유한한 시간을 살고 가는 인생이다. 그래서 허투루 시간을 낭비할 수 없는 것이다. 어제는 이미 지나간 과거이고, 내일은 알 수 없는 미스터리지만 오늘은 선물이라고 한다.

출생부터 생각하면 오늘이 내 삶에서 가장 나이 든 날이지만, 죽음으로부터 역순으로 계산하면 오늘이 내가 살아갈 가장 젊은 날인 것이다, 그래서 매일 매일 순간을 절정으로 살아갈 수 있지 않을까? 나는 기업, NGO, 장애인복지관, 종합사회복지관에서 다양한 삶을 살 수 있었음에 감사한다. 앞으로의 후반전의 삶도 향기 나는 사람으로 마지막 그날까지 살아가고 싶다. 나의 삶에 은퇴란 없다. 마지막까지 사명의 삶을 살아갈 것이다. 하나님께서 나에게 주신 달란트를 더 개발하고 성장하여 아름답게 쓰임받는 도구가 되기를 소망한다.

요즘 많은 생각을 하는 부문은 단순화이다, 개인적인 면에서 생각, 말, 행동, 태도, 삶의 방식에서 명료하고, 핵심적 언어를 사용하려 애쓰고 있다, 그리고 조직관리에 있어서도 회의, 업무프로세스, 소통 등에서 효율성을 도모하고자 하지만 쉽지만은 않은 것 같다. 노년의 삶은 통합되고 수렴되어져야 한다고 한다. 아직은 가능성을 두고 확장 중에 있지만 적정한 때에 선택과 집중이 필요할 거라 생각한다.

이제 2년 정도 남은 관장의 역할을 잘 마무리하고 전문코치, 사회복지경영 강사, 그리고 행복 도우미로 준비된 사람이 되고 싶다. 또한 죽는 그날까지 청소년, 50+, 노인 등 나를 필요로 하는 곳에서 그들과 함께 오늘을 살면서 희망과 미래를 얘기하는 사람이 되고 싶다.

**장재섭**

노원구립평화종합사회복지관 관장. 대상주식회사에서 24년 근무했으며, 한국국제기아대책기구 감사실장, 경산시장애인복지관 관장을 역임했다. CAMC, KPC 인증코치로 인생 3막은 기업, NGO, 사회복지 운영경험을 살려 코칭과 함께 복지경영, 행복강의 등을 통해 80세까지 사명자로서 나눔을 실천할 것을 꿈꾸며 정진하고 있다. 이메일: jschang@kfhi.or.kr

# 내 안의 깊은 존재적 가치와 끝없는 열정에 대해

최경민

Deep love is enough just to understand each other's sighs, as if looking comfortably at a change in a season.

깊은 사랑은 마치 계절의 변화를 편안하게 바라보는 것처럼 서로의 한숨을 이해하는 것만으로도 충분하다.

### 나를 사랑하는 것에 대해 지금도 나는 신 앞에 깊은 갈증을 느낀다

나는 초등학교 2학년 때 만난 피아노 외에는 다른 어떤 것에도 깊게 관심 두는 것을 어려워했다. 또한 소심하고 싫증을 잘 내는 까다로운 아이였다. 다른 한편으로는 고지식하고 흑백논리만 찾는 고리타분한 사고와 고착된 내면에 갇혀 내성적인 아이였다. 이따금 성인이 되어서도 어린 시절의 고착된 나의 모습을 깨달을 때마다 스스로 긍정적인 다양한 사고로 전환한다.

현재의 내 삶은 여러 역할들로 분주하지만 가장 편안하고 감사한 상황을 향해 가고 있다. 험난한 논문 과정을 통과하고 박사학위를 받은 후 대학원과 대학에서 통합예술심리상담이라는 수련과목을 5년 이상 강의하면서 제자들과 서로의 삶을 나누고 그들과 나의 이야기를 통합적인 예술로 상담에 접목하고 있다. 현재 한국열린사이버대학 특임교수라는 큰 역할을 맡아 심리상담학과에서 그리고 경기과학기술대학교에서 통합예술 심리 상담과정을 지도하는 전문수련감독 교수라는 역할로 학교와 지역사회를 위해 다양한 강의로 재능기부를 하며 새로운 학기를 바쁘게 보내고 있다.

이따금 강의가 여유로운 날은 차분하게 혼자만의 고요한 내면을 돌아보는 시간을 가지며 인생의 다각적인 통찰과 성찰의 시간을 갖고 있다. 잠이 안 오는 밤에는 좋아하는 음악을 들으며 나만의 감성을 시로 표현하며 정리해 보는 구조화 작업을 즐긴다. 나에게 이런 여유를 조금씩 허락한 것은 20년만인 듯하다.

나는 무언가에 극도로 몰입하여 성취하고 그것을 타인과의 교제와 교류를 통해 역량을 넓히기도 하지만 고요하고 조용한 나의 예전 성향의 삶 속으로 돌아오고자 하는 욕구가 조금은 내재해 있어 내 안의 차분한 나만의 세계를 추구하기도 한다. 그러한 내면을 조금씩 의식적으로 변화시키며 요즘은 재능기부를 하며 사람들과 다양한 삶을 나누고 있다. 또한 코치합창단의 일원으로 여러 코치들과 합창을 하면서 신나고 다이나믹한 일상을 즐긴다. 올해 45세라는 중년의 시작을 합창공연을 통해 가족과 제자들을 비롯한 주변 사람들과 함께 나눔의 시간을 보내고 삶을 서로 공유하고 다양하게 더불어 느끼며 살고 있다.

불안하고 늘 초조하던 유년기의 내 모습은 이제 찾아볼 수 없을 정도다. 불안감도 적어지고 예전처럼 조급해하지도 않으며 늘 완벽하지 않은 모습 또한 수용한다. 하루하루 그저 신께 감사하며 현재를 살아가는 삶 속에 주어진 일상을 사랑하는 가족, 소중한 벗, 제자들과 나누며 감사함으로 하루를 시작하려고 노력한다. 그런 소확행을 실천하고 있는 내 삶의 주인공이기도 하다.

## 강의 첫 시간에 제자들에게 항상 질문하는 것

'자신이 가장 추구하는 삶의 철학이 무엇이며, 어떤 삶을 살고 싶은가?'라는 질문이다. 어쩌면 그 질문은 제자들에게 하면서 내 안의 나에게도 수도 없이 하는 질문이기도 하다. 목적에 맞는 삶을 실제적으로 나부터 실천하는지에 대해 내 삶의 의미를 통찰하며 재정립하는 것인지도 모른다.

한때 내가 원하는 미래는 세계를 돌며 연주하는 피아니스트였다. 하지만 내가 그만큼의 열정을 쏟아 붓기에는 여러 가지 정서적 불안감으로 인해 늘 완벽하지 못한 나의 연주를 비판하고 스스로 괴로워하다가 결국은 즐거운 피아노가 아닌 나를 힘들게 하는 피아노로 만들어 버렸다. 결국 나는 제2의 꿈을 찾아가며 아이들을 돌보는 봉사가 좋아 유아교육을 선택했다. 유치원 선생님을 하며 삶의 터닝 포인트를 감행했다.

유명한 연예인이 된 유치부 제자 보검이를 만났을 때도 유아교육을 전공하고 봉사를 할 때쯤인 듯한데 어린 시절 그대로의 순수한 모습에 지금도 볼 때마다 참 뿌듯하고 감사하다. 피아노가 아주 싫어진 것은 아니다. 가끔 혼자 연주를 하며 힐링 타임을 가지면서 조용히 내면을 들여다볼 때면 '내가 꾸준히 연주자의 길을 걸었다면'이라는 생각이 문득 들기도 한다. 사람이 좋아하는 것과 숙명으로 만나 운명으로 받아들이는 비전은 정말 투철한 사고와 인생의 철학이 동반되어지지 않으면 안 된다.

누구나 겪게 되는 다양한 현실 속에 치여 나 자신을 잃고 즉흥적으로 해야 할 일들을 하다 보면 시행착오를 겪을 수 있듯이 나 자신도 청소년기 내면의 고독과 불안한 미래에 대해 깊은 질풍노도의 시기를 보냈다. 원하는 미래를 향한 다각적인 고민 속에 나 역시 가장 많이 고뇌하고 두려워하며 그 와중에 늘 내면을 붙드시는 하나님께 내 모든 삶의 무게를 내려놓으며 조용한 내면의 기도 속에서 불안감을 최소화하려고 노력했다. 그러한 성찰과 통찰의 시간들이 모여 오늘까지 '중년의 내가 건강하게 살아가는 게 아닐까'라는 생각이 든다.

예전에는 남들에게 보여지는 나의 커리어나 내 모습이 과연 그들 눈에는 어떻게 보일지, 굉장히 두렵고 어려운 숙제처럼 무거웠다. 하지만 요즘에는 가족이나 지인, 제자들 앞에서 부족함도 나의 모습임을 그대로 꺼내놓는다. 어느 때부터인가 학생들을 만나서 그들에게 철학적 질문을 던지고 정서의 의미 부여에 대해 가르칠 때 희열과 열정이 생긴다. 특히 학생들이 '교수님은 너무 열정적이세요!'라고 말해 줄 때 가장 큰 삶의 보람을 느낀다. 내 안의 부족함이 주는 나의 무능함을 신께서 붙잡아 주실 때 가장 완벽한 나를 인지하게 되어 그것을 통찰하는 나만의 시간이 참으로 중요하다고 본다.

### 보여지는 내가 아닌 있는 그대로의 나를 사랑하는 일

나는 상처받은 수많은 사람들을 상담센터와 학교와 공공 기관에서 만나왔다. 그들을 대면상담을 하면서 항상 물어보는 질문이 있다.

"제가 어떻게 보이시나요? 고생하지 않고 슬픔 없이 잘 성장한 사람으로만 보이시나요?" 살아온 나의 여정을 이야기하며 그들과 공감을 나눌 때 서로가 온전한 수용과 배려로 진정한 존재적 의미를 부여하게 되고 서로의 가치에 헌신하게 되는 것이라고 굳게 믿는다.

나는 이 세상에서 가장 중요한 일은 '나 자신이 스스로를 사랑하는 일'이라고 생각한다. 대부분 보여지기 위한 삶에 우리는 너무나 많은 시간을 허비하고 그것을 통한 인정욕구에 갈증을 느낀다. 정작 그렇게 노출된 자신의 영, 혼, 육을 돌아보지 못해 공허감과 우울증에 시달려 결국엔 삶의 낙을 잃어버려 목숨도 가볍게 버리는 숱한 상황들을 주변에서 많이 본다.

인생에서 무엇보다도 가장 중요한 것은 내 자신이다. 그 누구도 아닌 내 자신이 얼마나 행복하고 즐거운 인생을 감사하게 살아가고 있느냐 하는 것이다. 내가 행복해야 내가 만나는 모든 이들에게 따스한 사랑과 열정의 씨앗을 나눠 줄 수 있는 것이기에 나는 오늘도 감사로 하루를 시작하고 말씀을 통해 하루를 통찰하며 삶 속에 주어진 고난과 역경을 통해 성숙한 성찰의 의미를 발견하고 있다.

이러한 나의 삶에서 나는 지금도 여전히 주어진 현실을 누구보다도 긍정적인 사고로 전환하려고 노력한다. 내가 듣기 싫은 이야기나 상처가 되는 말들은 효과적인 의사소통으로 바꿔 보려고 노력하며, 받기만 하는 삶이 아닌 먼저 섬기고 나눠 주는 배려의 삶을 실천하고자 노력한다.

어느 시기에 많은 돈이 생기더라도 흔들림 없이 꾸준한 기부와 봉사를 삶의 철학으로 삼고 하나님께서 주신 나만의 달란트를 잘 활용하여 나를 만나는 모든 사람들에게 가장 많이 웃어 주고 행복한 삶을 긍정적으로 잘 살아가도록 함께 역량을 도모하며 기도하겠다. 많은 말을 하기보다는 실천적 자세로 서로를 세워 주고, 격려하며 많이 경청할 것이다. 수용할 수 없는 내면상태가 되어도 최대한 공감적 경청을 실천하는 자세를 삶의 초석으로 삼겠다. 가장 중요한 삶의 지표인 생에 주어진 나의 가치적 사명을 통해 진리적 의식을 삶 속에 고취하고 언제나 나누는 삶을 실천할 것이다. 배워서 남 주는 철학적 가치헌신을 가족과 제자들과 지인들에게 먼저 나누고자 한다.

## 감사와 봉사 나누는 삶을 꿈꾸며

그것을 위해 나는 꾸준히 나를 필요로 하는 곳에서 봉사를 하며 실질적인 삶의 나눔을 할 것이다. 내게 주어진 소명을 인지하고 교육 현장에서 제자들에게 동기부여를 해 주며 지역사회에서 어르신들과 학생들의 인성, 정신건강, 치매예방교육을 통해 노노(老老)케어센터를 준비하려 한다.

21세기 초고령화 시대에 맞는 정서심리건강교육 활동을 통해 의식의 변화를 돕고 젊은 층과 노인들의 의식수준을 보다 배려 넘치고 수용적인 정서문화로 이끄는 데 일조하고자 한다. 통합예술심리상담교육을 통해 보다 건강한 시민사회가 될 수 있는 지지기반을 이루어 갈 수 있는 노노케어를, 건강한 미래를 준비하는 의식 있는 정신건강문화를 만들어 갈 수 있도록 노력을 아끼지 않을 것이다.

지금까지 나의 인생을 돌아보면 늘 감사뿐임을 고백하지 않을 수 없다. 수없는 고통과 슬픔이 나를 지나갔지만 나는 여전히 맑은 공기를 마시고 숨 쉬며 푸르른 하늘을 맑은 눈으로 보며 건강하게 걸어 다니고 꿈꾸는 주어진 오늘을 감사하며 나를 응원한다.


사랑하는 사람을 위한 기도


주님
깊은 신실함으로
떨어져 있는 긴 시간에도
영, 혼, 육에 강건한 힘을 주시고
세상 속에 지치고 상처 입은 아픈 마음을
주님이 깊은 심연에 위로자가 되시어
순간마다 돌보시고
분초마다 불꽃같은 눈으로 보호하시며
외로운 영혼에 한 줄기 빛이 되어 주소서


그리 아니하실지라도
지혜로운 통찰로

항상 주님 안 깊은 기도로 감사하며

날마다 기쁨으로 가득하게 하소서

아멘

## 최경민

호서통합예술심리상담건강연구소 대표(現 벗바리통합예술심리성장연구소장), 호서벤처대학원 노인복지학 Ph.D. 대신대학원 복지상담학 박사과정 수료 후 온누리 심리 상담센터 총무역임. 기관 전문상담봉사 및 초중고 상담교사, 교육청 교권보호 전문상담 교육청 연구원, 공기관 상담전문가로 10년 이상 재직했다. 인성심리상담 전문교수로 활동 중 코치자격증을 취득하고, 아주대 진로코칭을 시작으로 중앙신학대학 대학원 상담과목 외래교수 및 세종사이버대학 사회복지 외래교수로 활동했다. 현재 한국열린사이버대학교 특임교수, 한국산업기술대학 인문소양교육전담 외 래교수 및 경기과학기술대학에서 통합예술심리상담코칭 수련감독 및 자격과정 책임교수를 하고 있다. 이메일: remon1212@nate.com

# 미래를 여는 Key

## 다섯

지금은 이 미래창조정신으로

내 자신이 변화되고

그 변화된 인격으로

참젊은이를 기르고

주변 사회를 변화시켜

# 민족과 나라의 미래를
# 개척해 나가야 할 때

# 강건한 대한민국의 미래와 아름다운 인성 사회를 위해

안종배

## 미래 도전 의식과 선비 기질이 삶의 양대 기둥

나의 아버님은 원산에서 교사로 재직 중 1.4 후퇴 때 남하한 이산가족이시다. 어려운 가정형편이었지만 어릴 때부터 나는 아버님으로부터 도산 안창호 선생의 정직과 국가를 위한 삶이 무엇보다 중요하다는 것을 매일 같이 들으며 자랐다. 또한 예수집이라 불리며 나눔을 실천하는 독실한 기독교인이었던 친할머니의 유전자도 전해져 자신의 재능을 사회와 국가를 위해 나누는 것을 사명으로 느끼고 있었다.

집안 형편이 어려워 2~3년마다 낮은 전세금을 찾아 이사를 가게 되었는데 이를 긍정적으로 받아들여 미래에 펼쳐질 새로운 것에 대한 도전을 좋아하고 미지의 것에 대한 호기심을 강화하게 되었다. 이산가족으로 친척이 거의 없었는데 이로 인해 오히려 가족과 주변 사람들과의 친화와 협력의 중요성을 느끼며 행복한 사회를 위해서는 인성 가치가 확산되어야 한다는 신념을 갖게 되었다.

이처럼 어린 시절을 통해 익힌 미래 도전의식과 선비 기질은 내 평생의 삶을 관통하고 있다. 현재 나는 한세대 교수로서의 교육·연구 활동, 우리나라의 사회 변화를 건강하게 이끌기 위한 클린콘텐츠국민운동본부·흥사단 활동, 올바른 대한민국의 미래를 위한 국제미래학회·국회미래정책연구회 활동 3가지를 나의 소명을 구현하기 위한 하나의 트라이앵글로 조화시키며 활동하고 있다. 모두 우리 사회와 대한민국의 미래를 건강하게 밝히는 데 기여한다는 나의 소명을 구현하는 활동이다.

## 디지털과 미래학 분야의 선도적 연구와 교육

미래 도전의식의 영향으로 나에게는 유난히 최초라는 수식어가 많이 붙어 있다. 국내 최초의 국제인증 국제광고전문인(IAA 뉴욕본부) 자격증 취득과 국내 최초의 디지털마케팅 전공 박사, 국내 최초로 전세계 100여 개국을 상대로 글로벌캠페인(Goldstar를 LG로 교체)을 기획·제작·집행, 국내 최초로 양방향방송프로그램(SBS 토커넷쇼) 기획 제작, 국내 최초의 디지털마케팅 저술서(『나비효과 디지털마케팅』 등 10여 개) 출간과 국내 최초로 디지털 광고마케팅 교육과정을 개설하는 등 미디어와 광고마케팅 분야의 디지털 도입과 활성화를 위한 연구와 교육을 1994년부터 계속했다. 이로 인해 일명 '디지털 교수'로 불리고 있다.

2007년부터는 미래학과 스마트 분야를 국내에 처음 소개하며 이 분야의 국내 도입과 활성화를 위한 연구와 교육을 진행하고 있다. 국내 최초로 저술한 스마트시대 콘텐츠마케팅론은 대한민국학술원 우수학술도서로 선정될 정도로 학계에서도 선구적인 연구로 인정받고 있다. 또한 『스마트폰 마이스터 되기』『스마트 UCC 제작과 SNS 활용법』 등의 저술과 국내 최초의 스마트 멀티미디어 전문가 교육과정을 개설했다. 미래학의 기초가 되는 『미래예측방법론』과 『미래학원론』을 15년간에 걸쳐 국내 최초로 집필하였고 더불어 미래예측전문가 교육과정과 미래지도사 교육과정을 국내 최초로 개설했다.

급변하는 시대에 필요한 교육을 계속 학생들에게 제공하는 것이 대한민국 미래를 밝히는 일이라고 생각하며 전공 분야의 변화와 미래를 계속 연구하기 때문에 학생들에게도 새로운 시대에 대비할 수 있는 교육을 제공할 수 있다. 내가 교수로 봉직하고 있는 한세대학교에서 2006년부터 국내 최초로 스마트 미디어 분야 특성화 교육을 실시하여 새로운 시대의 인재를 양성하여 배출함으로써 업계에서 졸업생들이 역량을 발휘하며 높은 호응을 얻고 있는 것은 이러한 노력의 결과라고 생각한다.

## 대한민국의 강건한 미래를 밝힌다

'미래는 준비하는 자의 것이고, 성공은 실천하는 자의 것이다'라는 미래학자의 경구처럼 미래를 준비하는 것은 갈수록 중요해지고 있다. 미래에 대한 예측과 바람직한 미래를 위한 미래전략을 입안하여 준비하는 것은 국가와 개인 및 개인의 흥망에 영향을 주고 있다. 국가 미래 발전에 기여하고자 하는 소명으로 나는 2000년 사단법인 미래준비의 설립 준비 및 창립 때부터 함께하였고, 2007년부터 국제미래학회 및 국회 미래정책연구회 설립을 주도하며 활동을 하고 있다.

나는 2004년부터 해외의 유명 미래학자들과 교류하며 국내에 국제미래학회 설립을 주도했다. 국제미래학회는 세계적인 미래학자인 제롬 글렌과 김영길 한동대 당시 총장이 제1대 공동회장을 맡고 국내와 해외 전문영역별 미래학자 100여 명이 함께 참여하여 2007년 10월 국회에서 창립대회를 열고 국내에 본부를 두고 국제적인 학회로 설립되었다. 제2대 회장은 2011년부터 이남식 전주대학교 당시 총장이 맡았고 나는 2019년 제3대 회장으로 취임했다.

국제미래학회는 '미래의 다변화 사회에 대응하기 위하여 사회 전반을 아우르는 과학·기술·정치·경제·인문·사회·환경·ICT·미디어·문화·예술·교육·직업 등 제 분야에 대한 미래예측 및 변화에 대한 연구를 수행함으로써 미래 사회를 대비하고 지속적인 성장과 발전에 기여함'을 목표로 삼고 있다.

나는 미래학의 불모지였던 한국에 미래학과 미래연구를 체계화하고 저변을 확산하기 위해 매년 국제미래학회 위원들과 함께 연구하여『미래가 보인다, 글로벌 2030』『전략적 미래예측방법 바이블』『대한민국 미래보고서』『대한민국 미래교육보고서』『대한민국 4차산업혁명 마스터플랜』『4차산업혁명 대한민국 미래성공전략』등을 공동 저술했고 "국가미래기본법"을 국회미래정책연구회와 공동 입안하고 발의했다.

또한 국내 최초의 미래형 오픈캠퍼스 교육기관인 '미래창의캠퍼스'를 개설하여 '4차산업·미래전략 최고지도자 과정'을 포함한 다양한 미래예측·미래전략 교육을 진행하고 있다. 한편 지난 11년간의 미래학 및 미래연구에 관한 지식과 자료를 집대성하여 국내 최초의『미래학원론』을 저술했다.

또한 국가 미래 발전에 도움이 되는 올바른 정책 입안을 위해 국회 내의 연구회로서 국회미래정책연구회 설립을 주도하고 운영위원장을 맡고 있다. 이 국회미래정책연구회는 국가 미래 정책 방향을 올바르게 잡기 위해 여야 국회의원 20명과 주요기관장 100여 명이 함께 우리나라의 미래 발전을 위한 정책과 법안을 연구하고 제시하고 있다.

변화가 가속화되고 있는 급변의 시대에 미래연구와 미래준비는 선택이 아니라 필수가 되고 있다. 미래를 볼 수 있는 시각을 가지고 미래를 대비하는 준비는 국가와 기업뿐만 아니라 개인에게도 중요한 기본 소양이 되고 있다. 이는 미래를 대비해야 하는 대학생과 고등학생의 진로와 미래설계를 위해서도 중요하다. 미래연구와 미래준비는 곧 미래 경쟁력이 되고 있다.

특히 나는 『4차산업혁명시대 대한민국 미래교육보고서』를 집필하고 대통령직속 4차산업혁명위 혁신위원으로 활동하며 대한민국의 미래교육 방안을 제안하면서 국가와 개인의 미래준비를 위해서는 대한민국 교육의 혁신이 필요함을 절실히 느껴 미래교육과 4차산업혁명시대를 대비하기 위한 방안에 대한 저술과 강연을 계속하고 있다.

이러한 미래 관련 활동을 통해 나는 바람직한 대한민국의 미래와 이를 구현하기 위한 미래전략 방안을 제시하고 국가와 개인이 미래에 대응하고 미래 발전을 도모할 수 있도록 가이드하고 방법을 제시함으로써 대한민국의 미래를 밝히는 노력을 계속할 것이다.

## 건전한 인성 가치로 행복하고 아름다운 대한민국을 함께 만들어간다

'그대는 나라를 사랑하는가, 그러면 먼저 그대가 건전한 인격이 돼라'는 도산 안창호 선생님의 유훈이 절실한 시대다. 각자의 영역에서 정직하고 건전한 인성 가치를 실천하면 우리 사회는 행복하고 아름다운 대한민국이 될 것이다. 또한 이것이 국가와 개인의 경쟁력이 되고 있는 시대다.

이러한 정직과 인성가치 확산을 위한 소명으로 나는 흥사단, 클린콘텐츠 국민운동본부 그리고 스마트선교 활동을 하고 있다. 흥사단의 감사와 윤리연구센터장으로 활동하며 2010년부터 청소년과 성인을 대상으로 정직·윤리의식 조사를 해서 우리 사회의 윤리적 문제점을 진단하고 대응방안을 함께 제시하고 있다. 나는 우리사회의 약화되어 있는 정직·윤리의식을 개선하기 위한 해법으로 정직과 인성 가치를 연계한 콘텐츠·미디어 교육이 필요하고 범국가 차원에서 체험과 콘텐츠를 통해 마음으로 정직·윤리를 스스로 느끼는 교육과 캠페인이 실시되어야 한다고 제안하고 있다. 건전하며 인성가치를 담은 주제로 콘텐츠를 함께 제작하는 과정에서 타인과 소통하는 법을 배우고 서로 배려하고 협업하며 하나의 공동체를 만들어 가는 체험을 하게 하는 것이다.

이처럼 미디어와 콘텐츠 및 문화를 통해 정직과 인성 가치를 확산하는 노력의 일환으로 뜻을 같이 하는 분들과 함께 2008년 클린콘텐츠국민운동본부를 설립하여 활동하고 있다. 구체적인 클린콘텐츠운동으로 정직, 칭찬, 감사, 책임, 배려, 존중, 나눔, 봉사, 소통, 화합, 투명, 청렴을 비롯한 인성 가치를 주제로 전국 최대 규모의 UCC 공모전을 개최하여 인성가치를 함양하고 확산하며, 인성클린데이 캠페인을 통해 서로 칭찬하고 감사하는 운동을 전개하여 인성 가치가 생활 속에 실천되도록 노력하고 있다.

또한 기독교인으로서 세상을 아름답게 만들어 가는 역할을 담당해야 하는 소명을 갖고 '스마트선교사 100만 양성 프로젝트'를 추진하고 있다. 스마트선교사는 스스로 인격을 갖추고 실천하며, 성경적 메시지와 선한 영향력을 끼치는 기독교와 인성 콘텐츠를 SNS를 통해 확산하고, 스마트폰으로 공동체와 선교지의 선한 활동들의 영상을 만들 수 있도록 역량을 갖추어 다양한 SNS로 전파하는 역할을 하는 선한 청지기와 같은 역할을 하는 분들이다. 나는 기독교인으로서 이러한 스마트선교사의 역할을 하는 분들이 늘어나면 세상이 보다 아름답고 선하게 변화될 것으로 확신한다.

## 미래준비는 모두 함께해야 한다

미래 사회는 창의와 인성이 핵심 역량이 되는 시대다. 대한민국이 미래에 경쟁력을 갖추고 행복한 사회가 되기 위해서는 국가, 기업, 개인이 공히 미래 사회 변화를 예측하고 바람직한 미래를 함께 만들어 갈 수 있도록 힘을 모아야 한다. 특히 사회에 정의가 바로 서고 개인의 인격이 함양될 때 건강하고 행복한 대한민국이 만들어진다. 이를 위해서는 미래를 보는 시각과 인성 가치를 확산하는 노력이 어느 때보다 중요하다. 이를 통해 건강한 미래준비를 모두 함께 해야 한다.

## 안종배

국제미래학회 회장. 국내에 미래학과 스마트미디어, 디지털마케팅을 처음 소개한 선도적 전문가이며 우리사회에 인성 가치 확산을 위한 클린콘텐츠 운동을 15년 전부터 전개하고 있다. 저서로 『나비효과와 디지털마케팅』, 『콘테츠마케팅론』, 『미래학원론』, 『대한민국 4차산업혁명 마스터플랜』, 『4차산업혁명시대 대한민국 미래 성공전략』, 『4차산업혁명시대 대한민국 미래교육보고서』, 『전략적 미래 예측 방법론 바이블』 외 다수를 저술하였다. 현재 한세대학교 미디어영상학부 교수, 대통령직속 4차산업혁명위 혁신위원, 클린콘텐츠국민운동본부 회장, 흥사단 감사 및 윤리연구센터장, 국회미래정책연구회 운영위원장, 스마트선교아카데미 원장으로 활동하고 있다. 이메일: daniel@cleancontens.org, 홈페이지: www.cleancontents.org, 블로그: https://blog.naver.com/dreamahnjb

# 전쟁 없는 대한민국

안주섭

## 나의 삶, 나의 꿈, 자유롭고 안전한 나라를 향하여

주변 민족이나 국가로부터 수많은 외침에도 불구하고 우리는 끈질기게 국 난을 극복하여 반만년의 역사를 지켜 온 위대한 한민족이라고 배워 기억하 고 있다. 나는 한민족의 후예로서, 조국 근대화를 이루어 낸 세대의 대한민 국 국민의 한 사람으로서 분단시대의 국가안보와 직접 관련된 일에 종사하 며 40여 년을 지냈다. 내게는 큰 보람이었지만 고난과 수난의 역사 속에서 그리고 지금도 주변 강국들의 횡포에 격분하면서도 감당에는 한계가 있음을 항상 체감했다.

그래서 퇴임 이후에는 어떻게 하면 현재의 분단된 정전체제하에서는 물론 이고 통일과정에서도, 나아가 통일된 이후에도 영원히 자유롭고 안전한 나 라 즉 '전쟁 없는 대한민국'이 될 수 있는 방법을 찾아보겠다고 도전을 했다. 그리고 (사)한국미래문제 연구원을 설립하여 육군의 『한국군사사』(총 16권) 편찬사업을 주관했고, 『창조적 선진안보문화』(안보의식의 생활화) 『전쟁사 로 본 한국의 역사』, 『영토한국사』 등 한국적 안보와 관련한 연구, 세미나 활 동을 하고 있다.

아직은 손끝이 다 미치지는 못했지만 지금까지 얻은 결과를 확산시켜서 시민들 모두가 공감하는 안보의식이 곧 일상적인 시민정신이 되는 것이 나의 꿈이다.

## 한국안보의 본질과 특성, 작은 사잇국가

분단시대의 반공중심의 안보와 한국사 중심의 일국사적이고 민족중심으로 해석한 역사인식(국난극복사관, 민족사관, 식민사관, 민중사관 등)에 의한 안보인식의 틀에서 벗어나, '좀 더 깊게, 좀 더 넓은' 시각으로 보다 포괄적이고 객관적이면서 역사성 있는 안보의 실체를 파악하고자 '한반도에서의 역대 전쟁사'를 중심으로 통시대적이고 국제 관계사적 관점으로 보편적인 국가 간의 전쟁 차원에서 한국안보의 특성과 본질을 평가하고 재해석했다.

이 땅에서의 전쟁은 한반도가 압록/두만강으로 조선의 영토가 형성되고 행정체제가 완비(진관체제=1457년)되어 중앙집권적 왕권이 확립된 이후에 다섯 번의 전쟁이 있었다. 즉 임진/정유왜란(명·일전쟁), 정묘/병자호란(명·청전쟁), 청·일전쟁(조·일전쟁), 러·일전쟁(한·일전쟁), 6.25전쟁(미·소/미·중전쟁)이다.

이 전쟁들은 우리의 전쟁이면서 주변 강국들 간에 한반도 지배권을 획득하기 위한 패권전쟁이었다. 한반도는 주변 강국들의 안전보장에 절대적 영향을 미치는 정치군사적 요충지역이어서 어느 한 국가에 의한 독점적 지배는 다른 나라의 위협이기 때문에 주변 강국들은 세력이 커질 때마다 그들의 필요에 따라 한반도를 빼앗고자 했고, 빼앗기지 않기 위해서 주변 강국들 간에 전쟁이 반복되었다. 한반도는 주변 강국 군대들의 전쟁터였고, 전쟁 결과에 따라서 새로운 패권국의 영향권에 편입되기를 반복했다. 이 땅에서의 우리는 우리의 의지와는 상관없이 일어났다가 끝나는 패권경쟁의 희생물이었다.

지나온 수난과 고통 속에서 생존해 온 반만년 역사, 강제된 오늘의 분단, 통일에 대한 소망이나 수시로 체감하는 불안과 굴욕적인 사건 등 모두는 '반도의 작은 사잇국가'라는 지정학적 여건에서 발생한 것이고, '오직 힘만이 정의'라는 국제관계의 본질이 작용한 강대국의 논리에 의해 작은 나라(약소국)는 철저하게 유린되고 무시되어 왔다.

## 한국안보의 현실과 미래, 자유롭고 안전한가?

'힘에 의한 국제질서 속에서 반도의 작은 사잇국가'라는 안보여건은 미래에도 변함이 없을 것이다. 한국의 전쟁 위협은 현재적 위협인 북한이 있지만, 더 큰 잠재적 위협이 있는데 주변 강국들의 전략무기 사거리가 한반도에 중첩되어 있다는 사실이다. 그래서 우리의 의사와는 관계없이 국제관계의 변화에 따라 주변 강국간의 전쟁이 우리의 전쟁으로 불현듯 찾아올 수 있는 위협에 항상 노출되어 있다.

지금의 분단체제는 미·소연합군에 의해 일본의 항복으로 2차 세계대전을 종결하면서 강대국들 간에 충돌을 방지하기 위해서 한반도 분할관리를 선택했고, 이에 대한 타당성과 필요성이 6.25전쟁으로 확인되었다. 그리고 오늘의 정전체제하에서 남북한의 적대적 대립은 우리에게는 고통이지만 주변 강국들의 평화 유지에 완충역할을 하고 있다.

한반도의 통일은 새로운 주권국가의 탄생을 의미하기 때문에 민족적 감성만으로는 이루어질 수 없고, 남북한의 평화체제나 교류협력도 냉엄한 세계질서에서 민감하고 중요한 일이지만 일부분일 뿐이다.

## 시민의 등장, 국가의 정치사회적 주체

우리의 근현대사는 인류 보편적 가치인 자유를 위한 투쟁을 통해서 역사의 밖에 있던 보통사람(백성)들이 역사의 주인공으로 등장하는 과정이었다.

국제질서와 연계하여 한국의 정치사회적 주체의 변화를 개괄해 보면, 책봉-조공체제하의 조선에서는 왕이 정치사회적 주체였고 '백성'은 훈민의 대상일 뿐이었다. 국제법질서 체제에서의 일본 강점기에는 조선백성은 일본의 신민화를 거부하는 독립투쟁에서 '한민족(백성의 민족화)'으로 정치사회적 주체가 되었다. 목숨 걸고 갈망했던 민족광복은 태평양전쟁에서 미·소군이 38선을 기준으로 분할 점령해서 일본의 항복을 받고 각각 점령지역에 대한 군사 통치를 한다.

이어 이념과 체제가 다른 2개의 근대국가가 되면서 한민족은 '국민과 인민'으로 분리된다. 북한(인민)의 남침으로 시작된 6.25전쟁은 소련(북한)에 의한 공산세력의 확장(민족 공산화통일) 시도가 미국(남한=국민)에 의해 좌절되었고, 38선을 회복한 유엔군은 자유세력의 확장(민족 자유화통일)을 위해 북진했지만, 중국(북한)에 의해 거부되고 현 휴전선으로 재분단되면서 한민족의 '무력에 의한 통일'의 꿈은 무산되고, 국민과 인민은 적대적 관계가 된다.

대한민국의 '한민족'은 "반공 애국 애족을 이념으로 하는 국민(민족의 국민화=국가의 구성품)"이 정치사회적 주체가 되어 조국 근대화와 산업화를 성공하는 '한강의 기적'을 이루었다. 그리고 세계의 냉전 체제 해체와 정보화 지구화가 진행되면서, '민주화의 기적'을 이룬 시민(국민의 시민화)이 국가의 정치사회적 주체로 등장해서 국가와 역사의 주인공이 되었다.

대한민국의 정치적 주체인 시민은 패쇄적이고 배타적인 상상된 공동체인 민족이나 사회주의 계급투쟁의 민중과는 다르다. 자유를 기반으로 하는 헌

법적 가치를 공유하는 법적 구성원인 대한민국의 국민으로서 국가를 선택할 수 있는 자유를 가진 다문화 사회의 구성원이다.

이들은 '자유를 기반으로 하는 사회체제'에서 이성적 의지의 자유로운 개인이 사회적 책임과 권리를 다해서 시대의 흐름에 따라 사회의 변혁과 사회적 발전을 주도하여 더 나은 선한 국가공동체를 만들어 가는 정치사회적 주체이다.

## 안보 패러다임의 전환, 작지만 강한 나라

정보화 시대에는 힘의 원천이 지식정보와 과학기술에 있다. 크고 작은 다양한 국가들이 더불어 사는 세계화·지구화가 진행되고 있다.

'힘에 의한 질서'라는 국제사회의 본질과 '반도의 작은 사잇국가'라는 한국의 지정학적 여건은 변함이 없다. 그러나 관점을 전환해서 보면 한반도 공동체의 생존의 비법이 있다. 지금까지는 주변 강국들에게 '작고 약한 먹잇감으로 정복의 대상'이었다면, 이제는 더불어 함께 살아야 하는 '작지만 강한 상생의 대상'이 될 수 있다

지리적으로 취약하다고 인식되었던 '반도지역'은 대륙과 해양의 특성을 융합하는 용광로 지역이면서 대륙과 해양을 잇는 중심지역으로 활동영역을 무한대로 확장할 수 있는 융통성과 가능성이 있는 기회의 땅, 축복의 땅이 될 수 있는 지역적 특성이 있다.

상대적으로 자원이 부족한 '작은 사잇국가'는 주변 강국에게 독자적인 군사적 도발이 제한되기 때문에 직접적인 위협이 되지 않는다. 따라서 주변 강국들 사이에서 군사적 충돌을 방지하는 전략적인 완충역할로 주변 강국들에게 전쟁에 대한 부담을 줄이면서 경제·사회·문화적 교류의 중심국가가 될 수 있다. 주변 강국의 모든 도시는 우리의 생활 터전이 될 수 있고, 모든 도시

민들과는 삶의 동반자가 될 수 있다.

모든 개인은 국가에 소속되어 있고, 개인을 위한 공적인 최대 공간이 국가이기 때문에 개인과 국가는 운명공동체다. 개인의 안전과 자유로 직결되는 국가의 안보는 시민의 최우선 책무요 의무다. 그래서 나라를 지키는 군인정신을 시민정신의 최고 수준이라고 한다.

한국의 시민들은 주변 강국에 어느 나라든 의존해야 생존할 수 있다는 식의 타성이나 종속적일 수밖에 없다는 패배의식에서 벗어나서, '내 땅은 내가 지킨다'는 안보의지로 국가의 주인으로서 '작지만 강한 국가'를 만들 수 있다는 주권적 안보의식으로의 전환이 우선되어야 한다.

## 시민 생활문화, 자유롭고 안전한 나라 만들기

우리에게 전쟁은 항상 타국 군대들의 전쟁터였던 것처럼, 미래의 전쟁에서도 우리는 첨단무기에 의해 전후방이 없는 동시다발적이고 군과 민간의 구분 없이 전 영토가 유린되는 전쟁터가 될 것이다. 그리고 우리의 의지와 관계없이 언제 일어날지 모르는 전쟁위협이 상존하고 있기 때문에 우리는 '전쟁터에서도 살아남을 수 있는 수준의 전시 대비태세가 평상시부터 지속적으로 유지되어야 한다'는 안보(안전)의식을 가지고 살아야 한다.

왜냐하면 역사가 증명하듯이 전쟁터에서 준비 없는 의병투쟁이나 잃어버린 나라 찾기 위한 맨손의 독립투쟁, 그리고 적화통일하겠다고 일으킨 무모한 침략에 아무런 대비 없이 수십 개 나라 군인들의 전쟁터가 되었던 6.25전쟁 당시처럼, 나라가 망하거나 전쟁이 발발한 이후에야 국난을 극복하기 위해 발현되었던 시대정신(충의정신, 민족정신, 호국정신)에 의한 항전은 집단학살의 대상이었다. 따라서 유비무환의 자세로 사전에 대비하여 전쟁을 예방하는 것이 상책이다.

지나간 시대에 국난을 극복했던 시대정신을 오늘의 시민정신으로 계승해서, 일상생활에서 지켜야 하는 재난 안전대책처럼 전시대비태세(안보대책)에 자발적이고 적극적으로 참여하는 시민 생활문화가 정착되면, 전쟁을 사전에 예방할 수 있고 최악의 경우에도 태연자약하게 대처할 수 있다. '시민은 비무장 군인이요, 군인은 무장한 시민'이며, '군인정신은 최상의 시민정신'이다.

국가차원의 외교력과 적정수준의 군사력을 유지하여 주변 강국들의 위협에 주권적으로 대응할 수 있는 태세를 유지함으로서 전쟁을 방지해야 한다. 그럼에도 불구하고 발생할 수 있는 최악의 사태인 전쟁터에서 살아남을 수 있는 대비태세를 갖추는 것이 우리에게는 매우 중요하다. 모든 국민이 개인생존술(개인방호와 개인 근접전투기량)을 익히고, 가정과 마을 등 생활공동체부터 지역단위까지 방위태세를 갖추어야 한다.

## 한국의 전쟁사를 통한 안보중심의 역사교육

항상 전쟁터가 될 수밖에 없는 '반도의 작은 사잇국가'에서 주권적 생존과 번영의 비법은 다음과 같다. 한국적 여건과 역량 그리고 현재적 잠재적 위협의 실체 등 안보의 본질을 정확하게 인식해서 오늘을 왜곡하거나 이해가 부족하여 국가안보를 외면하거나 방기하는 등 일부 잘못된 현상들을 극복하고 안보의 생활화가 이루어져야 한다. 이는 "국가의 안전과 자유가 개인의 개별성과 다양한 삶을 보장한다"는 이성적인 시민정신이 있을 때 가능하다.

따라서 '국가생존의 전쟁사를 통한 역사교육'으로 역사적인 한국 안보의 실체(여건과 특성)을 정확하게 이해해서 '주권적 안보'가 시민들의 역사의식과 안보의식으로 내면화되어 생활안보로 정착되면 다시는 이 땅에서 전쟁이 없을 것이다.

나는 이러한 '전쟁 없는 대한민국'이 실현되기를 꿈꾸면서, '전쟁사를 통한 안보중심의 역사교육'이 학교, 군, 사회교육으로 확산하기 위하여 우선 교육 자료 개발부터 하고자 한다.

### 안주섭

(사)한국미래문제연구원 원장. 육군중장으로 예편하고 대통령 경호실장과 국가보훈처장을 역임했다. 공직 퇴임 후 (사)한국코치협회 제2대, 제3대 회장을 지냈다. 문학박사(역사전공)로서 다시는 이 땅에서 전쟁이 없도록 하기 위한 '한국적 안보'를 주제로 연구와 강의를 하고 있다. 저서로는 「고려-거란 전쟁사」, 「영토한국사(공저)」가 있다. 이메일: anjs2424@naver.com

# 사단법인 미래준비

사단법인 미래준비는 민법 제32조 및 교육부 소관 비영리법인의 설립 및 감독에 관한 규칙 제4조의 규정에 따라 학생 교사 등을 대상으로 정보화 교육 및 연수프로그램을 개발 보급함으로써 내일의 주인인 청소년들로 하여금 정보화 마인드를 함양하고 21세기 지식정보화 기반조성에 일익을 담당하여 사회일반의 이익에 공여함을 목적으로 하는 비영리법인이다.

(서울특별시교육청 비영리법인 등록 2001-03-30)

♦ 가입 대상: 아름다운 미래를 준비하는 미래준비의 가치를 동의하는 분
♦ 가입 절차: 회원가입서 작성, 연회비 납부, 미래준비포럼 참석
♦ 회원참여 행사: 미래준비포럼, 미래마중물 장학생 추천, 공저 출판 참여 등
♦ 가입 문의: hoyeoncoach@gmail.com

# 미래에게 묻고
# 삶으로 답하다

ⓒ 안남섭 외, 2020

초판 1쇄 발행 2020년 1월 10일

지은이    안남섭 외 27인
펴낸이    김영철
편집      좋은땅 편집팀
펴낸곳    동화세상에듀코
주소      서울 동대문구 왕산로 25
전화      02) 3668-5300
팩스      02) 3668-5400
이메일    educo@educo.co.kr
홈페이지   www.educo.co.kr

ISBN    978-89-6672-972-2 (03810)

이 도서의 국립중앙도서관 출판예정도서목록(CIP)은 서지정보유통지원시스템 홈페이지(http://seoji.nl.go.kr)와 국가자료공동목록시스템 (http://www.nl.go.kr/kolisnet)에서 이용하실 수 있습니다. (CIP제어번호 : CIP2019053491)